火花散る

おいち不思議がたり

あさのあつこ

PHP
文芸文庫

○本表紙デザイン＋ロゴ＝川上成夫

火花散る――おいち不思議がたり　目次

主な登場人物

[菖蒲《しょうぶ》長屋の人々]

おいち……藍野松庵の娘で、父のような医者を目指して修業中。この世に心を残して亡くなった者の姿が見えるという不思議な能力を持つ。

藍野松庵《あいのしょうあん》…おいちの父。蘭方医として名を馳せていたが、今は町医者。

八吉《はちきち》……仏具職人。

お蔦《つた》……八吉の女房で五人の子を持つ。

おしん……草履《ぞうり》売りの女房。四人の子持ち。

おやえ……小切れ売りの女房。

[香西屋《こうさいや》の人々]

藤兵衛《とうべえ》……紙問屋『香西屋』の主《あるじ》。

おうた……おいちの伯母。『香西屋』の内儀《おかみ》。

おかつ……おうた付きの小女《こおんな》。

[吾妻屋《あづまや》の人々]

藤吉《とうきち》……深川元町の薪炭屋《しんたんや》『吾妻屋』の主。

おきく……藤吉の母。夫亡き後、女手ひとつで店を守り、藤吉を育てる。

お稲《いね》……『吾妻屋』の内儀。

[その他の人々]

仙五朗《せんごろう》……本所深川界隈を仕切る凄腕の岡っ引。〝剃刀《かみそり》の仙〟の異名をとる。

おまき……仙五朗の女房。髪結い『ゆな床《どこ》』を切り回す。

草野小次郎《くさのこじろう》・仙五朗が従う定町廻り《じょうまちまわ》同心《どうしん》。

新吉《しんきち》……おいちに想いを寄せる飾り職人。

滝代《たきよ》……菖蒲長屋で赤子を産み落とした女。

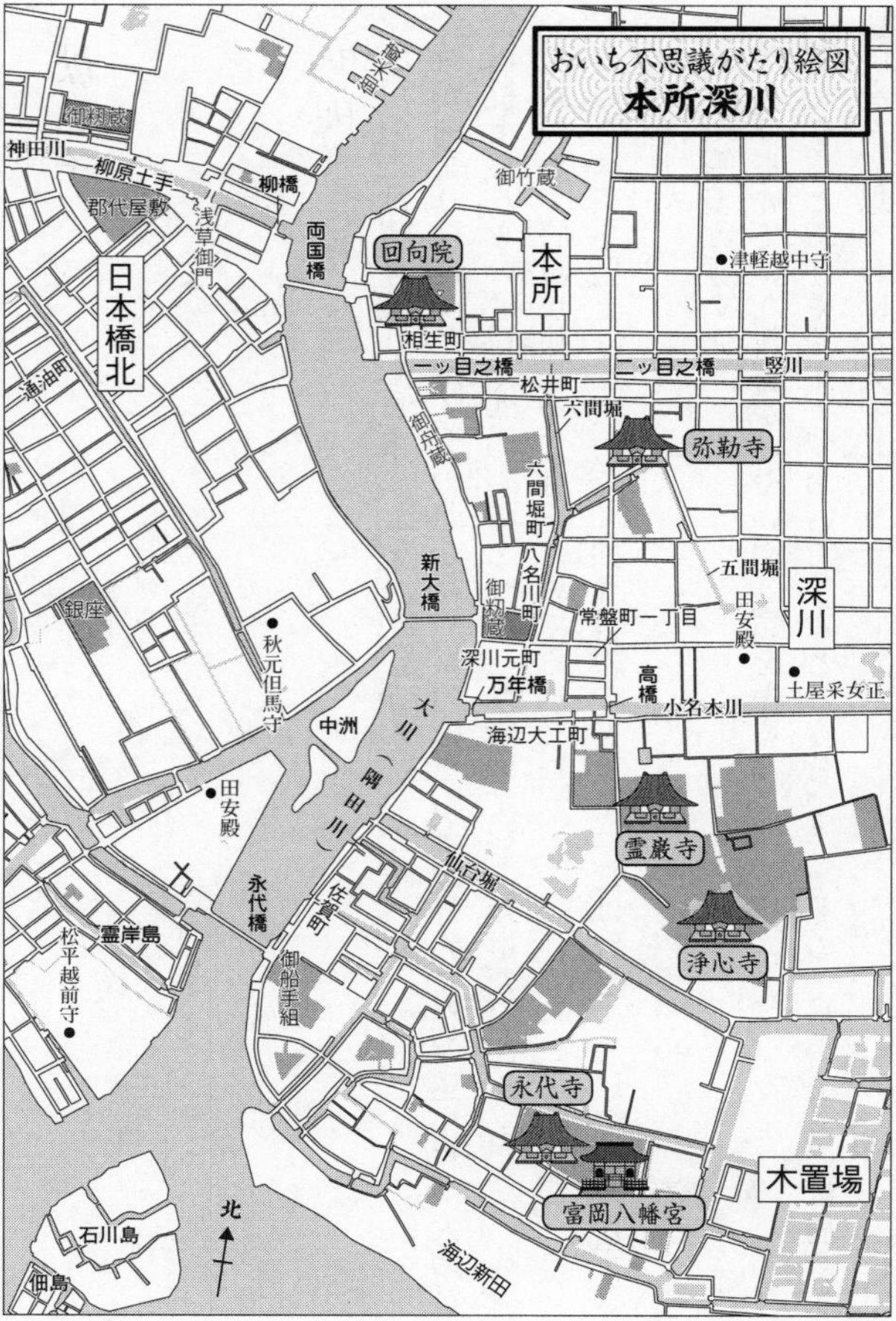
おいち不思議がたり絵図
本所深川
御米蔵
御竹蔵
御籾蔵
神田川
柳原土手
柳橋
郡代屋敷
浅草御門
両国橋
回向院
本所
津軽越中守
日本橋北
相生町
一ッ目之橋
二ッ目之橋
竪川
松井町
通油町
六間堀
御舟蔵
弥勒寺
六間堀町
八名川町
新大橋
御籾蔵
五間堀
深川
田安殿
常盤町一丁目
銀座
秋元但馬守
深川元町
万年橋
高橋
土屋采女正
小名木川
中洲
大川（隅田川）
海辺大工町
田安殿
霊巌寺
仙台堀
佐賀町
永代橋
霊岸島
浄心寺
松平越前守
御船手組
永代寺
木置場
富岡八幡宮
北
石川島
佃島
海辺新田

母と子

中秋《ちゅうしゅう》の名月だ。

江戸の空は晴れ渡り、見事に丸い月が浮かんでいた。

月があまりに煌々《こうこう》と輝くものだから、星のほとんどは月光に呑《の》み込まれ、人の目には捉《とら》えられない。遠く空の端《はし》で二つ、三つ瞬《またた》いているだけだ。

「なんだか、肩身《かたみ》が狭《せま》いって身を縮《ちぢ》めてる感じね」

おいちは空を見上げ、呟《つぶや》いた。独《ひと》り言《ごと》のつもりだったけれど、思いの外《ほか》声が大きかったらしい。

「へ？　肩身が狭い？」

並んで歩いていた新吉《しんきち》がいやいやと頭を振る。

「そんなことありやせんよ。おいちさんとこうして……その、歩いてるのに肩身が狭いなんて思うわけねえでしょう」

「はい？」

「え？」

「新吉さん、なんの話をしてるの」

「は……だから、おれの肩身が狭い広いって話じゃねえんですか」

「違うわよ。あたし、お星さまのこと言ったのよ。あんまりお月さまが明る過ぎて、居場所がないって感じだなって」

おいちと新吉は顔を見合わせ、同時に吹き出した。

「やだ、新吉さんったら、ほんと早とちりなんだから」

「おいちさんこそ。星の肩身まで心配してどうするんです」

くすくすくす。

二人の笑い声が重なり、月ばかりが明るい空に昇っていった。

六間堀《ろっけんぼり》に沿って歩いている。

秋が一足進んだのか、今日の夜風は肌寒《はだざむ》いほどだ。その微《かす》かに冷たい風が、足元を撫《な》でるように過ぎていく。縞木綿《しまもめん》の小袖《こそで》の裾《すそ》が僅《わず》かに揺《ゆ》れた。その様をはっきり見届けられるほどの月明かりだった。

「でも……なんていうか……おいちさんと並んで歩くなんて、なんだか照れるというか、う、嬉《うれ》しいというか、初めてのことで……。あ、あの、おいちさん」

「ああっ、駄目《だめ》」

「ひえっ、な、なんですか」

「お重《じゅう》、真《ま》っ直《す》ぐに持ってくれなくちゃ、せっかくのご馳走《ちそう》が台無しになっちゃう」

「あ、そ、そりゃあどうも」

新吉が慌《あわ》てて葡萄《えび》色《いろ》の風呂《ふろ》敷《しき》包《づつ》みを持ち直した。

「だけど、新吉さんがついてきてくれてよかった。まさか、こんなに立派なお月見重をいただけるなんて思ってなかったから。あたし一人じゃ、薬籠《やくろう》とお重の両方を提《さ》げて帰るの難儀《なんぎ》だったわ」

「はあ……」

「あっ、もちろん荷物持ちに重宝《ちようほう》だって言ってるわけじゃないのよ。用心棒としてもとっても心強いし。ありがとう、新吉さん」

「荷物持ちに用心棒ですか。うーん……まあ、いいや。おいちさんの役に立ててるなら、おれとしちゃあ御《おん》の字《じ》だ」

笑うしかないという風に、新吉が笑う。月明かりに照らされた顔が淡《あわ》く輝いている。若くて、健《すこ》やかな肌の証《あかし》だ。

頰《ほお》が火照《ほて》るのを感じ、おいちは慌てて目を逸《そ》らした。

違うのだ。

新吉を荷物持ちだの用心棒だのと考えているわけじゃない。考えるわけがない。ほんとうはこうして揃《そろ》って歩けるのが嬉しい。月を眺《なが》めて、笑い合って、他愛《たわい》ないおしゃべりをする。そんな一時《ひととき》が楽しい。気持ちが弾《はず》んで、下駄《げた》の音さえ軽《かろ》やかに響《ひび》く。

おいちはそっと一息《ひといき》吐《は》き出した。

新吉といると楽しい。気持ちが弾む。でも、それよりも……。

「おいち先生のおかげで、ずい分と楽になりました。明日からは庭に出て、少し歩いてみようかと思います」

老女のあの一言《ひとこと》の方がもっと、おいちの心を浮き立たせてくれるのだ。胸の奥底がじわりと熱くなる。

老女は深川元町《ふかがわもとまち》に住んでいた。名をおきくという。元和《げんな》の世から八代も続く老舗《しにせ》の薪炭屋《しんたんや》のお内儀《ないぎ》だった。店の主人だった亭主を早くに亡《な》くし、女手《おんなで》一つで店を切り盛りし、一人息子を育ててきた。その倅《せがれ》に店を譲り、これから安気《あんき》な隠居暮《いんきょぐ》らしを始めるという矢先《やさき》、病《やまい》に倒れてしまった。節々《ふしぶし》に強い痛みを訴《うった》え、目眩《めまい》と心悸《しんき》で起き上がれなくなったのだ。食もろくにとらず、日に一度か二度、僅かの重湯《おもゆ》と白湯《さゆ》をすするだけのおきくはみるみる痩《や》せ衰《おとろ》え、枕《まくら》から頭が上がらぬほどの病人となった。

おいちの父、深川六間堀町の菖蒲長屋《しょうぶながや》で町医者を営《いとな》む藍野松庵《あいのしょうあん》のもとに、おきくの息子、八代目吾妻屋藤吉《あづまやとうきち》とその妻お稲《いね》が訪《たず》ねてきたのは、半年近く前、大川《おおかわ》(隅田川《すみだがわ》)堤《づつみ》の桜が爛漫《らんまん》と咲き誇《ほこ》っているころだった。宵闇《よいやみ》さえ桜色に染《そ》まり、吹く風はみな仄《ほの》かに甘い花の香《か》を運んでくる。そんな美しい夜にやってきた夫婦は真冬の雪空よりなお暗い面持《おもも》ちをしていた。

「母をお助けください」

額《ひたい》を床《ゆか》に擦《す》りつけんばかりにして、いや、ほんとうに擦りつけて藤吉は松庵に乞《こ》うた。

「母はどの医者からも匙《さじ》を投げられました。もうこの夏は越せまいと、どの先生も言われるのです。そういうとき、藍野先生の評判を伝えてくれた者がおりました。先生に治療していただき、長年の患《わずら》いが快方したと。まさに名医中の名医だと。先生、縋《すが》る思いで参《まい》りました。どうか、どうか母を診《み》てやってください。このとおりです。お願いいたします」

藤吉が声を絞《しぼ》り出す。その後ろで、お稲も深々と低頭《ていとう》した。

「おれは名医なんかじゃないよ」

松庵の口調《くちょう》がつっけんどんになる。松庵は人に頭を下げるのも嫌《きら》いだが、下げられるのはもっと嫌いなのだ。へこへこされると、とたんに不機嫌《ふきげん》になってしまう。おいちは、わざと朗《ほが》らかな声を出した。

「吾妻屋さんもお稲さんも、どうぞお顔を上げてくださいな。そんなにぺこぺこされたら、お話を聞くこともできませんからね」

ばね仕掛けの人形そのままの勢いで、藤吉が身体《からだ》を起こす。太《ふと》り肉《じし》のぽっちゃりした身体つきのお稲は、のろのろと顔を上げた。

「それでは、話を聞いてくださるんですね。母を診てくださるんですね」

「もちろんです。藍野松庵は患者さんのいらっしゃるところなら、どこへでも参りますよ。そしてできる限りのことをいたします。ね、そうよね、父さん。それが医者たる者の心得《こころえ》ですものね」

「う……まあな」

「おお、ありがとうございます。ほんとに、ありがとうございます」

「はいはい。お礼はいいです。もう十分です。お願いですから、板敷《いたじき》におでこをくっつけないでください。掃除《そうじ》の行き届いていないのが、ばれちゃいますから」

「まあ」

お稲が笑う。笑うと目が垂《た》れて可愛《かわい》い。愛嬌《あいきょう》のある猫みたいだ。

「それでは、吾妻屋さん、早速ですが明日の上午《じょうご》（昼前）にでも伺《うかが》います。よろしいですね」

「も、もちろんです。ありがとうございます」

藤吉が長い息を吐き出す。

「よかった。これで一安心いたしました」

「安心なんかしてもらっちゃ困る」

松庵がまだ不機嫌さを滲《にじ》ませた口調《くちょう》で告げた。

「患者を診てみないと手立ての打ちようがない。いや、打つ手がないかもしれないんだ。おれは医者であって陰陽師《おんみようじ》でも呪《まじな》い師《し》でもない。霊験《れいげん》あらたかを呈《てい》すなんてわけにはいかない。そこのところを呑み込んでもらわないとな」

「も、もちろんでございます。わたしはただ、息子として能《あた》う限りの手立てを講じたいと、その一念で参りました」

藤吉はそこで短く息を吐いた。それから、おいちと松庵を交互に見やる。

「先生に診ていただけて、それで……それで、もう手の打ちようがないと言われたなら……諦《あきら》めがつきます。治《なお》すためではなく、母の残りの日々を少しでも楽に、少しでも心地《ここち》よく過ごさせてやるために心を砕《くだ》くことができます。ですから、どうかどうか診てやってください。お願いいたします」

藤吉の双眸《そうぼう》が潤《うる》む。お稲も涙目《なみだめ》を隠すように俯《うつむ》いた。

「父さん、いったいどういうつもり」

『吾妻屋』夫婦を送り出すとすぐ、おいちは松庵に詰め寄った。

「つもりとは？」

「とぼけないで。吾妻屋さんたちに、ずい分高飛車《たかびしや》な物言《ものい》いしてたよ。いつもの父さんなら、患者さんや患者さんのお身内に、あんな言い方、絶対しないでしょ」

薬研《やげん》を使っていた手を止め、松庵は軽く鼻を鳴らした。

「おまえはどうなんだ」

「え？」

「おまえは、あの夫婦に何も感じなかったのか」

「……それは……」

感じた。ちょっぴりだけれど感じた。おいちの心に微《かす》かに引っ掛かるものがあったのだ。

「言ってみろよ。父娘《おやこ》の間だ。遠慮《えんりよ》はいらんぞ」

松庵がにやりと笑う。悪戯《いたずら》好きな童《わらべ》を想《おも》わせる笑《え》みだ。松庵は時折《ときおり》、こんな笑い方をする。そして、おいちは父のこの笑顔が好きだった。一緒になって、くすくすと笑いたくなるし、たいてい笑う。しかし、今は、そんな気にはなれない。

心に引っ掛かっているもの……。

「藤吉さんは諦めるきっかけが欲しいだけじゃないのかなあ」

独り言に近い呟きが零《こぼ》れた。

父の前だ。遠慮も気遣《きづか》いもいらない。言葉を選ぶ手間も無用だ。心のままに、おいちはしゃべる。松庵は笑みを消し、薬研車を動かし始めた。ただ、耳はしっかりと娘の言葉を捉えている。

「藤吉さんたちがとても親孝行なのはわかるわ。おっかさんのために、あんなに懸《けん》命《めい》になってるんですものね」

老いた親に尽くす。死の間際《まぎわ》までできる限りの孝行をする。子ならば当たり前だと世間はいうだろう。けれど、その当たり前が当たり前でないのも世間、人の世なのだ。

貧しくて、食べていくのがやっとで、病に臥《ふ》した親に、老いて動けなくなった親に、手を差し伸べられない人たちがいる。手立てなく、見守るしかできない人たちがいる。たくさん、いる。

おいちは、「すまねえ、すまねえ」と泣きながら親の亡骸《なきがら》に縋る人たちを見てきた。貧しさゆえに、我が子を救ってやれなかったと嘆《なげ》き悲しむ親と同じくらい、見てきた。

老人と子ども。貧しさという鬼《おに》は、病という化《ば》け物は、弱い者から魔手《ましゅ》に掛けていく。容赦《ようしゃ》ない。そして、また、掛けるべく手間と金を持ちながら惜《お》しむ者たちがいることを、おいちは知っている。大層《たいそう》な構えのお屋敷の離れに、寝たきりの老親を押し込めて知らぬふりの息子も、「とっとと死んじまえばいいんだよ。お荷物になってしょうがないじゃないか」と長患《ながわずら》いの母親を面罵《めんば》する娘も目の当《ま》たりにしてきた。子だけを責められない。親だけが哀《あわ》れなのでもない。捩《よじ》れて、歪《ゆが》み、あるいはすれ違ってしまったままの親と子の間が無残なのだと、これは、松庵から諭《さと》された。

おいちには、よくわからない。ただ、人が一筋縄《ひとすじなわ》ではいかない生き物だというぐらいは解している。なんとなくだが。

人はややこしい。身分にも、地歩《ちほ》にも、財力にも、男であること女であることにも関《かか》わりなく、すっきりと一色《ひといろ》には生きられない。愛《いと》しさが憎《にく》しみと裏表に合わさっていたり、薄情《はくじょう》な振る舞いの底に僅かな慈悲《じひ》の心が潜《ひそ》んでいたりする。母親を面罵しながら、心内《しんない》で焦《こ》がれるほどにその母を求める娘がいる。父親を冷たく扱う己《おのれ》の酷薄《こくはく》さに苦しむ息子もいる。当人さえ確《しか》とは摑《つか》めない本性を抱《かか》え持つのが人なのだ。

「うん、吾妻屋さんが親孝行なのはわかるんだけど、どこか無理しているって気もする。無理をして孝行息子を演じているというか……。あの人たち、父さんに『手の施《ほどこ》しようがない』と言われて諦めるんじゃなくて、諦めるために父さんに診てもらいたいんじゃないかと……」

おいちは目を伏せ、視線を指先に落とした。

酷《ひど》いことを言った。

舌《した》の先が苦《にが》くなるほど、酷いことを言った。

『吾妻屋』の内情も、藤吉やお稲の想いも、おきくという母についても、ほとんど何も知らないに等しい。それなのに、藤吉たちの心を抉《えぐ》りかねない台詞《せりふ》を吐いてしまった。

――無理をして孝行息子を演じている。

その一言は、藤吉を怒らせるより先に当惑させ、苦しめるだろう。そんな棘《とげ》とも刃《やいば》ともなる言葉を口にした。

「おれも同じだ」

松庵が呟く。薬研から青草の香りが立ち昇った。

「おれもおまえと同じように感じた」

「父さんも？」

「うむ。藤吉さんを悪くいうわけじゃない。肚《はら》に一物《いちもつ》あるとか、おれを言い包《くる》めようとしているとか、そんな気配《けはい》はちっとも感じなかったが……。そうだな、うん、おまえの言う通り、無理をしているってのが一番ぴたっとくるかな」

松庵の視線が空《くう》を漂《ただよ》う。

「なんなんだろうな。この感じは……」

「父さん、もしかしたら、藤吉さんのおっかさんの病も、そこらへんと関わり合ってるのかもしれないね」

「そうだな。いや、患者を診てもいないんだ。余計《よけい》なことは考えちゃならん」

松庵は肩を竦《すく》め、頭を左右に振った。

青い香りが揺れた。

おきくは物静かな老女だった。

色白の細面《ほそおもて》で、大店《おおだな》のお内儀として長く務めてきた品性をそこはかとなく感じさせる。

その品性は、病み衰えてもおきくの面《おもて》にきちんと留《とど》まっていた。

「もう、思い残すことはなんにもないんですよ」

仄かな笑みを浮かべて、おきくは言った。

「店のことは倅夫婦に任《まか》せてなんの心配もありません。お稲のおかげで、可愛い孫も授《さず》かり、抱《だ》っこできました。この節々の痛みは正直、辛《つら》くはありますけど、こうして寝ていればさほどのことはありません。ええ、ええ……ほんとに、ここまで気持ちが晴れていいのかしらと不思議なくらい憂《うれ》いがなくてね」

「それなら、しっかり楽しまなくちゃなりませんな」

松庵がおきくの脈をとりながら、軽く頷《うなず》いた。

「楽しむ？」

「そうですよ。おきくさん、痛みは薬を飲んで、揉《も》み療治《りようじ》を続けていれば必ず軽くなります。筋《すじ》が強張《こわば》って動きづらくなっているだけですからな。痛みが取れたら好きに歩けるし、物見遊山《ものみゆさん》にも出かけられる。楽しみじゃありませんかな」

「この痛みがなくなるのですか」

「なくなりますよ。多少、時はかかるかもしれませんが綺麗《きれい》に治ります。骨そのものが変形しているわけじゃありませんからな、さほど厄介《やつかい》な代物《しろもの》じゃありません」

おきくの口が半《なか》ば開き、小さな息の音《ね》が漏《も》れた。

「お言葉を返すようで気が引けますが、この病が癒《い》えるなんて、あたしにはとうてい思えませんよ、先生」

「治りますよ」

松庵がはっきりと、短く、繰《く》り返す。

「あなたに治す気があるなら、治ります。そしたら、一日一日を楽しんで生きられるんじゃありませんかな」

おきくがふるふると白髪頭《しらがあたま》を振った。

「いいえ、先生。あたしは十分に楽しんできましたよ。だからこそ、憂いがないんです。やり残したことも、悔《く》いることもない。ええ、もう十分です。十分なんですよ。これ以上を望んだら罰《ばち》が当たりますよ」

「どんな風にです」

「え？」

「おきくさんは、どんな風に楽しんできました？　ほんの一端《いったん》でいいから、話してみてください」

「それは……」

おきくの黒目が左右に揺れた。

「それは……」

息を呑み込んだのか、白い喉元《のどもと》がひくりと動いた。

松庵の後ろに座っていたおいちは僅かばかりだが、腰を浮かせていた。鼓動《こどう》が速くなる。

おきくの顔つきが変わったのだ。いや、変わったのではない。重《かさ》なったのだ。品の良い穏《おだ》やかな老女の面、その上に、別の若い女の形相《ぎょうそう》が重なった。

おきくとよく似ている。眼元も口元もそっくりだ。ただ、若い。皺《しわ》も染《し》みもなく、髪も黒々としている。若い。そして、醜《みにく》い女だった。

顔立ちの美醜《びしゅう》ではなく、表情が醜く歪んでいるのだ。強く嚙《か》み締《し》めた唇《くちびる》は端が曲がり、眦《まなじり》は吊《つ》り上がっている。固く強張った頰は細かく震《ふる》えているし、眉間《みけん》に深く刻《きざ》まれた皺は刀傷《かたなきず》のように見えた。

鬼女《きじょ》そのものだ。

おいちは目を瞠《みは》る。動悸《どうき》を静めようと、気息《きそく》を整える。その間に若い女の形相は搔《か》き消え、老いた女の顔だけが残る。

あれはなんだった？

憤怒《ふんぬ》？　悲嘆《ひたん》？　憎悪《ぞうお》？　怨《うら》み、それとも妬《ねた》み？　どんな情動が人にあんな歪みをもたらすのだろう。そして、この人はどんな情に苛《さいな》まれてきたのか。

おきくの視線がすっと横に流れた。束《つか》の間《ま》だが、目が合う。何も読み取れない。暗くて虚《うつ》ろな眼《まなこ》だった。

「女房《にょうぼう》のあたしが言うのもなんですが、亡くなりました亭主、先代の吾妻屋藤吉はそれはそれは立派な人物でございましてね」

おきくが微笑《ほほえ》みながらしゃべる。

「ええ、非の打ちどころのない人物でしたよ。真面目《まじめ》で信心深くて、酒は多少は嗜《たしな》みましたが、酔《よ》い潰《つぶ》れたことなど一度もありませんでした。親には孝行を尽くし、商《あきな》いには心血《しんけつ》を注《そそ》ぎ……、強《し》いて不満をいえば、思いがけず早くに亡くなってしまったことですかねえ。まだ四十半ばでしたから、ちょいと早過ぎますよねえ。倅に身代《しんだい》を譲ったら、夫婦でお伊勢《いせ》さまにお参りしよう、京にも大坂にも足を延ばしてみよう、その前に箱根《はこね》の湯に浸《つ》かってなんて、あれこれ楽しみにしていたのに……。病に罹《かか》って、あっけなく逝《い》ってしまって。ええ、それだけが口惜《くちお》しいというか、心残りですよ」

おきくがほっと息を吐いた。それから、松庵の眼を覗《のぞ》き込むように首を傾《かし》げた。

「そんな亭主と一緒になれたんですから、楽しいことだらけでしたよ。ほんとうに幸せな一生でした。誰でもそう思いますよ、先生」

首を傾げたまま、おきくはまた、小さな吐息《といき》を漏らした。

「これはどうやら、おれじゃなくておまえの出番だな。そういう仕事らしい」

『吾妻屋』からの帰り道、松庵がぼそりと言った。

「おきくさんの病、医術では治らないってこと」

「うむ……。あの人はごまかしているからな」

「ごまかすって、何を？」

「自分をだ。おれは、これまでどんな風に楽しんで生きてきたかと尋《たず》ねたのに、おきくさんの話したのは亡くなったご亭主のことだけだ。ご亭主の人となりについてだけだな。自分のことは何一つ、しゃべらなかった。どうしてだと思う」

「……しゃべることがなかったから？」

「そうだ。楽しい楽し方《こかた》をしゃべることができなかった。おきくさんは楽しく生きてきたのではなく、楽しく、満ち足りて生きてきた者のように振る舞っている。いや、自分でもそう思い込もうとしている。それが歪みを生じさせているんだ。腰も心も同じさ。曲がっていては、他の場所に負担をかける。おきくさんの場合、心の歪みが身体のあちこちを強張らせている。その強張りが痛みの因《もと》だ」

「父さんはそう診立てたのね」

松庵の言う〝心の歪み〟が、捻《ひね》くれた性格とか根性《こんじょう》の悪さを指しているのではないと、承知している。嫌いなものを好き、好きなものを嫌い、愛しいものを憎い、憎いものを愛しい……想いとうらはらな生き方を己に強いると、強い続けると、人の心は歪む。歪みは骨をきしませ、五臓六腑《ごぞうろっぷ》を弱らせ、血の流れを滞《とどこお》らせ、身体を病み衰えさせるのだ。そういう患者を何人も目にしてきた。

「父さん」

「うん？」

「あのね……」

あたし見たの。若いころのおきくさんの、鬼女のような顔を見てしまったの。

息を呑み込むふりをして、その一言を押しとどめる。松庵は二度、三度瞬きをしたが、何を言おうとしたのだと尋ねてはこなかった。

「明日から、暫《しばら》く吾妻屋さんに通ってみる」

おいちは父に告げた。

松庵は娘に目を向けたまま、ゆっくりと首肯《しゅこう》した。


その日からおいちは五、六日に一度の割合で、『吾妻屋』をおとなうようにした。松庵の代役として調合した薬を届け、温石《おんじゃく》や揉み療治を施すのが名目だが、その実、身体を揉みながら、薬湯《やくとう》を作りながら小半刻《こはんとき》（三十分）ばかりおきくの相手になって、とりとめのない話をして帰るのが常だった。

天気のこと、季節のこと、おいちの住む六間堀町や菖蒲長屋の人々のこと、そこで起きるちょっとした事件や出来事、白蛇《しろへび》が何匹も浅草寺《せんそうじ》の山門近くでとぐろを巻いていたという噂《うわさ》、御厩河岸《おんまやがし》の幽霊《ゆうれい》騒ぎの顚末《てんまつ》等々、江戸の町や身の回りで起こったあれこれを思いつくままにしゃべり、おきくは耳を傾《かたむ》けた。

一月《ひと》たち、二月《ふた》たち、江戸の闇に蛍《ほたる》が飛び交《か》い始めたころから、そのやりとりが徐々に変わり始めた。

おきくが控え目にではあるが、己のことを語り出したのだ。

他愛ない話ばかりだった。

「あたしが子どもの時分、近所にへんてこなおじさんが住んでましてね。あたしは橘町《たちばなちょう》の生まれなんですよ。家は小さな商いをしてましてねえ。古手屋《ふるてや》でした」

「ご近所にへんてこなおじさんがいたんですか」

「そうそう。どこかのお店《たな》のご隠居さんだったと思うけど、真夏でも藍色《あいいろ》の袖無《そでな》し羽織《ばおり》を着て、同じ色の投頭巾《なげずきん》を被《かぶ》って、時折うちの店前《たなさき》でじいっと立ち止まってるんですよ。それで、『そうかい、そうかい』なんて相槌《あいづち》うったり、『いろいろ大変だったねえ』と一人しゃべりをしたりしてねえ。子ども心にもへんてこな人だなあって思ってましたよ。母親なんかは薄気味《うすきみ》悪がってたけど、父親は笑ってました。『あのご隠居は古物《ふるもの》と話ができるんだ』って」

「つまり、そのご隠居さん、古い道具やら人形やらとおしゃべりをしていたってわけですか」

「父はそう言ってました。でも道具や人形が口をきくわけがなくて、あれはただの冗談《じょうだん》だったんでしょう」

「そうでしょうか。古い道具には心が宿《やど》るって聞いたことがありますから、もしかしたらわかる人にはわかるのかも」

あたしもそうですとは、さすがに告げられない。

古物ではないけれど、人ならぬ者の声を聞き、姿を見ることができる。穏やかな老女の面に鬼女の形相を見、この世の者でない誰かの必死に訴える声を聞いてしまう。

松庵はそれを〝力〟だと言う。おまえは他人《ひと》にない力を持っている。恐《おそ》れるのでも忌《い》み嫌うのでもなく、どう役立てるか、どう共に生きていくか考えろと。

おいちに迷いがないといえば嘘《うそ》になる。今でも戸惑《とまど》うことはしばしばだし、他人が押し隠している本性や本心を垣間《かいま》見てしまう己が、どこか後ろめたくもある。しかし、松庵の言う通り、役立つ面も確かにあるのだ。

おいちは死者の言葉を聞き、想いを知り、現《うつつ》の命を持つ者に伝えることができる。全部ではない。ほんの一端《いったん》、ほんの一部だけだ。それでも、死者たちは微笑んでくれる。おいちに縋り、おいちを頼りとしてくれる。この力のおかげで、現の世の悪を暴《あば》くことにも、正すことにもちょっぴりだが手助けできたりもした。だから、おいちは自分の力を厭《いと》うたりはしない。

おきくの昔話に耳を傾けながら、あの鬼女とおきくがどう繋《つな》がるのか、その繋がりをいつかおきくから聞くことができるのか、おいちは考える。それを語り尽くしたとき、おきくの病は快癒《かいゆ》に向かうのではないか。心の内から身を苛む棘から救われるのではないか。確かではないけれど感じている。溜《た》め込んだ想いは淀《よど》み、沈《しず》み、粘《ねば》りつく。人を鬼女にも異形《いぎょう》にも変える。

吐き出すことだ。毒を吐き出すように、身体に障《さわ》る異物を吐き出すように、己の内の鬼を外に出す。それしか道はない。

「おいちさんは、不思議な方ですねえ」

不意に告げられ、おいちは思わず胸を押さえた。あの力のことを覚《さと》られたかと構えてしまったのだ。

「不思議ですよ、ほんとうにねえ。おいちさんといると、どうしてだか口が軽くなります。ついついおしゃべりしてしまって。なんだか今夜はよく眠れそうですよ。ほんとにこんなにしゃべったの久しぶりで……」

おきくの視線が天井《てんじょう》あたりを漂う。

何かを探している？

屈託《くったく》なくしゃべり合えた昔日《せきじつ》だろうか。心底《しんそこ》から笑った日々だろうか。心地よく眠りに落ちた夜だろうか。それは記憶をまさぐらねば見出《みいだ》せないほど、遠い日々のものなのか。

「少し疲れました」

おきくが身体を横たえ、目を閉じる。目尻《めじり》に深い皺が刻まれていた。

次に出向いたとき、おきくは娘のころの失敗談を語った。足が速くて、それが自慢で町内を駆《か》け回っていたら、勢いがつき過ぎて荷馬車の前に飛び出し、あやうく馬に蹴《け》り殺されそうになったこと、店の前で水まきをしていたら、どうした弾みか柄杓《ひしゃく》が手から飛び出し、たまたま通っていた豆腐屋《とうふや》の頭を直撃したこと、母親が桶《おけ》から零れた豆腐を全部買い取って、その日から二日間、豆腐ばかりを食べさせられたこと。

次々に語られる昔話から、おきゃんで潑剌《はつらつ》として生き生きと愛らしい娘が、若いおきくが立ち上がってくる。

その次、おきくは兄の話をした。既《すで》に亡くなったが古手屋を継ぐのを嫌がって絵師になったそうだ。そして、次は、その兄の女房、義姉《あね》のことを語った。陽気で、胆力《たんりょく》があって、亭主をしっかり尻《しり》に敷いていたと。

おきくはしゃべった。その声も口調も日増しに、はっきりと力強くなっていく。

それに伴《ともな》い、食事の量も増えていった。そして、今日、

「おいち先生のおかげで、ずい分と楽になりました。明日からは庭に出て、少し歩いてみようかと思います」

心持《こころも》ち、ふっくらした顔に笑みを浮かべ、そう言った。

飛び上がるほど嬉しかった。

それまでも脚《あし》の衰えを少しでも防ぐため、家の中を歩くように松庵が指示していた。おきくは従わなかった。もう、今更《いまさら》、歩ける歩けないなどどうでもいいのだと、静かに、しかし、頑《がん》として拒《こば》んだ。それが起き上がり、座敷を歩き、廊下を往復するようになった。そして、庭に出ると言う。

外へと踏み出す一歩は、生きたいという気持ちの表れでもある。おきくの胸底《むなそこ》深くに残っていた生への執着《しゅうじゃく》が少しずつ、しかし、確かに頭をもたげようとしていた。心に引っ掛かるものはまだ幾《いく》つかあるけれど、病人が回復に向かっているのは間違いないのだ。

嬉しい、ほんとうに嬉しい。

露骨《ろこつ》に喜ぶわけにもいかなくて、おいちは胸の内でだけ手を叩《たた》き、飛び跳《は》ねて笑った。

中秋の名月。

『吾妻屋』を辞するとき、月見のお重を持たされた。里芋《さといも》を煮た甘い香りのするお重だ。

「新吉さん、急ぎましょうか。早く帰って、お月見のご馳走、いただきましょうよ。ほんとのこと言うと、あたし、お腹《なか》ぺこぺこなの」

「へっ、おれもご相伴《しょうばん》にあずかれるんで？」

「当たり前でしょ。用心棒と荷物持ちを引き受けてくれたんですもの、遠慮なくどうぞ」

菖蒲長屋での診療や往診が多いと、おきくのもとに顔を出すのがどうしても日暮れてからになってしまう。そこで、一刻《いっとき》（二時間）も過ごせば、帰り道は夜の闇の中だ。日脚《ひあし》が一日ごとに縮んでいく季節でもあった。

さすがに、娘一人、夜道を歩かせるわけにはいかない。江戸の闇には魑魅魍魎《ちみもうりょう》が蠢《うごめ》く。魑魅魍魎よりずっと厄介な生身《なまみ》の男たちが潜む。魑魅魍魎に襲《おそ》われても、おいちなら誰より上手《うま》く切り抜けられるだろうが、男となるとそう容易《たやす》くはいかない。あまりに剣呑《けんのん》だ。かといって、『吾妻屋』に送り迎えを頼むのも気が引ける。第一、おいちが窮屈《きゅうくつ》でしかたないだろう。

あれこれ悩んだ末、松庵の思案がいきついたのが新吉だった。

──往診が日暮れてからになるときだけ、おいちに同行してもらえないか。むろん、無理のない範囲《はんい》でかまわない。

松庵からの頼み事を新吉は二つ返事で引き受けた。

「おれみてえな者《もん》で役に立つなら、喜んでやらせてもらいます」

この若者らしい、真っ直ぐな受け答えが返ってきたのだ。

新吉は飾《かざ》り職人だった。細工物《さいくもの》の簪《かんざし》を得手《えて》とする。年季《ねんき》が明けた後の御礼奉公《おれいぼうこう》が終わり、独《ひと》り立ちしてまだ一年足らずだ。けれど、その腕前のほどは誰もが認めるところで、十《とお》の年から弟子《でし》入りした『菱源《ひしげん》』の親方が「新の野郎か。ありゃあ天性の飾り職人だ。おれなんざ、間もなく足元にも寄れなくなっちまうだろうぜ」と唸《うな》ったとか、呻《うめ》いたとか。当人は、その腕を驕《おご》るでもなく、ただただ仕事が好きで仕事場の隅でこつこつと鑿《のみ》や鎚《つち》を使っていた。

「たいてい、夕《ゆう》七つ（午後四時）には手が空《あ》くんで。いつでもお供《とも》しやすよ」

さらりと告げた後、新吉はほんの少しばかり頬を赤らめて、

「声を掛けてもらえて、正直、嬉しいです。こっちが礼を言いてえぐれえで」

と、続けた。これも新吉らしい素直な一言だ。

それで、月明かりの下を、おいちは新吉と連れ立って歩いている。

暑気《しょき》はとうに消え去り、微かに肌寒くはあるが凍《こご》えるほどではない。チリチリと

響く虫の音が愛らしく、月の光は見慣れた風景を幽玄《ゆうげん》の世界に見せてしまう。

天も地も、常にない美しさに鈍《にぶ》く輝いている。

温かくさえしていれば、そぞろ歩きにはもってこいの夜だろう。もっとも、おいちも新吉も気の向くまま歩いているわけではないのだが。

「おいちさん」

新吉が呼んだ。

「はい」

「ちょいと差し出がましいかもしれやせんが……、何か気になることがあるんですかい」

「え？　あ……」

我知らず頰に指を添えていた。

ここに心の内が表れていたのだろうか。

気になることはある。

おいちは吐息を一つ零してみた。

「おきくさんね、あたしにいろんな話をしてくれるの。あたしとしゃべるのが楽しいって、そうまで言ってくれて……」

「へえ。おいちさんは聞き上手ですからね。『吾妻屋』の大奥さんだけじゃなくて、たいていの者はおいちさんの前に出ると、知らず知らずいろんなことをしゃべってるじゃねえですか。なんていうか、隠し事をしようって気にならなくなるんですね、きっと。手下《てか》にできる相手ならとっくにそうしてたのに惜しい惜しいと、仙《せん》五朗《ごろう》親分がいつかぼやいてましたぜ」

仙五朗親分とは、〝剃刀《かみそり》の仙〟の異名《いみょう》をとる名うての岡《おか》っ引《ぴき》だ。これまで、さまざまに関わり合ってきた。善人とも好々爺《こうこうや》とも無縁の、どんなごろつきでさえ竦《すく》み上がるほどの凄《すご》みを漂わす男だ。しかし、人としての性根《しょうね》は直《ちょく》で、情け深くもあった。

おいちは、老獪《ろうかい》な岡っ引の並外れた知力や体力に感嘆し、頼りにもし、その人柄《ひとがら》を好んでいた。ただ手下は嫌だ。とうてい、務まらない。

「もう、新吉さんたら。親分さんの手下なんてまっぴらよ。江戸中を走り回らなくちゃならないんですもの。考えただけで疲れちゃう」

「ですよね」

顔を見合わせて笑う。

笑うと心が軽くなる。

「父さんがあたしを『吾妻屋』に通わせたのも、おきくさんの話し相手になれるから。それはだから、ある程度、効があったと思うの」

「へえ。だからこそ、大奥さんは歩こう、飯《めし》を食おうって気になるまで回復できたんでしょ」

「うん。それはそうなんだけど……。おきくさんの話って、どこにも『吾妻屋』が出てこないの」

「へ？」

「娘のころの話とか、両親やお兄さんや義姉《ねえ》さんのことはいっぱい、いっぱいしゃべるのに、自分の身内、亡くなった旦那《だんな》さんや息子の藤吉さんたちのこと、一切《いっさい》話に出てこないのよ。ううん、そもそもおきくさんが『吾妻屋』に嫁《とつ》いできたその後の話って、なんにもしないの。お嫁入りのことさえ話さない」

暫く黙《だま》り、新吉は低く唸った。

「うーん、おれのお頭《つむ》じゃ、どうにもはっきりしねえなあ。おいちさん、それってどういうこってす。まさか、そのころの記憶が抜け落ちてるとか……いや、そんなこたぁねえよな。息子夫婦とは毎日、顔を合わせてるわけだし、疎《おろそ》かな仕打ちを受けてるわけじゃなし」

「疎かどころか、それはもう、大切にしてもらってるのよねえ。なにしろ、藤吉さんたちがわざわざ菖蒲長屋まで訪ねてきたんだもの」

「じゃあ、どういうわけなんでしょうかねえ」

「わからないの。それに……」

それに、あの鬼女はどうなったのか。あれ以来、おきくの面輪《おもわ》に重なることはなかった。眼の迷いであってくれれば。祈るように思うときもあるけれど、すぐに自分の想いを自分で否《いな》む。否むしかなかった。

違う。あれは幻《まぼろし》でも見間違いでもなかった。

おいちは見たのだ。

現《うつつ》では光に目を眩《くら》まされもするし、勘違いもする。蝶《ちょう》を花に見紛《みまご》うことも、枯《か》れ尾花《おばな》を妖《あやかし》と見てしまうこともある。けれど、この世のものならぬ何かを見る、その眼は決して違《たが》えない。見たものがなんなのか思い惑うことはあっても、見誤《みあやま》りはしないのだ。

「それに、なんです」

「え？　いえ……別に」

おいちは足を止め、唇を嚙《か》んだ。言葉を呑み込むためではない。

全身が総毛《そうけ》立ったからだ。

ぞわり。

「新吉さん！」

新吉の腕を力任せに引っ張る。不意をつかれ、新吉がよろめいた。慌てて重箱の包みを落としそうになる。

「危ねえ。荷物を落っことしちまうじゃねえですか」

「こっちよ。早く。早くして」

「へっ、お、おいちさん。急にどうしなすったんで」

「いいから、早く隠れて」

天水桶《てんすいおけ》の陰に新吉を押し込み、おいちも身を縮める。おいちのただならぬ様子に新吉は黙り込み、されるがままに腰を落とした。

月は明るい。

行灯《あんどん》の明かりを借りなくても文字が読めるぐらいだ。その分、影の部分は暗く、底無しの闇に沈み込んでいた。その闇中《あんちゅう》に息を潜ませ、新吉と身体をくっつけ合ってしゃがみ込む。若い男の吐息が耳朶《じだ》に触れる。おいちの息も新吉に触れているだろう。

——おいち、嫁入り前の娘がなんてはしたない。あたしは、そんなふしだらに育てた覚えはないよ。

眦を吊り上げた、伯母《おば》のおうたの顔がちらついた。けれど、ちらついただけで刹《せっ》那《な》に消えた。はしたないだの、ふしだらだの言っている余裕はない。

余裕はない？

なぜ？　なぜ、こんなに胸が騒ぐ？　なぜ、こんなに気が逸《はや》る？

新吉がもぞりと動く。

夜風がそよりと吹いて、水の匂《にお》いを運んできた。

「おいちさん」

新吉の声音《こわね》が強く張った。

足音が聞こえる。数人のものだ。それが近づいてくる。ひたひたと地を伝《つた》い、耳に届いてくる。

一瞬だが、身体が震えた。背筋に冷たい汗《あせ》が流れる。

闇を踏みしだくように足音は大きくなり、数人の影が現れた。身を縮めているので、まじまじと見極めたりはできない。しかし、肌に突き刺さってくる剣呑な気配は感じる。仙五朗なら、これを殺気とでも呼ぶのだろうか。

「くそっ」

天水桶の前で一人が舌を鳴らした。

「まんまと逃げられたか」

「探せ。一刻も早く探し出して始末するのだ」

「あの身体だ。そう遠くには行けまい」

「探せ。草の根を分けても探し出せ」

男たちの声にも殺気が混じっている。

心《しん》の臓《ぞう》が縮んだ気がした。鼓動が激しくなる。

怖《こわ》い。この男たちが怖い。怖くてたまらない。

足音が遠ざかり、男たちの気配が全《すべ》て消え去ったとき、おいちは地面に手をついていた。それから、長い息を吐き出した。息と一緒に、力まで抜けていく。腕が身体を支えきれない。

「おいちさん」

後ろから新吉が抱き止めてくれた。

「大丈夫ですか」

「……大丈夫。ちょっと気を張り過ぎたのかも……。ありがとう、新吉さん」

「いや、礼を言われるほどのこたぁしてやせんよ。けど、あいつら何者なんでしょうか。ちょいと危ねえぐれえ気色《けしき》ばんでいたみてえでしたねえ。形《なり》は町人風だったが、ありゃあどうみても侍《さむらい》だ。そこらあたりも妙《みよう》っちゃあ妙だな」

「町人風、だった?」

「へえ、四人が四人とも縞だの格子《こうし》だのの小袖を着込んでましたぜ。腰にゃなんにも佩《は》いちゃあいなかったが、おそらく懐《ふところ》には九寸五分《くすんごぶ》(匕首《あいくち》)を呑んでたはずですよ。手に持ってたやつも一人いましたしね」

「すごい」

思わず胸の上でこぶしを握っていた。

「え？　何がすごいんで」

「新吉さんよ。よく、そこまで見てとれたわね。あたしよりずっと親分さんの手下に向いてるわ。ほんと、すごい」

「いや、そんな……。すごいなんて、おいちさんに褒《ほ》められたら、おれとしてはどうしていいか、こ、困っちまう」

照れているのか、ほんとうに困っているのか、新吉は頭の後ろをしきりに掻いている。その仕草《しぐさ》を見ているうちに気持ちは落ち着いた。嫌な汗は引き、胸の早鐘《はやがね》は元に戻った。

足に力を込め、立ち上がる。

「帰りましょうか、新吉さん」

「へえ。けど、さっきのやつら、気にはなりますね」

「ええ……。でも、あたしたちとは関わりないから」

そうだろうか。

おいちは自分の言葉に自分で首を傾げる。

関わりないなら、どうして、隠れたりしたんだろう。震えるほど怖かったんだろう。

男たちは殺気を放っていた。おいちはそれを受け止め、震えたのだ。江戸の町中を歩いていれば、殺気とぶつかることも、たまにだがある。匕首を握った男同士の揉め事にも、包丁《ほうちょう》を振りかざして男を追う女の狂態にも出会った覚えがあった。どちらも一度こっきりだが、どちらとも相手を本気で殺そうとする邪気《じゃき》に塗《まみ》れていた。腥《なまぐさ》いほどの怨《うら》みと憤《いきどお》りがぶつかってきた。気分が悪くなった。それでも、さっきのような恐れは感じなかった。自分に関わりないとわかっていたからだ。

でも今度は？　いや、関わり合うはずがない。町人の形をした武士と関わり合うはずがない。気のせいだ。すれ違って、遠ざかって、それで終わりで……。

息を呑み込む。

心の臓がまた、どくりと鳴った。

耳の奥に、か細い声が響いた。

――助けて。

「じゃ、行きましょうか。おいちさん？　どうかしやしたか」

すぐ傍《かたわ》らにいるのに、新吉の問い掛けがひどく掠《かす》れて聞こえる。

呼んでる。誰かが、あたしに助けを求めている。

目を閉じる。微かな声を捉えるために、耳をそばだてる。

誰？　誰があたしを求めているの。

――助けて。かかさまを助けて。

かかさま？

――死にたくない。生きてみたい。かかさまを……助けて。

おいちは瞼《まぶた》を開けた。月に照らされた蒼白《あおじろ》い道がある。昼間とはまるで別の、どこか異界に通じているような道だ。

――助けて……。かかさまが……。殺さないで……。生きてみたい。生きてみたい。生きてみたい。

おいちは地を蹴って、駆け出した。

「おいちさん！」

新吉の叫《さけ》びが背中にぶつかる。振り向かない。前だけを見て、おいちは走った。

赤子、泣く

足がもつれた。

よろめく。

「あぶねえっ」

腕を強く摑《つか》まれ、おいちは辛《かろ》うじて転倒を免《まぬか》れた。新吉《しんきち》が支えてくれなかったら勢いのままに地面に転《ころ》がり、身体《からだ》のあちこちをしたたかに打ちつけていたはずだ。

「おいちさん、気を付けてくだせえ。急《せ》いてもろくなこたぁ、ありやせんぜ」

新吉が静かに諭《さと》す。声音《こわね》に戸惑《とまど》いが滲《にじ》んでいた。おいちが急に走り出したわけが解《げ》せないのだ。何も明かしていないのだから、わからなくて当然だ。けれど、今は余裕がない。

急がなくっちゃ。早く、早く。

焦《あせ》る。心が炙《あぶ》られる。早く、早く、早く、早く。

「あっ」

新吉が手を放した。

「今、聞こえやせんでしたか」

「え？　何が」

「呻《うめ》き声です」

月明かりの下、新吉の表情が俄《にわか》に引き締《し》まったのが見て取れる。

耳を澄《す》ませてみる。

何も聞こえない。さっき頭に響《ひび》いた助けを求める声も、はたりと止《や》んだままだ。

ただ風が掘割《ほりわり》を渡っていく音だけが届いてくる。

「こっちだ」

新吉が歩き出す。今度は、その背中を追い掛ける格好《かっこう》で、おいちも続いた。新吉は意外なほど確かな足取りで一本の路地《ろじ》に入っていった。味噌蔵《みそぐら》と仕舞屋《しもたや》の板塀《いたべい》に挟《はさ》まれた道は暗く、心持《こころも》ち、寒い。路地に足を踏《ふ》み入れたとたん、おいちの耳も呻きを捉《とら》えた。

細く、弱く、今にも消え入りそうな声だ。

暗がりの中で、新吉がしゃがみ込んだ。

「おいちさん」

呼ばれて、提灯《ちょうちん》を掲《かか》げる。そして、息を呑《の》んだ。

女が一人、うずくまっていたのだ。味噌蔵の壁《かべ》にもたれかかり、歯を食いしばっている。幾筋《いくすじ》もの汗《あせ》が頬《ほお》を伝《つた》っていた。途切れ途切れに、言葉にならない低い声を漏《も》らしている。

「赤ちゃんだわ」

おいちは叫《さけ》んだ。

「へ？　赤ん坊って」

新吉が視線を左右に動かした。

「赤ちゃんよ、赤ちゃんが生まれるの。もし、しっかりしてください。大丈夫ですか。あたしがわかりますか」

女がうっすらと目を開ける。ほつれた前髪が汗で額《ひたい》に貼《は》り付いていた。

「……この子を……助けて……」

不意に女が動いた。おいちの腕を細い指が摑む。新吉よりずっと強い力だった。

「助けてください。お願い……殺さないで」

女の目尻《めじり》から涙が零《こぼ》れる。汗と一緒になって顎《あご》の先から滴《したた》る。

「あたしは医者です」

おいちは女の耳元で囁《ささや》いた。

「任《まか》せてください。大丈夫、赤ちゃんは守ります」

「……お医者さま……」

「そうです。何も案じることはありませんからね。もうちょっとだけ我慢《がまん》してください。新吉さん」

「へい」

「この人を菖蒲長屋《しょうぶながや》まで運んでもらえる」

「わかりやした。抱《かか》えていきやす」

「急いで。でも、揺《ゆ》らしちゃ駄目《だめ》」

「急いで揺らさず、ですか。どうにも難儀《なんぎ》でやすね。けど、四《し》の五《ご》の言ってるときじゃねえようだ。行きやしょう、おいちさん」

「はい。お願いします」

女を支え、立ち上がらせる。そうすると、下腹の膨《ふく》らみがさらに目に付いた。女は旅姿をしている。この身体で江戸まで旅してきたのだろうか。

「ああうっ」

くぐもった叫び声をあげ、女が身を捩《よじ》る。陣痛《じんつう》が始まっているのだ。

新吉が女を抱いて歩き出す。おいちは荷物を両手に提《さ》げ、息を一つ呑み下した。

「赤子《あかご》だと？　ちょっと待て。それぱっかりは、おれの手には負《お》えんぞ。取り上げ婆《ばあ》さまの領分じゃないか」

汗みどろになった新吉が女を下ろし、おいちが手短《てみじか》に事情を伝えたとたん、松《しょう》庵《あん》の顔色が変わった。珍《めずら》しく、慌《あわ》てる。

「誰の領分だっていいの。だいたい、お重《しげ》さんが腰痛で動けないの、父さんが一番よくわかっているでしょう」

増三郎《ますさぶろう》長屋のお重婆さんは、ちょっと名の知れた取り上げ婆《ばばあ》で、若いころは一年に三百人以上の赤ん坊を取り上げたとか、取り上げた赤ん坊はすくすくと育ち一人として夭逝《ようせい》することがなかったとか、数々の武勇伝の持ち主でもあった。が、寄る年波には勝てず、このところ腰痛と膝《ひざ》の疼《うず》きに悩まされて松庵のもとに通ってきている。幾分《いくぶん》楽になってきたとはいえ、まだ夜道を走れる身体ではなかった。

おいちは上《うわ》っ張《ぱ》りを身に着け、手を洗うと、息を弾《はず》ませている新吉に頭を下げる。

「新吉さん、ありがとうございました。でも、もう少しだけ手伝ってもらいたいの。手が足りなくて」

「もちろんでさぁ。おれにできることなら、なんでもやりやすよ」

「じゃあ、鍋《なべ》いっぱいにお湯を沸《わ》かしてくださいな。それと、父さんはお蔦《つた》さんとおしんさんを呼んできて。早く、急いで」

お蔦は仏具職人の、おしんは草履《ぞうり》売りの女房《にょうぼう》だ。二人とも菖蒲長屋の住人で、お蔦は五人、おしんは四人の子持ちだった。

「わ、わかった。すぐ呼んでくる」

「あっ、それから晒《さら》しをたっぷり出してきてね。それと、きれいな盥《たらい》や手拭《てぬぐ》いがいるから。明かりも蠟燭《ろうそく》に替えてちょうだい。できるだけ大きいやつ」

松庵の眉《まゆ》が両方とも吊《つ》り上がった。

「おいち。まっ、まさか、おまえが取り上げるつもりじゃないだろうな」

「つもりですよ。お蔦さんたちにも手伝ってもらうから」

「しかし、おまえ、子どもなんて産んだことないだろうが」

「当たり前でしょ。何を頓珍漢《とんちんかん》なこと言ってるの！」

娘に怒鳴《どな》られて、松庵が表口から飛び出していく。何かにつまずいたのか、派手な音がした。

「へえ。先生があんなに慌てるの初めて見たな」

竈《かまど》の前で、新吉が肩を竦《すく》める。

おいちは女の傍《かたわ》らに膝をつき、汗を拭い取った。

「もうちょっとですからね。赤ちゃん、ちゃんと生まれてきますからね。大丈夫ですよ」

「……ありがとう……ございます。ご恩は忘れません」

女が手を合わせる。窶《やつ》れてはいるが、整った品の良い面立《おもだ》ちをしている。ただ、顔色はおそろしく悪い。血《ち》の気《け》がほとんどなく、艶《つや》も失《う》せている。白紙を一枚、被《かぶ》せたみたいだ。

もつかな。

一瞬、不安が過《よぎ》る。

出産は大事《おおごと》だ。母親は命を懸《か》けて子を産む。

「お産は女子《おなご》の戦《いくさ》だからね」

そう言ったのは、お重婆さんだ。確か、お蔦の五人目の子を取り上げたときだった。思いの外《ほか》難産でお蔦は一昼夜、苦しんだ。その間、おいちは上の子四人を預かり、世話をし、お重の助手も務めたのだ。東の空がうっすらと明るくなるころ、お蔦は無事に男児を産み落とした。普段は無口で愛想《あいそ》なしで、いつも不機嫌《ふきげん》に口を結んでいる亭主の八吉《はちきち》が産声《うぶごえ》を聞いたとたん、号泣《ごうきゅう》したことが今でも忘れられない。

白々《しらじら》と夜が明けていく中で、五人目だからあっさり生まれると思ったと、おいちはお重婆さんに告げた。一人目より二人目、二人目より三人目の方がお産は軽くなると聞いていたのだ。

おいちの淹《い》れた熱い茶をすすりながら、お重婆さんは頭を横に振った。違うと言うのだ。

「お産は一回一回が別物さ。何回目でも命懸けなんだよ」

「命懸け、か」

「そうだよ。お産は女子の戦だからね。男の戦は殺し合いだけれど、女は赤子を産むんだよ。すごいこっちゃないかい、おいちちゃん」

そこで、お重婆さんはふっと笑ったのだ。湯気《ゆげ》の向こうの笑顔がとても優《やさ》しげで、おいちは、どうしてだか涙ぐみそうになった。

その子は福助《ふくすけ》と名付けられた。次の正月で二つになる。この夏、重い風邪《かぜ》に罹《かか》ったけれどなんとか凌《しの》いで、すくすく育っている。ただ、お重婆さんの方は歳《とし》を取り、腰を痛め、膝を痛め、歩くのがやっとという有様《ありさま》だ。

生まれてくる者と老いていく者と。その真ん中に自分がいる。前にも後ろにも長い道がある。それがとても尊《とうと》いようにも、不思議なようにも思えるのだ。

もっとも、今はそんな悠長《ゆうちょう》な思いに浸《ひた》っている場合ではなかった。陣痛の間合《まあ》いがそれとわかるほど狭《せば》まっている。お産は既《すで》に始まっているのだ。

「もし、聞こえますか。あたしの声が聞こえますか」

女に声を掛ける。女は閉じていた目を細く開け、頷《うなず》いた。

「名前を。お名前を教えてください。なんとお呼びすればいいのですか」

名を知り、名を呼ぶ。それは僅《わず》かでも、気付《いき》けになるはずだ。

万が一にもここで気を失ったりしたら、息めなくなる。母親が気張《きば》らなければ、赤子は自分だけの力で生まれ出てこなければならない。母親にとっても赤子にとっても、それは限りなく死に近づくことだ。危ない。あまりに剣呑《けんのん》だ。なんとしても避けねばならない。しかし、女はそれでなくても疲れ切り、弱り果て、衰《おとろ》えている。正直、戦に向かうだけの力が残っているとは思えなかった。

それでも、もう退《ひ》けない。男の戦なら遁走《とんそう》も退却もありだろうが、女はそうはいかない。命の限り戦うしかない。

「お名前を教えて。あたしの言ってること、わかりますね」

耳元で呼びかける。

「……滝代《たきよ》……と、申します……」

「滝代さんですね。あたしは、いちと申します。ここは六間堀町《ろっけんぼりちょう》の菖蒲長屋です。あたしの父は藍野《あいの》松庵という医者なんですよ」

滝代の帯《おび》を解《と》き、腰の下に大判の晒しを何枚も敷く。これが産褥《さんじょく》だ。お重婆さんは夜具《やぐ》を重ねて産婦の背もたれにしていたけれど、そんな物を運び込む暇《ひま》はなさそうだ。むろん、力綱《ちからづな》を垂《た》らす間もない。

「娘のあたしが言うのもなんですが、父は名医としてけっこう評判なんですよ。ええ。ほんとに。でも、さすがにお産だけはどうにもならないらしくて……。滝代さん、聞いてますか」

ともかく、しゃべる。滝代の正気《しょうき》を保《たも》たせるためにしゃべりかけ、名前を呼ぶ。

「お助けいただいて……ほんとうに……どれほどありがたいか」

「困ってるときはお互いさまですよ。あたしたち、いつもそうして助け合って生きてるんです。そうしないと、お江戸では生きていかれませんからね」

これは嘘《うそ》でも、出まかせでもない。その日暮らしの裏長屋の住人たちは、ときにいがみ合い、罵《のの》り合い、取っ組み合いの喧嘩《けんか》までするけれど、いざとなれば手を差し伸べる。老いた者に、幼い者に、病《やまい》の者に、怪我《けが》を負って動けない者に助力することを躊躇《ためら》ったりしない。

みんな知っているのだ。弱い者たちは繋《つな》がらないと生きていけないと。手を差し出す。差し伸べる。摑む。縋《すが》る。支える。引き上げる。それができない者は孤立する。孤立すれば、生きていくのは至難《しなん》だ。生き延びるために結びつく。

「おいちちゃん、お呼びかい」

「お産だって?」

お蔦とおしんが飛び込んできたのと、滝代が歯を食いしばって呻いたのはほとんど同時だった。

「ありゃ。これはもう頭が覗《のぞ》いてるじゃないか」

「ほんとだ。間もなく生まれるよ。いい按配《あんばい》だ」

「おしんさん、いざってときは、お下《しも》を抓《つま》んでおくれ。ここが下手《へた》に裂《さ》けちゃうと、後が大変だ」

お蔦とおしんは滝代の股《また》の間を覗き込み、まくしたてた。

「あいよ、任せな。けど、その前にちょっと、あんた」

竈《かまど》に火吹《ひふ》き竹《だけ》で息を吹き込んでいた新吉が、「へ?」と間の抜けた声をあげた。

「男のくせに、なんでそこにいるんだよ」

「え? あ、そ、それは湯を沸かすように言われて……」

「湯なら、もうたっぷり沸いてるじゃないか。もういいよ。お役御免《ごめん》だ。とっとと出ていきな。出ていかないなら、叩《たた》き出すよ」

おしんの気迫《きはく》に押されたのか怖《お》じたのか、新吉は身を縮《ちぢ》めて外へ出ていった。

ごめんなさい、新吉さん。

心の中で手を合わせる。

今夜は迷惑ばかりかけているようだが、しかたない。

「あんた、しっかりしなよ。ちゃんと息《いき》まないと、赤ん坊が弱っちまうよ。ほら、力を入れて」

お蔦が滝代の頰《ほお》を音がするほど強く叩いた。

「お蔦さん、そんな、ちょっとやり過ぎよ」

「何言ってんのさ。これくらいしないと、しゃんとしやしないよ。この人、ほとんど気を失いかけてるじゃないか。あたしなんてね、福助のときに、ほっぺたが腫《は》れるほどお重婆さんにぶっ叩かれて、なんとか正気でいられたんだからね」

「そりゃあそうだけど」

おいちは、えらの張ったいかにも頑丈《がんじょう》そうなお蔦の横顔に目をやった。滝代の顔より一回りは大きい。

「滝代さん、口を開けて、浅く息を吐《は》いて。息みが緩《ゆる》んだら、身体の力も抜いてください。浅く、浅く、はっはっはっはっですよ」

これもお重婆さんから教わった。はっはっと息を吐きだすことで、次の息みに備えるのだそうだ。お重婆さんは誰からも教わっていない。取り上げ婆としての年月の間に会得《えとく》したやり方だと聞いた。

滝代は軽く口を開き、短い息を吐き出した。しかし、すぐに歯を食いしばり、固く目を閉じる。

「よしよし、頑張《がんば》んな。もうちょっとだからね」

お蔦が声をあげて励《はげ》ます。滝代を後ろから抱き起こし、腰をがっしりと支える。

変だ。

おいちは我知らず眉《まゆ》を寄せていた。頭が覗いてから、時がかかり過ぎる。陣痛は続いているが、息みの数は減った。

もしかしたら……。

松庵の道具箱を開ける。

「おしんさん、お湯、沸いてる？」

「たっぷりさ。今、盥に移してる。産湯《うぶゆ》には熱過ぎるからね」

「鍋に入れて、これを煮立たせて」

「これは。刃物かい？　えらく変わった形をしてるね。まるで笹の葉っぱみたいじゃないか」

「刃針《はばり》よ。人を切るのに使うの」

おしんの黒目がくるんと動く。

言葉足らずだと重々《じゅうじゅう》わかっているけれど、詳《くわ》しく説《と》いている間はない。おしんも心得《こころえ》たもので、それ以上は何も問うてこなかった。

「お蔦さん、もしかしたら、福助ちゃんのときと同じかもしれない」

「えっ、臍《へそ》の緒《お》が絡《から》み付いてるってかい」

臍帯巻絡《さいたいけんらく》。

臍の緒が長過ぎたり、胎児《たいじ》が活発に動き過ぎると臍の緒が胎児の身体のどこかに絡まり、お産の妨《さまた》げになることがある。

福助がそうだった。

臍の緒が巻き付いて動けなくなり、お産がひどく長引いたのだ。

あのとき、お重婆さんはどうしていた？　落ち着いて、おいち、落ち着くんだ。

おまえが慌てちゃ駄目だ。思い出して、思い出して。

自分に言い聞かせる。

「お蔦さん、今度、息みがきたらお腹《なか》を押してみて」

「わかった。頭だけでも出さなくちゃね」

滝代が瞬《まばた》きをする。視線が縋りついてくる。それを受け止め、おいちは頷いてみせた。

なぜ、身重《みおも》の身体でありながら旅姿をしていたのか。

なぜ、あんなところにうずくまっていたのか。

どこから来て、どこに行こうとしているのか。

何者なのか。

おいちには見当がつかない。しかし、どれもこれも今はどうでもいいことだ。疲れ切った身体で、必死に子を産もうとしているこの人を助ける。母も子も助ける。

それだけだ。

「あ……ううっ」

滝代が力《りき》む。蒼白《あおじろ》い頬がみるみる上気《じょうき》していく。

「おしんさん、刃針を！」

「あいよ。あちっ、あちち」

おしんが真っ白な晒しの上に刃針を載《の》せて、おいちの傍らに置いた。

「おいちちゃん、頭が出るよ」

「ええ。おしんさん、しっかり脚《あし》を持っていて」

滝代の股《また》の間に屈《かが》み込む。血と汗の混じった腥《なまぐさ》い臭《にお》いがした。腥いのにどこか甘やかでもある。屍臭《ししゅう》が重く纏《まと》わりついていつまでも消えないのとは逆に、滑《なめ》らかにするりと鼻孔《びこう》を通り抜けていく。

頭が出た。

血の臭いが強くなる。

やはり臍の緒だ。首に一巻きしている。

おいちは刃針を握《にぎ》ろうとして、指を滑《すべ》らせた。指先が微《かす》かに震《ふる》えているのだ。

初めてだった。

赤ん坊を産ませるのも、臍の緒を断ち切るのも、今まで一度もやったことがない。お蔦のときはただお重婆さんの言う通りに動いていればよかった。今度はそうはいかない。お重婆さんはいない。松庵も役に立たない。

おいちが決め、手を下さねばならないのだ。

おいちは息を吸う。丹田《たんでん》に力を込める。刃針を掴む。

赤ん坊の首に巻き付いた臍の緒に刃《やいば》を当て、切り落とす。

──ふうっ。

赤ん坊が大きく一息を吐き出した。そんなことがあるはずもないのに、おいちは確かに感じた。

──これで、生きられる。

そんな声を聞いた気もした。

「もうひとがんばりだ。出るよ」

おしんの怒声《どせい》に近い大声が耳を打つ。おいちは息みに合わせ、赤ん坊を引っ張った。肩、そして全身が血の混じった水と一緒に出てくる。生温《なまあたた》かな薄桃色《うすももいろ》の水だ。

生まれた。

おいちは赤ん坊を抱きかかえたまま、その場にへたりこんだ。

「おいちちゃん、口の中を」

お蔦が叫ぶ。

そうだ、気を抜くのはまだ早いんだ。

赤子の口の中に白い滓《おり》のようなものが詰まっている。指でそれを掻《か》き出した。今度はほんとうに、赤子が息を吐く。それは産声にかわり、あたりに響いた。

ほぎゃ、ほぎゃ、ほぎゃ、ほぎゃ。

「おやまあ、なんて元気な子だろ。お蔦さん、こりゃあ福ちゃん並みの豪傑《ごうけつ》だ」

おしんが目を細める。

「ああ、苦労して生まれてきた子は丈夫《じょうぶ》に育つんだよ」

お蔦が額の汗を拭《ふ》いた。

「産湯を使わせてあげようね。おっかさんとのご対面はその後だよ」

おいちから赤ん坊を受け取ったとき、おしんはにやりと笑った。

「おいちちゃん、たいした腕じゃないか。お重婆さんの跡取りができるね。気をお付けよ。これから、赤ん坊を取り上げてくれって、わんさか押しかけられるかもしれないよ」

「そんな……おしんさんとお蔦さんのおかげで、なんとかなっただけで……」

「あたしたちはただの手伝いさ。ね、お蔦さん」

「そうそう。お見事だったよ、おいち先生。でも、まだ仕事は残ってるからね。お腹に残ってるものを綺麗《きれい》に出してしまわなきゃ駄目だって、そこまでがお産だって、お重婆さんが言ってたろ」

後産《あとざん》のことだ。腹の中の胞衣《えな》を全《すべ》て出し切ってしまわねば、後々、病の因《もと》になる。

「あ、そうだ。滝代さん、滝代さん。大丈夫ですか。赤ちゃん、無事に生まれました。とっても元気ですよ」

「あ……はい」

滝代が頭を上げる。求めるように手を伸ばす。

「赤ん坊を……」

「ええ。今、産湯を使ってますからね」

「……どちらでしょうか」

男か女かと問うたのだろう。お蔦がぐっと顔を突き出す。

「立派な一物《いちもつ》がついてたよ。お殿さまだね」

とたん、滝代の眼《まなこ》に翳《かげ》りが走った。口元が泣くように歪《ゆが》む。

「男……」

目尻から一筋《ひとすじ》、涙が零れる。

「滝代さん？　どうかしましたか」

なんなのだろう。この暗みは。

「いえ……。おいちさん、荷物の中に……産着《うぶぎ》が……」

「まあ、産着があるんですか」

滝代の前で、風呂敷《ふろしき》包みを解《ほど》く。

「うわぁ」

思わず声をあげてしまった。

真新しい白い産着と襁褓《むつき》だ。産着は柔らかく、触れなくても上質の物だと一目でわかる。

「産着があるのかい。ありがたいね。早速、着せてやろうか。一枚、おくれ」

「はい」

おしんに産着を渡す。

うん？

産着の間から黒い鞘《さや》が覗いた。蠟色塗《ろいろぬり》の短刀だ。柄《つか》には丸に白菱《しろびし》を重ねた紋《もん》が付いている。守り刀だろうか。

刀とは無縁の暮らしをしている。良し悪《あ》しなどさっぱりわからない。それでも、目の前の一振《ひとふ》りが相当な品《しな》だというくらいは見当がついた。

風呂敷を固く結ぶ。

見てはいけないものを見てしまった。

そんな気がして、胸が騒《さわ》いだ。

「ささ、ここにもたれて、少しは楽だからさ」

お蔦が手早く、滝代の後ろに夜具を重ねる。そこに寄り掛かり、滝代は呟《つぶや》いた。

「とおまる……」

「とおまる？」

「赤ん坊の名です」

「ああ、赤ちゃんの。どんな字を書きますか？」

「十に……丸で……。いえ、違います」

唐突《とうとつ》とも思える激しさで、滝代がかぶりを振る。

「とすけにしてください。十に助《す》ける。それで十助《とすけ》と……」

「十に助けるで十助。あら、とってもいい名前だわ。ね、お蔦さん」

「ああ。名前通りに人助けのできる男に育つだろうさ」

「ほんとだ。きっとそうなるわね。それが名前の由来でしょうね」

おいちはことさら弾んだ声を出した。そうしないと、滝代の眼に宿《やど》る暗みに引き込まれそうな心地《ここち》がするのだ。

赤ん坊が生まれた。

産声をあげた。

それを祝いたい。死者に読経《どきよう》や念仏《ねんぶつ》がいるのなら、生まれたての命には言祝《ことほ》ぎを与えよう。どんな赤ん坊でも、生まれてきたことを祝い、幸せを祈りたい。少しでも人の世の闇《やみ》から遠ざけたい。

おいちはそう思う。だから、滝代の抱え持つ暗さが気になる。気になってたまらない。

「それにしても、お七夜《しちや》を待たないで生まれてすぐに名前を、しかも、とびっきりのいい名前を貰《もら》えるなんて、果報者《かほうもの》だよ」

「そういえば、福ちゃんはなかなか名前を付けてもらえなくて、大家《おおや》さんに怒られたのよね」

「そうそう『名前がなくちゃ人別帳《にんべつちよう》にも載せられない。おまえたちは、この子を生まれながらの無宿人《むしゆくにん》にするつもりか』って怒鳴られちまった。うちの宿六《やどろく》なんて、五人目だから〝五つ〟でいいじゃないかなんて言いやがるのさ。擂粉木《すりこぎ》でぶん殴《なぐ》ってやりたかったよ。犬、猫でももうちっとは凝《こ》った名前を付けるじゃないか」

「でも福助っていうの、いい名前だと思う。福の神さまに贔屓《ひいき》されそうな感じがするものね」

「ありがとうよ。宿六が突然、閃《ひらめ》いたんだってさ。閃いてくれなきゃ、ほんとに〝五つ〟になってたよ。やれやれさ」

お蔦が胸を撫《な》で下ろす仕草《しぐさ》をする。つい、笑ってしまった。滝代の口元も笑っている。笑うと目元に若さが滲んだ。

「ほい。いい男ができあがったよ」

おしんが産着に包《くる》まれた赤子を連れてくる。

「臍の緒は麻糸《あさいと》で括《くく》っておいたからね。へへ、あたしもいっぱしの取り上げ婆さん気取りだよ。ちょいと、あんた、この子を抱っこするかい」

「……よろしいのですか」

「あんたが産んだ子じゃないか。おっかさんが抱っこしないで、どうするんだよ。あっ、でも、その前に、お蔦さん、〝乳《ち》つけ〟してやんなよ。あんた女の子を三人も産んでるんだからぴったりだよ」

「ああ、まかせときな」

お蔦が胸をはだけ、見事に盛り上がった乳房を露《あらわ》にした。

「おやまあ驚いた。この子一人前に乳《ちち》を吸おうとしてるよ。さっき産まれたばかりなのにさ。はは、かわいいねえ。おお、飲んでる飲んでる、たいしたもんだ。さ、今度はあんたの番だよ。たっぷり吸わせてやんな」

「わたしが乳を……」

　滝代がそれとわかるほど、目を見開いた。その表情のまま赤子の十助を受け取る。危なっかしくぎこちない仕草だったが、十助は泣かなかった。目を閉じたまま、唇《くちびる》を動かしている。

「ほら、もう、おっかさんのお乳を欲しがってるじゃないか」

「お乳を吸わせたりして……よろしいのでしょうか」

「よろしいもよろしくないも、あるもんか。それが母親の役目ってもんさ。〝乳つけ〟もすんだし、後はあんたがやるんだ。あたしたち長屋もんには乳母《うば》なんていないからね。自分で産んで、自分で乳をやって、自分で育てるんだよ。お産だって軽けりゃ一人でやっちまう。取り上げ婆さんを呼ぶのはよっぽどのときさ」

　おしんが胸を突き出した。

「お蔦さんだって、お重婆さんを呼んだのは、福ちゃんのときだけだものねえ」

「おしんさんは、四人とも一人で産んじまったんだよね」

「あら、お咲《さき》のときはあんたが手伝ってくれたじゃないか。頭のでっかい子で出てくるのに難儀したからね」

「そうだった、そうだった。お咲ちゃん才槌頭《さいづちあたま》で往生《おうじょう》したね」

「ちょっと、他人《ひと》の娘を才槌頭だなんて言わないでおくれよ」

「あら、ごめんよ。でもいいじゃないか。今じゃ可愛《かわい》らしい女の子なんだからさ。ははは」

「そうかね。はははははは」

「えっと、お蔦さんもおしんさんも、ほんとにありがとうございました」

おいちは遠慮がちに口を挟んだ。このまま放っておけば、夜が明けるまでしゃべっているかもしれない。二人とも、菖蒲長屋では一、二を争うおしゃべりなのだ。おしゃべりを止めたい思いもむろんあったけれど、それ以上にお礼の気持ちが膨んでいた。

「お蔦さんとおしんさんのおかげで、なんとか無事に済みました。ほんとうに、ほんとうに、ありがとうございます」

「わたしからも……御礼《おんれい》、申し上げます」

赤子を抱いたまま、滝代が頭を下げようとする。それを、お蔦は手振りで制した。

「止《や》めておくれよ。困ってるときはお互いさまだって、おいちちゃんが言ったじゃないか。おいちちゃんや松庵先生に、どれだけあたしたちが世話になってるか。ねえ、おしんさん」

「そうともさ。うちの子が怪我や病気をする度《たび》に、ここに駆《か》け込んで、お薬処方してもらってさ。薬礼《やくれい》は銭《ぜに》のあるとき払いでねえ。ほんと、何度助けてもらったか数えきれないよ」

「あんた、端《はな》から数えてないんだろう」

「おや、お言いだね。お蔦さんだって、この前、一太《いった》ちゃんが怪我をしたとき、松庵先生に手を合わせてたじゃないか。世話になり過ぎて覚えきれない。生きているうちに恩返しができるかどうか心許ないなんて言ってたよね」

「ああ、あのときね。一太のやつが屋根から落っこちたときだ。まったくねえ、あの子の向こう見ずにも呆《あき》れるよ」

「お蔦さん、今だから言うけど、ありゃあね、おやえさんとこの良介《りょうすけ》にそそのかされたんだよ。屋根を歩いてみろだとかなんだとかさ」

「えっ、ほんとかい。一太はそんなこと一言も言わなかったよ。ちょっと、おしんさん、どこで仕入れた話だよ」

「それがね、この前、あたしが井戸端《いどばた》で……」

おいちは空咳《からせき》を二度繰《く》り返した。それから、上《あ》がり框《かまち》に置いたままだった重箱の包みをお蔦に手渡す。

「これ、お月見重《つきみじゅう》なんです。いただき物なんですけど、みなさんで召し上がってください」

「お重だって。まあ、これはこれは」

お蔦が鼻を動かす。

「まあ、お芋《いも》のいい匂《にお》いがするよ。うんうん、その他にも卵焼きや煮魚がたっぷり入ってるね。こりゃあ、ご馳走《ちそう》だ」

「まあ、お蔦さん、あんた相変わらず鼻が利《き》くね」

「戌年《いぬどし》だからね。おいちちゃん、これ遠慮なく貰っちゃっていいのかい」

「どうぞどうぞ。どうせ、お裾《すそ》分《わ》けするつもりだったんだもの。みなさんで食べてください」

「ありがたいねえ。じゃあ、いただくよ。松庵先生やさっきの若いのも一緒すればいいよね」

「お願いします。父さんも新吉さんも夕餉《ゆうげ》がまだなんです。お腹を空《す》かせてるはずだから」

「あいよ。じゃあ、おしんさん、久々にご馳走で騒ごうじゃないか」

「いいねえ。これだから生きている甲斐《かい》があるってもんさ」

お蔦とおしんが出ていくと、不意に静寂《せいじゃく》が訪れた。蠟燭《ろうそく》の芯《しん》の燃《も》える音さえ聞こえる。いつもなら早々に消してしまう蠟燭をおいちは燭台《しょくだい》ごと、滝代の傍《そば》に運んだ。

淡い臙脂色《えんじいろ》の明かりが赤ん坊を照らし出す。唇がまだ動いていた。

「お乳、あげてみたらどうですか」

「は、はい」

滝代が夜具から身を起こす。その背中をおいちはそっと支えた。

胸元《むなもと》が開くと、目に染《し》みるほど白い乳房《ちぶさ》が現れた。女のおいちが見ても美しい。

「ど……どうすれば……」

「あたしにもたれてください。力を抜いてゆったりとして、それから十助ちゃんをしっかり抱いて……。あ、力を入れちゃ駄目ですよ」

「赤ん坊って……こんなに柔《やわ》らかくて小さくて……」

「ええ。でも爪《つめ》もちゃんとついているし、骨だってちゃんとしてます。一人前なんですよ」

「はい……あ」

滝代が小さく声を出した。十助が乳首を吸ったのだ。

「まあ……吸ってる。こんなに、懸命《けんめい》に……」

「ええ、すごいですね。生まれたばかりなのに、こんなに上手《じょうず》に吸えるなんて、すごいわ。お蔦さんが驚いたはずですすねえ」

「でも、お乳が出なくて……」

「初めからお乳は出ません。赤ちゃんが吸ってくれて徐々に出てくるんです。焦らなくて大丈夫。赤ちゃんが助けてくれますから」

「赤ちゃんが助けてくれる」

滝代の背中が震えた。

嚙《か》み締《し》めた歯の間から、嗚咽《おえつ》が漏れる。

「滝代さん……」

滝代の身体から力が抜ける。おいちに寄りかかったまま、滝代はむせび泣いた。

「おいちさん……ありがとうございます。わたしは、この子を産んじゃいけないのではと……ずっと、気持ちが定まらなくて……。でも、でも、よかった……。こんなに小さいのに、懸命に生きて……」

滝代の身体がずるりと横に傾《かし》いだ。

あっ？

とっさに摑んだ手首が熱い。脈も驚くほど速かった。

しまった。

赤ん坊が無事に誕生したことに浮かれて、滝代の衰弱《すいじゃく》を忘れていた。産後、意外にはっきりとした受け答えをしていたので、つい……。いや、自分に言い訳をしてどうする。

おいちは十助を抱き取り、板の間の隅《すみ》に寝かせる。すやすやと眠る赤子に語り掛ける。

大丈夫よ、十助ちゃん。あんたのおっかさん、必ず助けるからね。呼んでくれたんだものね、あたしを呼んでくれたんだもの。

滝代に水を飲ませ、おいちは松庵を呼びに外に駆け出した。


「うーん。身体全部、特に心《しん》の臓《ぞう》が弱ってるな」

滝代を診立《みた》て、松庵は眉間《みけん》の皺《しわ》を深くした。

「心の臓が」

「ああ、ここまで無理に無理を重ねてきたんだろう。これでよく、赤子が産めたな。感心する」

「感心しなくていいから、父さん、なんとかして」

「うーん、おいち、後産の具合はどうだ」

「大丈夫だと思う。胞衣《えな》はきれいに出たはず」

「そうか。かなりの出血だろうからな。うーん、なんとか今晩、もちこたえてくれればいいが……」

松庵は立ち上がり、調剤を始めた。数種の生薬《しょうやく》を混ぜ合わせ、湯で溶《と》かす。

「これを数回に分けて、飲ませてくれ。ゆっくりと喉《のど》に流し込むんだ。慌てるとむせるぞ」

「はい」

「赤ん坊は眠っているな」

「ええ。十助ちゃんはいたって元気よ。もう、お乳を欲しがっているの」

「そうか……」

松庵が腕を組む。眉間の皺がさらに深くなった。

かたかたと腰高障子《こしだかしょうじ》が鳴る。

夜が更《ふ》けていく。いや、朝が近づいている。

滝代さん、生きて。死んでは駄目。

母親になったばかりの女の手をしっかりと握る。

熱い。しかし、この熱さは生きている証《あかし》だ。

滝代の指が動く。おいちの手を握り締める。

――生きていたい。死にたくない。十助を残して、死にたくない。

おいちは、熱い指を強く握り返した。

小さな手

ふっと目が覚《さ》めた。

いつの間《ま》にか転寝《うたたね》をしていたらしい。

おいちは起き上がり、鬢《びん》のほつれを直す。耳元で蚊《か》の唸《うな》りがした。蚊は蚊なりに必死なのだなと、おいちはあらぬことを考えてしまう。やはり、少し疲れているのだろう。

滝代《たきよ》に薬を飲ませ、汗を拭《ふ》き取り、僅《わず》かだがその息遣《いきづか》いが穏《おだ》やかになったのを確かめたとたん、気が緩《ゆる》んだ。ほんの一時《いっとき》だけ休むつもりだったのに、横になって寸《すん》の間もなく寝入ってしまったようだ。しかも、ぐっすりと。

今、何刻《なんどき》だろう。

耳を澄《す》ませてみたけれど、按摩《あんま》の笛も犬の遠吠《とおぼ》えも聞こえない。江戸の町は夜の底に沈み込んでいる。

「ふぎゃ」

十助《とすけ》が小さな泣き声をあげた。

行灯《あんどん》を点《つ》ける。

淡《あわ》い明かりの中に、産着《うぶぎ》が白く浮き上がる。十助は小さな手足をひくひくと動かしていた。生まれてきたばかりだというのに、精一杯動き、泣き、ここにいると叫《さけ》んでいる。

愛《いと》しさが、胸を満たす。せつなささえ覚える。

小さな命って、こんなにも健気《けなげ》なものだったのだ。

「十助ちゃん、待ってね。襁褓《むつき》を替えてあげる」

襁褓を替えると、十助はさらにぐずり始めた。空腹を訴《うった》えているのだ。乳《ちち》は赤子《あかご》にとって生きる糧《かて》だ。それを求め、十助は泣く。泣き声が力強く、闇《やみ》に響《ひび》く。

「……おいちさん」

滝代が呼ぶ。十助に比べると、その声は今にも消え入りそうなほどか細い。

「お乳を……あげたい……です」

「え、でも」

おいちは躊躇《ためら》う。

滝代は病人だ。旅とお産の疲れから、かなり衰弱《すいじゃく》している。松庵《しょうあん》によれば心《しん》の臓《ぞう》が弱っているとのこと。そういう母親が赤子に乳を含《ふく》ませていいものだろうか。さらに、身体《からだ》を衰《おとろ》えさせるのではないか。

「おいちさん、お願いです」

滝代がさらに請《こ》う。夜具にもたれ、手を伸ばす。手首も細く、白い。

「十助に……お乳を飲ませてやりたいんです」

「わかりました。でも、無理はしないでくださいい。気分が悪くなったり、十助ちゃんを抱っこしてるのが辛《つら》くなったら、すぐに言ってくださいね」

「でも、十助にひもじい思いはさせたくなくて……」

滝代は抱き取った十助の顔に見入り、呟《つぶや》いた。

すごいな。

おいちは思う。出産の場に居合わせることはめったにないけれど、小さな子たちの病気や怪我《けが》に関《かか》わるのはしょっちゅうだ。その度《たび》に、母親とはなんとすごいものかと感嘆《かんたん》させられる。

我が身、我が命より子への想《おも》いが勝《まさ》る。この身をこの命を捧《ささ》げても、我が子を救いたいと願う。子が死の淵《ふち》を彷徨《さまよ》っていれば、命を賭《と》してでも生の方に引き戻そうと必死になる。

「先生、お願いいたします。どうか、この子をお助けください。わたしにできることなら、なんでもいたします。ですから、何とぞ何とぞお願い申しあげます」

「わたしの命と引き換えにできるものなら、この子を生かしたいのです。この子のためなら惜《お》しむものなどありません」

母親たちの必死の訴えに報《むく》えることも、報えないこともある。身を捩《よじ》って歓喜する姿も、嘆《なげ》き悲しむ様もおいちは見てきた。幾《いく》つも見てきた。

母親はすごい。

子という自分以外の者のために、生きることも死ぬこともできる。

おいちには母も子もいない。けれど、母親がどういうものかは、知っている。子の真の幸せは、財や身分ではなく本気で抱き締めてくれる腕があるかどうかにかかっている、ということも知っている。

だから、十助は幸せなのだ。

母に抱かれ、無心に乳を吸う赤子に語り掛ける。

「十助ちゃん、あんた、幸せ者だね」

滝代が眼差《まなざ》しを上げ、静かに微笑《ほほえ》んだ。

「幸せなのは……わたしの方です。まさか、我が子に乳を含ませられるなんて……。こんな幸せがあるなんて、わたしは……」

滝代は小さく息を呑《の》み込み、おいちを見詰《みつ》めた。

行灯の微《かす》かな光を受け止め、眸《ひとみ》が艶《つや》めく。

おいちはその額《ひたい》に手を当てた。

「あっ、熱が下がってますね」

「はい。先ほどまでの息苦しさがずい分と、楽になりました。十助に乳をやっていると、気分が……よくなるようで」

「まあ、それは十助ちゃんのご利益《りやく》かしら。だとしたら、すごいわ」

「お薬のおかげかと存じます。でも……ええ、確かに、この子から生きる力を貰《もら》いました。生きねばならぬと……励《はげ》まされている気がいたします」

「その意気です。その意気さえあれば、身体はすぐに回復しますからね」

「はい、ほんとうにありが……」

滝代が口をつぐみ、視線を泳がせる。

「今……足音がしませんでしたか」

「足音？　いいえ」

足音など聞こえなかった。この世から音も声も絶えたかのような、静かな夜だ。

しかし、それも間もなく破られる。朝日が昇れば、いや、昇る前から人々は起き出し、動き始めるのだ。

明け六《む》つ（午前六時）の鐘《かね》が鳴れば、町木戸《まちきど》も千代田城《ちよだじょう》（江戸城）の三十六見附《みつけ》門《もん》も開かれ、男たちは湯屋《ゆや》に行き、女たちは朝餉《あさげ》の支度《したく》にかかる。

豆腐《とうふ》、魚、納豆《なっとう》、煮豆《にまめ》……。さまざまな棒手振《ぼてふ》りたちが、長屋の狭《せま》い路地《ろじ》を行き来する。

「おや、魚売りのお兄さん。鯔背《いなせ》振りが上がったじゃないか」

「おかみさん、嬉《うれ》しいこと言ってくれるね。活《い》きのいいのが入ってるぜ。大盤《おおばん》振る舞いだ。買ってくんな」

「豆腐屋はまだかい。うちの宿六《やどろく》、豆腐のおつけがないと一日が始まんないんだ」

「なっと、なっとぉーなっと、なっとーみそまめ〜」

「うぐいす豆にうずら豆。お多福豆《たふくまめ》にぶどう豆。はりはり沢庵赤生姜《たくあんあかしょうが》。なんでも美味《おい》しい煮豆屋でござ〜い」

「ちょっと、ちょっと煮豆屋さん。うぐいす豆をおくれな。この丼《どんぶり》に一杯分だよ」

人が騒《さわ》ぎ、声が入り乱れ、犬が吠《ほ》える。静寂《せいじゃく》など木《こ》っ端微塵《ぱみじん》に散って、江戸の朝が過ぎていく。

今はその手前、夜蕎麦《よそば》売りも按摩《とう》も店仕舞《みせじま》いしたころだ。こんな刻限に歩き回っている者がいるとしたら、夜盗《やとう》の類《たぐい》か、胸に一物《いちもつ》を抱《かか》えた者か、昼の光と人目を憚《はばか》らねばならない何かだろう。

「なんにも聞こえないけど」

「……そうでしょうか」

滝代の眸に怯《おび》えが走る。おいちは立ち上がり、腰高障子《こしだかしょうじ》の心張《しんば》り棒《ぼう》を外《はず》した。戸を開けると、漆黒《しっこく》の闇が流れ込んでくる。重ささえ感じるような闇だ。取り込まれたら二度と這《は》い出せない心地《ここち》がする。

人の気配《けはい》はどこにもなかった。

「誰もいませんよ」

戸を閉め、しっかりと心張り棒で押さえる。

「では、空耳《そらみみ》だったのですね」

滝代がほっと息を吐《は》き出す。それから、胸を押さえ小さく呻《うめ》いた。

「苦しいですか」

「いいえ、ちっとも……」

「無理は駄目《だめ》。嘘《うそ》も駄目。親に偽《いつわ》っても医者にだけはほんとうのことを告げなくちゃならないんです。でないと、一緒に病《やまい》と闘《たたか》えないですよ……と、これはいつも父が言ってることとの受け売りだけど、その通りだと思います。医者には、いつも正直でいてください。あら」

「え？」

「十助ちゃん、眠っちゃったわ。おっかさんからお乳を貰って満足したのね」

「あら、ほんとに。一生懸命《けんめい》吸ってくれて、疲れたの、坊《ぼう》」

「坊」と呼びかけた声が柔《やわ》らかく優《やさ》しい。母の呼びかけだった。

十助の唇《くちびる》が母の乳房《ちぶさ》から離れる。米のとぎ汁に似た白い乳が、乳首《ちくび》の先から一滴《てき》、滴《したた》った。すやすやと眠る十助の頰《ほお》に落ち、するりと流れていく。

「お乳、よく出ますね。たいてい、二、三日しないとうまく出てこないものなんですけど。滝代さん、ほんとすごい」

上手《じょうず》でも励ましでもなく、本心から称《たた》える。滝代は、はにかんだような笑《え》みを浮かべた。初々《ういうい》しい笑みだった。

「なんだか、わたし、自らが生まれ変わった気がいたします。母親になるって、今までとまるで違う身体に変わることなのですねえ」

しみじみとした口調《くちょう》だった。我が子を抱く女の、満たされた心持《こころも》ちが滲《にじ》み出す。おいちは少し気後《きおく》れしていた。子を産みも育てもしていないことに、些《いささ》かの怯《ひる》みを感じてしまったのだ。

いいえと、心内《しんない》でかぶりを振る。

あたしにはあたしの生き方がある。他人《ひと》と比べて、いじけちゃいけない。傲慢《ごうまん》であっても卑屈《ひくつ》であってもいけない。

おいちは胸の上を軽く叩《たた》き、その手を赤ん坊へと伸ばした。

「さっ、じゃあ十助ちゃんを預かりましょうか。お薬を処方《しょほう》してありますから、それを飲んでもう一度、ゆっくり眠ってくださいね」

「いやっ」

滝代が叫んだ。胸に深く、赤子を抱え込む。さっきまで笑っていた眼《まなこ》が尖《とが》り、おいちを激しく拒《こば》む。

「嫌《いや》です。渡さない」

「え？　あ、あの……」

思いがけない滝代の豹変《ひょうへん》に、おいちは一瞬息を呑み込んだ。滝代も息を吸い込む。喉元《のどもと》が小さく上下した。荒い息が一つ、乾《かわ》いた唇から零《こぼ》れる。

「あ……も、申し訳ございません。どうしてだかこの子を奪《うば》われる気がして……」

「滝代さん」

「おいちさん、お願いいたします。もう少し、もう少しだけ……十助と一緒にいさせてください。もう少しだけで……いいのです」

滝代が頭を下げる。その背が細かく震《ふる》えていた。気丈《きじょう》に振る舞っているが、身体を起こしているのがやっとなのだろう。一刻も早く、一刻でも長く身体を休めねばならない。そのためには、赤ん坊と離れた方がいいのだが……。

「そこまで仰《おっしゃ》るなら、今夜は十助ちゃんと一緒にいてくださいな」

「おいちさん、ありがとうございます」

滝代がもう一度、深く低頭《ていとう》する。

滝代から赤ん坊を取り上げてはいけない気がした。それをすれば、辛《かろ》うじて繋《つな》がっている滝代の命の緒《お》を断ち切るかもしれない。

辛うじて繋がっている？　命の緒を断ち切る？

おいちは唇を結んだ。

滝代はまがりなりにも起き上がり、赤子に乳を含ませた。十助をしっかりと抱き止め、おいちと言葉を交《か》わし、微笑みさえした。まだ、息も声音《こわね》もか細くはあるが、しっかりしている。熱もひいた。回復の兆《きざ》しは見えているのだ。それなのに辛うじてとか、断ち切るとか、なんて見当違いなことを考えてしまったのだろう。

おいちは、松庵の処方した薬を滝代に渡した。

「このお薬、お乳に障《さわ》りはありませんからね。安心して飲めます。ともかく、身体を休めましょう。今はそれが一番、大切なことです」

「でも、産後七日間は横になってはいけないのでしょう」

産後、眠ってしまうと、そのまま黄泉《よみ》に連れていかれる。

通説だった。しかし、これもお重婆さんによれば、「そうだね。産後一夜は、起きていた方がいいだろうね。けどそれから後は元気な母親なら眠っちまってかまわないさ。むしろ、ぐっすり眠った方が乳の出がよくなるんだよ。何百人も取り上げてきたあたしが言うんだから間違いないさ」なのだそうだ。

「お重婆さんの言うことを聞いて、うちの父なんか大いに頷《うなず》いてたものです。しっかり食べ、ぐっすり眠る。いついかなるときも健《すこ》やかに生きる基《もとい》だなんて、胸を張ってました。自分が赤ん坊を産んだわけでも取り上げたわけでもないのにね」

おどけた風にぺろりと舌《した》を覗《のぞ》かせる。滝代の目元、口元が緩んだ。

「わかりました。今夜は十助の寝顔を見ながら起きておきます。おいちさんは、どうかお寝みください。わたしはもう、大丈夫でございます」

「ええ、そうします。明日は、美味しいおつけをご馳走《ちそう》しますね」

「それは嬉しゅうございます。朝が来るのが楽しみで待ちきれません」

「まあ、滝代さんたら」

女二人の笑い声が重《かさ》なった。滝代の笑声《しょうせい》は澄んで、心地よい。

うん、これなら何も心配はない。

おいちは、ほっと胸を撫《な》で下ろした。

夜が明けきるまでには、まだ一刻《いっとき》（二時間）ばかりある。少し、横になろう。ほんのちょっとだけ、眠ろう。おいちは夜具を身体に巻き付けて、板の間の隅《すみ》に寝転《ねころ》んだ。

——おいち、嫁入り前の娘が、なんて格好《かっこう》だい。賭場《とば》に出入りするごろつきだって、もうちっとはましな寝方をするよ。

伯母《おば》のおうたの怒鳴《どな》り声が聞こえた。むろん、幻聴《げんちょう》だ。おうたは、八名川町《やながわちょう》の裕福な商家のお内儀《ないぎ》であり、夭逝《ようせい》した母、お里《さと》の実姉《あね》でもあった。母親代わりにおいちを慈《いつく》しんでくれる女人《にょにん》でもある。陽気で、おおらかで、四十路《よそじ》手前の今でもなかなかの美貌《びぼう》を誇《ほこ》っていた。やや肥《こ》え過ぎのきらいはあるが。松庵に言わせれば「義姉《ねえ》さん、黙《だま》って座っててくれさえすれば、まあ佳人《かじん》の類に入ると思うが……。なにせ、あの口だ。一旦《いったん》しゃべり出すと風神《ふうじん》、雷神《らいじん》が束《たば》になっても止めるのは無理ってもんだからな」ということになる。些か、大げさではあるが、あながち誇張《こちょう》ともいえない。

おうたはおしゃべりで、口煩《くちうるさ》い。おいちが嫁にもいかず、着飾りもせず、患者相手に走り回っているのをいつも嘆《なげ》いている。嘆いているだけでなく、やたら縁談を持ち込んでくる。断ると機嫌《きげん》が悪くなって説教を始めるか、「じゃあなんだね。あたしは手塩《てしお》にかけて育てたおまえの花嫁姿も見られずに、死んじまうんだね。おいち、それじゃあ、あんまりじゃないか。あたしがかわいそうだと思わないのかい？　思うよね。おまえは、松庵さんみたいな薄情者《はくじょうもの》じゃないんだからね」と泣き落としをかけてくる。

その度にうんざりするし、面倒臭《めんどうくさ》くもなる。辟易《へきえき》してしまう。松庵ではないけれど、ほんとうに黙って座っていてくれと、手を合わせたくなる。それでも、おいちはこの伯母が好きだった。大好きだった。

二月《ふたつき》ほど前から、おうたは亭主の香西屋藤兵衛《こうさいやとうべえ》と箱根《はこね》に湯治《とうじ》に出かけている。この夏、性質《たち》の悪い風邪《かぜ》をひき込み、長く臥《ふ》せってしまった藤兵衛に箱根の湯を勧《すす》めたのは、松庵だった。

「風邪の性質云々《うんぬん》よりも、藤兵衛さんは長いこと仕事一筋《ひとすじ》できた。その疲れが出ていると思いますよ。義姉さんと二人で、箱根の湯にでも浸《つ》かってのんびり過ごしてごらんなさい」と。

おうたに一目《ひとめ》惚《ぼ》れして女房に迎え、二十年以上が過ぎた今も女房にぞっこんの藤兵衛は一も二もなく、松庵の勧めに従った。『香西屋』は、老舗《しにせ》でも名うての大店《おおだな》でもないが、商《あきな》いは堅調《けんちょう》で、古くからの奉公人《ほうこうにん》たちが番頭、手代《てだい》として店を守っている。一月《ひと》、二月なら主《あるじ》の不在も許された。

江戸では味わえない良質の湯と山の風景を楽しむために、香西屋夫婦は旅立ったのだ。

おうたが江戸を離れた当初は正直、伯母の小言《こごと》を当分は聞かずに済むと気楽な心持ちだったが、留守《るす》が一月も続くと、あのまくし立てる声が、あの忙《せわ》しい口調が、なぜか懐《なつ》かしくも恋しくもなってしまう。そして、二月近くを経《へ》たこのごろでは、淋《さび》しさが募《つの》っていた。太《ふと》り肉《じし》の女人を見るとおうたを思い出し、湯屋に行くとおうたに心を馳《は》せてしまう。

「伯母さん、今ごろどうしているかな」

ほろりと呟きが漏《も》れたりした。驚いたのは、松庵もまた、

「ほんとにな、どうしているんだか。義姉さんの、あのおしゃべりが聞きたくなるなんて、おれも焼きが回っちまったか、義姉さんの毒気《どくけ》に当てられて中毒にでもなってるか、どっちかだな」

などと、せつなげな吐息《といき》を零《こぼ》したことだ。

そのおうたの叱咤《しった》の声を久々に聞いた。幻《まぼろし》ではあるが、妙《みょう》に生々《なまなま》しかった。

伯母さん、もうすぐ帰ってくるのかもしれない。

そんな気がしてならない。

箱根ってどんなところなんだろう。伯母さん、きっと、あることないこと言い立てて……でも、きっと、とびっきりおもしろい話を……してくれて……。大笑いしたり……呆《あき》れたりして……。

——おいち、おいち、ちょっとお聞きよ。そりゃあもう、たまげるほどへんてこな話なんだよ。箱根ってのは、ほんと、おもしろいところだったんだよ。ほら、ち

ゃんとお聞きったら。

おうたの笑い声が遠くで響いている。

そこに、子守歌《こもりうた》が重なった。

ねんねんねんこさ
　ねたこはかわい
かわい、かわいと
おつきさま
ねんねん、ねんねん、ねんねこさ

あ、滝代さんが……歌っている……。なんて……優しい歌だろう。

と……すけちゃん……幸せだ……ねえ……。

おいちは、微笑みながら眠りの中に引きずり込まれていった。

「おいち、おいち」

う……ん。誰？　伯母さんの声じゃない……。

「おいち、おいち」

うるさいなあ。もう少し、もう少しだけ寝かせておいて。

「おいち、起きろ。大変だ。おい、起きろ」

え？　大変って……何？

目が覚める。おいちは、素早《すばや》く上半身を起こした。すぐ目の前の松庵と額《ひたい》をぶつけそうになる。

「きゃあっ」

「馬鹿《ばか》、親の顔を見て悲鳴をあげるやつがいるか」

「だって、びっくりしたんだもの。まさか目の前に父さんの顔があるなんて。父さん、どうしてここにいるのよ。戸は閉まってたでしょ」

ここ一、二年のことだが町医者松庵の評判が高くなり、大店の主《あるじ》や裕福な隠居《いんきょ》といった物持ちが患者としておとなうようになった。おかげで、薬礼《やくれい》をしっかり貰える。それまでは、患者の大半がその日暮らしの裏長屋の住人で、あるとき払いの催《さい》促《そく》なし、持ち出しさえ珍《めずら》しくないような有様《ありさま》だった。むろん、今でも薬礼を払えない人たちはやってくる。一人一人をちゃんと診察する。松庵にとっても、おいちにとっても、患者とは心身に傷《きず》、あるいは病《や》みを抱えている人たちのことだ。薬礼を払える払えないで選《よ》り分けたりしない。しないけれど、財布《さいふ》を預かる身としては、まとまった金子《きんす》が入ってくるのは、正直ありがたい。ほんとうに、ありがたい。

ほんの少しだが懐《ふところ》具合が楽になり、診察場とは別に、暮らしのためにもう一間《ひとま》借りることもできた。普段、おいちも松庵もそちらで寝起きする。

松庵は昨夜《ゆうべ》もそうしたはずだ。それなのに、なぜ、おいちの目の前にいる？　戸口には心張り棒をしていた。内側からでなければ開かないはずだ。力任《ちからまか》せに蹴破《けやぶ》ったのなら、話は別だが。

「心張り棒は外してあった」

松庵が腰高障子に向けて顎《あご》をしゃくる。

「外してって……誰がそんなことを」

口をつぐむ。

おいちでないとしたら、滝代しかいない。

「父さん、滝代さんは？」

松庵が眉間《みけん》に皺《しわ》を寄せたまま、かぶりを振った。

「いない」

「いない？　いないって、どういうことよ」

「わからん。おれも気になって、夜が明けて間もなく、こっちを覗《のぞ》きに来たんだ。そしたら、戸がすっと開くじゃないか。女たちだけなのに心張り棒を忘れたとは不用心なことだと思った。けれど、そうじゃなかった。棒は中から外されてたんだ。

つまり、あの患者は自分で外し、出ていった」

「赤ん坊は、十助ちゃんは」

おいちの叫びに応《こた》えるように、赤ん坊が泣いた。

「十助ちゃん」

夜具に寝かされていた十助を抱き上げる。

「父さん、大丈夫よ。滝代さん、厠《かわや》にでも行ってるんだわ。きっと、そうよ」

松庵がまた、首を横に振った。

「厠にはいない。履物《はきもの》もない。おいち、滝代さんとやらは、この長屋を出ていったようだぞ」

「そんな馬鹿なことあるわけないでしょ。十助ちゃんを置いて、一人でどこかに行っちゃうなんて、そんなこと、そんなこと……あるわけない」

松庵の眉間の皺がさらに深くなる。

「おいち、あの患者はかなり衰弱していた。とても、歩けるような身体じゃない。正直、容態《ようだい》が急変して、おまえがいつ何時《なんどき》、おれを呼びに来てもおかしくないと思っていた」

「でも、滝代さん熱も下がって、十助ちゃんにお乳もあげて、子守歌まで歌ってあげてた。父さんの薬が効《き》いて、かなり回復してたの」

松庵が眉《まゆ》を吊《つ》り上げた。その先がひくひくと震える。

「まさか、そこまで回復するなんて考えられん」

「ほんとよ。滝代さんが、お乳をあげたいって言ったの。十助ちゃんにお乳を飲ませたのよ。たっぷり出たみたいで、十助ちゃん、すぐに眠っちゃったの。あたしと話もして、そうよ、子守歌も歌ってた。あたし、その歌を聞きながら眠ってしまって……」

松庵は腕組みして、小さく唸《うな》った。「そんなことがあるのか」。呟きが、辛うじて耳に届く。おいちの背に冷たい汗が滲んだ。

うえっ、うえっ、うえっ。

十助が泣く。乳を求めているのか、唇を震わせる。

「あたし、お蔦《つた》さんにお乳を頼んでみる」

とりあえず、貰い乳をしなければ、十助にひもじい思いをさせてしまう。おいちは路地を挟《はさ》んで、向かい側のお蔦の家に駆け込んだ。

「ああ、いいともさ。乳なんて溢《あふ》れるほど出てさ、福助《ふくすけ》一人じゃもったいないって思ってたんだよ。それに、何てったってあたしはこの子に〝乳《ち》つけ〟したんだからね。さあ、おいで。腹いっぱいにしてやるからさ」

お蔦は堂々と胸元を開くと、再び豊かな乳房をむき出しにした。十助が音をたてて吸う。

「おうおう、元気のいい子だねえ。生まれたてだってのに、一丁前《いっちょまえ》に喉《のど》を鳴らしてるじゃないか」

お蔦がくすくすと笑う。その様子を、福助が首を傾《かし》げて見詰めていた。

お蔦に十助を預け、おいちは一旦家に戻った。

もしやと思っていた。

もしや、滝代さんが帰ってきているのでは。

誰もいなかった。

誰もいない。

滝代さん、どうして……。

おいちは板敷《いたじき》にぺたりと座り込み、指を握《にぎ》り込んだ。

信じられない。母親が我が子を置いたまま消えてしまうなんて、信じられない。

むろん、子を捨てる親も、子を殺す親もいる。人はときとして、鬼畜《きちく》の所業《しょぎょう》をしてしまうものだ。けれど、滝代は違った。命懸《いのちが》けで赤子を産み、名をつけ、襁褓や産着《うぶぎ》まで揃《そろ》えていた。自分の乳を含ませ、涙し、子守歌で寝かしつけていた。母としての慈愛《じあい》を確かに持っていたのだ。

それなのに、どこかに行ってしまった。

両手で顔を覆《おお》う。

深く、息を吐く。

やっぱり信じられない。どうしても納得《なっとく》できない。

さらわれたのではないか。

ふっと閃《ひらめ》いた。

滝代は明らかに何かを背負っていた。町方《まちかた》の形《なり》はしていたけれど、物言《ものい》いや所作《しょさ》は明らかに武家の女のものだった。身重《みおも》でありながら旅をしていた。追われていたようでもあり、怯えてもいた。

誰かがやってきたのだろうか。そして、滝代を無理やり……。

いや、それはない。

おいちは軽く頭を振った。

いくら眠り込んでいたとはいえ、人一人がさらわれる騒動に気が付かないわけがない。天狗《てんぐ》や物《もの》の怪《け》の仕業《しわざ》ではあるまいし、物音ひとつ立てぬまま大人の女を無理に連れていくことなど、できるわけがない。滝代は自ら出ていったのだ。

赤ん坊を残し、明けきらぬ江戸の町に出ていった。そして、まだ帰ってこない。

もう、帰ってこないかもしれない。

さっき、滝代の荷物を調べてみた。あの風呂敷包《ふろしきづつ》みも置いたままだったのだ。

襁褓、産着、そして小判の紙包みが一つあった。包みの上に、女文字で「赤子のために」と書かれていた。おそらく、滝代の筆蹟《て》だろう。十助を産む前に記《しる》したのだ。墨《すみ》は乾いて、ところどころが掠《かす》れていた。

赤子のために。

そうだ、滝代は母親だった。赤子のために懸命に生きようとしていた。見誤《みあやま》りではない。惑《まど》わされてもいない。

それなら、どうして消えてしまった。それなのに、どうして消えてしまった。わからない。

滝代は荷物も金もほとんど持ち出していない。全てを十助のために残していった。

——どうか、どうかこの子をお願いします。

滝代の必死の懇願《こんがん》が聞こえるようではないか。

滝代は出ていかざるをえなかったのだ。ここにいるわけにはいかなかった。なぜだろうか。

なぜ、なぜ、なぜ……。

どれほど考えても答えが見つかるわけがない。わかっているけれど、おいちは考えてしまう。

なぜ、なぜ、なぜ……。

「おいち」

　呼ばれて視線を上げる。松庵の顔が間近《まぢか》にある。鼻の先がくっつきそうなぐらいだ。

「きゃあっ」

「だから、親の顔を見て一々悲鳴をあげるなって」

「一々、娘をおどかさないでよ。ああ、びっくりした。腰が抜けるかと思ったわ」

「おれはどんな顔してるんだ。そこまで驚かれなきゃならんほどの悪相《あくそう》か？　鬼瓦《おにがわら》か？　閻魔大王《えんまだいおう》か？」

「うーん、そこまで怖《こわ》くはないけど」

　おいちの一言に松庵が苦笑する。

「ひでえ言われ方だな。まったく、せっかく朝飯《あさめし》を持ってきてやったのに、これだからな」

「朝ご飯？　あ、すっかり忘れてた」

「安心しろ。おしんさんたちが、握り飯を作ってくれた。温かい汁《しる》もある。こっちの煮物は昨夜のお重《じゅう》の残り物だが美味《うま》いぞ」

「……そうか、みんなが拵《こしら》えてくれたんだ」

　握り飯と汁物と煮物の載《の》った膳《ぜん》を、松庵はおいちの前に据《す》えた。

「ともかく、飯を食え」

「あ……うん」

「おまえ、昨夜からろくに食べも眠りもしてないだろうが。飯を食って、少し寝ろ。そうしないと、まいっちまうぞ」

「うん……」

確かに、空腹のはずだ。はずなのに食い気《け》は湧《わ》いてこない。頭の隅がじんわりと疼《うず》く。

「おいち」

松庵がおいちの膝《ひざ》を叩いた。

「おれたちはな、一人で生きてんじゃない。というか、おれたちみたいな貧乏人がこのお江戸で生きていこうと思ったら、一人じゃとうてい無理だ。他人と関わり、助けて助けられてしか生きる道はない。おまえだって、よくわかってるだろう」

「ええ、わかってるけど」

おいちたちは雑魚《ざこ》だ。弱い小魚《こざかな》だ。だから群《む》れを作る。弱い力を出し合って、知恵を出し合って、身を寄せる。そして、この世を生き抜いていく。

物心《ものごころ》ついてから、ずっと裏長屋で暮らしてきた。ときに他人が家族よりずっと頼りにも支《ささ》えにもなると、知っている。

「だったら、一人で思い悩むな。むろん、一人で悩まなきゃならんときも、背負わなきゃならない荷もある。けどな、滝代さんのことは、おまえがどう悩んでも、考えてもどうにかなるもんじゃない。おれは、そう思うんだ。それなら、他人《ひと》さまの力を借りるんだ」

「他人さまの力」

父の一言を繰り返す。

「そうさ。赤ん坊は、お蔦さんたちに助けてもらって育てればいい。おかみさん連中は、子どもの扱いには慣れてる。赤子の一人や二人、どうってことはないさ」

「滝代さんは……滝代さんはどうすればいい？」

「うん、それだがな、あの身体で赤ん坊を残し、いなくなる。しかも着の身着のままで、だ。尋常《じんじょう》じゃない。だいたい、あれほど弱った身で赤子に乳を含ませたり、抱いて子守歌が歌えるなんて、おれにはどうにも信じられない。つまり、そっちも尋常ではないんだ」

「でも、ほんとうよ。ほんとうにそうだったの」

「わかってる。おまえの言ったことを疑ってるわけじゃない。ただ、医者としてはどうにも納得できないんだ。ただ、もしかしたら……」

「もしかしたら？」

松庵が天井《てんじょう》を仰《あお》ぐ。視線を彷徨《さまよ》わせる。

「昔、聞いたことがある。狼《おおかみ》や狐《きつね》の母親の話だ。自分の命が間もなく尽きるとわかったとき、母親たちは渾身《こんしん》の力を振り絞《しぼ》って、狩《かり》のしかたを教えるのだそうだ。どうやって獲物《えもの》に近づくか、獲物に襲《おそ》い掛かる機宜《きぎ》はいつか、そういう諸々《もろもろ》を教えてから息を引き取るというんだ」

「父さん！」

腰を浮かしていた。

「止《や》めて。それじゃ、まるで滝代さんが最後の力を振り絞ったみたいに、聞こえるじゃない」

松庵はおいちを見やり、そうだなと呟いた。

「すまん。医者としてあるまじきことを言っちまった。けど、そうとしか考えられないような気がしてな。ともかく、滝代さんのことは、一度、相談してみちゃどうだ。その道の達人にな」

「その道の達人って……あっ」

口を押さえていた。

「仙五朗《せんごろう》親分さん」

「そうだ。人探しなら仙五朗親分を頼るのが一番だ」

「そうね。ほんと、そうだわ」

〝剃刀《かみそり》の仙〟と異名《いみょう》をとる腕利《き》きの岡《おか》っ引《ぴき》。その精悍《せいかん》な面立《おもだ》ちが浮かぶ。そうだ、仙五朗親分なら、人探しはお手の物だ。江戸という場所を知り尽くしてもいる。

「あたし、親分さんのところに行ってみる」

「ああ。しかし、親分のことだ。相生町《あいおいちょう》の家にじっとしているわけもなかろう。おいち、あまり焦《あせ》るな。ともかく、今は飯を食え。そして、少し休むんだ。これは父親としての、かつ、医者としての言いつけだぞ。ちゃんと従え」

「はい、わかりました」

素直に返事をする。

父の言葉で少し胸が軽くなった。

助けてくれる人たちがいる。そのことを示されて、肩の力が抜けた。ほっと息を吐くと、腹がきゅるきゅると音をたてた。

「うわっ、急にお腹《なか》が空《す》いてきた。父さん、いただきます」

握り飯を頰張《ほおば》る。

涙が滲むほど、美味しかった。

「おいおい、もうちょっと品よく食えないのか。伯母さんに見られたら、どれほど叱《しか》られるか。考えてみろ」

「止めてよ。怖《お》じ気《け》づいて、ご飯が喉に閊《つか》えちゃう」

「違いない。おれまで寒気《さむけ》がしてきた」

松庵が笑う。おいちも、ちょっぴり笑い返せた。

朝餉を終え、横になる。

眠りはすぐに訪れた。ずるりと闇に呑み込まれていく。

おいちは、夢を見た。

滝代の夢だった。

夢の女

滝代《たきよ》は白装束《しろしようぞく》で立っていた。髪《かみ》も垂《た》らし、一つに束《たば》ねている。まるで、死地に赴《おもむ》く人のようだった。おいちは、身震《みぶる》いする。

滝代さん。

呼びかけたいのに声が出ない。

よくあることだった。

おいちは〝見る者〟であり〝聞く者〟だった。幽霊《ゆうれい》とか霊魂《れいこん》とか一括《ひとくく》りに呼ばれてしまう者たちの姿を見、声を聞く。それは恐ろしさとも禍々《まがまが》しさとも無縁の儚《はかな》い姿であり、かそけき声だった。生きて忙《せわ》しく立ち働いている大半の人には届かない。おいちの眼だけが捉《とら》え、耳だけが拾《ひろ》う。

それは一つの力には違いない。けれど、だからといって……と、おいちは時折《ときおり》悲しくなる。虚《むな》しくなり、口惜《くちお》しくもなる。

けれど、だからといって誰を救えるわけじゃない。

それでもいいのだと松庵《しょうあん》は言う。

「おまえが見ることで、聞くことで、伝わる想いもあるんだ。おまえでなければ伝えられないものがある。それを忘れるな」

そして、さらに続ける。おいち、あまり自惚《うぬぼ》れるなよと。

「あたしが自惚れてる?」

まさかと思った。へまをするのはしょっちゅうだし、その度《たび》に落ち込んで自分に嫌気《いやけ》がさしたりもする。情けなくて涙ぐんだりもする。でも、自惚れた覚えはない。自分がまだ医者として一人前だと胸を張れないのも、佳人《かじん》でないのも、他人《ひと》より秀《ひい》でた何かを一つも持っていないのもわかっているつもりだ。

そう答えると、松庵は苦笑しながら首を横に振った。

「いやいや、おまえはなかなかの別嬪《べっぴん》だぞ。医者としてはまだまだだが、この仕事に本気で取り組んでいるのはわかる。志《こころざし》が一番大切だからな。立派なもんだ。そうそう卑下《ひげ》するものじゃない」

「父さん、自惚れてるだの卑下するなだの、あれこれ言わないで」

「いやいや、だからな、おいち」

松庵は薬研《やげん》を使っていた手を止め、おいちに視線を向けた。

「おまえは誰も救えないと言うがな、人が人を救うなんてのは至難《しなん》の業《わざ》なのだ。ほとんど無理だとおれは思ってる。おまえがそこで悩んでるなら、それは自惚れ……というか、ちょっとばかり思い違いをしてるんじゃないか」

「そんな……。だって、父さんは患者さんを救ってるじゃない。毎日、たくさんの患者さんを診《み》て」

娘の言葉を遮《さえぎ》るように、松庵は息を吐《は》き出した。

「それは救ってるんじゃない。治療しているだけだ。そりゃあ、上手《うま》くいって病《やまい》や怪我《けが》を治《なお》せることもある。けど、上手くいかないこともいっぱいある。おまえもよくわかっているだろう」

「うん……」

どんなに懸命《けんめい》に治療しても、必死に努力しても救えない命はある。たんとある。それを運命《さだめ》だ、寿命《じゅみょう》だと、割り切る術《すべ》をおいちはまだ身につけていない。「死病に冒《おか》されていたのだからしかたない」「ここまで手を尽くしたのだから十分だ」と納《なっ》得《とく》できないのだ。それがまだ年端《としは》のいかない童《わらべ》であったりすればなおさらだ。無念の想《おも》いに苛《さいな》まれる。しかし、どんなに苛まれても、割り切れなくても、納得できなくても次の患者が待っている。生きようともがいている人のところに、駆け付けねばならない。

それがおいちの日々だった。

「人が人を救うのは至難だ。まして、おまえの相手は既《すで》にこの世の者でないことも多い。命絶えてなお、この世への想いを抱《いだ》いて彷徨《さまよ》う者を救うなんてできるもんじゃない。どれほど徳の高い坊さんだって、そうそうできるこっちゃないはずだ。だからな、何かできる、何かをしなくちゃならないなんて思うな。じたばたしてると、おまえにできることすらわからなくなるぞ」

「あたしにできることって何よ」

「そんなこと、おれにわかるもんか」

松庵はまた忙しく、薬研車を動かし始めた。薬草《やくそう》の匂《にお》いが立ち昇る。その匂いと父の言葉を胸に吸い込み、おいちは呟《つぶや》いた。

あたしにできること。あたしにできること。

今、白装束の滝代に、おいちは声にならない声で語り掛ける。

滝代さん、あたしに何かできますか。してほしいことがありますか。教えてください。

滝代は何も言わなかった。

黙《もく》したまま、おいちを見詰《みつ》めている。駆け寄りたいのに、それができない。声が出ない。動けない。

不意に、赤子《あかご》の泣き声が響《ひび》いた。

ほぎゃ、ほぎゃ、ほぎゃ。

ほぎゃ、ほぎゃ、ほぎゃ。

母を求める赤子独特の泣き方だ。

滝代が大きく目を見開いた。唇《くちびる》が細かく震《ふる》える。涙が盛り上がり、目尻《めじり》から零《こぼ》れて落ちる。

――十助《とすけ》。

滝代が絞《しぼ》り出すように我が子の名を呼んだ。それに応《こた》えるかのごとく、十助の声が大きくなる。

ほぎゃ、ほぎゃ、ほぎゃ。

ほぎゃ、ほぎゃ、ほぎゃ。

滝代の頰《ほお》を涙が幾筋《いくすじ》も幾筋も流れる。

――十助、母を許して。

滝代が両手で顔を覆《おお》う。その背後、漆黒《しっこく》の闇《やみ》の中に蒼白《あおじろ》い光が走った。刃《やいば》の光だ。

きゃあっ。

おいちは悲鳴をあげる。

目が覚《さ》めた。

腰高障子《こしだかしょうじ》の外が明るい。障子が白く日に照り映《は》えている。子どもたちの騒《さわ》ぐ声も伝わってくる。とっくに夜が明けたのだろうか。

「十助ちゃん」

横を向いて、心《しん》の臓《ぞう》が縮《ちぢ》んだ。

十助がいない。

息を呑《の》み込んだとき、障子戸が開いて松庵が入ってきた。布に包《くる》まった十助を抱いている。

「おう、おいち、目が覚めたか」

松庵と一緒に陽光と風が流れ込んできた。菖蒲長屋《しょうぶながや》は他の裏長屋と違って日当たりだけはいい。特に、西側に大きな家屋がないので西日が当たる。風の通りもいい。

微《かす》かに赤みを帯びた豊かな光は西から差してきたものだ。

そうか、朝じゃなくて、もう夕方近くなんだ。

「今、お蔦《つた》さんに乳《ちち》を貰《もら》ってきた。この坊主《ぼうず》、とんでもない大食《おおぐ》らいだな。それに大物だ。たっぷり吸って、腹がくちくなったら大欠伸《おおあくび》して、ころっと眠っちまった」

「父さん、抱っこさせて」

十助を受け取る。

「襁褓《むつき》も替えてもらった。満ち足りてるんだろうな。気持ちよさそうな寝顔だぞ」

「ほんとだ」

十助は小さな手を握《にぎ》りしめて、寝入っていた。肌《はだ》は、色が薄くなって白く滑々《すべすべ》している。ちんまりとした鼻も口も可愛《かわい》い。

無垢《むく》そのものの寝顔を見やりながら、おいちは胸のざわめきに耐《た》えていた。

滝代のあの装束。背後の刃の一閃《いっせん》。あの夢の意味は……。

不吉《ふきつ》だ。あまりに不吉だ。

十助の眉《まゆ》が寄った。おいちの不安を感じ取ったかのように、口元が歪《ゆが》む。

「おい、どうした。おいちが抱くと機嫌《きげん》が悪くなるんじゃないか」

「そんなことあるわけないでしょ。父さんみたいに危なっかしい抱き方してないんだから」

「馬鹿《ばか》言うな。赤ん坊を抱っこさせたら、おれの右に出るもんはいないぞ。ほら、な、十助、べろべろばぁ」

「やだ、父さん。眠ってるのにべろべろばぁはないでしょ」

「そうかあ。ちょっと笑ったみたいだがな。おれのことを父親と思ってるのかもしれんな」

「父親はないって。おじいちゃんよ、おじいちゃん。ほうら、十助ちゃん、おじいちゃんですよ」

「ははは、おじいちゃんか。それも悪くないな、よしよし、おじいちゃんだぞ。おいち母さんより抱っこは上手いからな」

「よく言うこと。ほんとに困ったおじいちゃんですねえ」

がたっ。物音が響いた。

おいちと松庵は同時に戸口に目をやった。

「伯母《おば》さん」

「義姉《ねえ》さん」

おうたが立っていた。足元に風呂敷包《ふろしきづつ》みが転《ころ》がっている。松庵はひょいと片手を上げ、破顔《はがん》した。

「やあ、義姉さん。お帰りになったんですか」

「伯母さん、お帰りなさい。箱根《はこね》はどうだった？」

「義姉さんが帰ったとなると、江戸はまた賑《にぎ》やかに……。うん？　義姉さん、どうしたんです」

松庵が口をつぐむ。

おうたの表情がひどく強張《こわば》っていたからだ。眦《まなじり》が吊《つ》り上がり、口元がへの字に歪んでいる。その顔つきのまま、おうたは三和土《たたき》に踏《ふ》み込んできた。おいちと松庵は同時に一歩、退《しりぞ》いた。

「おいち！　松庵さん！　これは、いったいどういうことなんだい」

「へ？　どういうことって、義姉さん、なんのことです」

「ごまかすんじゃないよ！」

おうたの迫力に松庵がさらに半歩、後退《あとずさ》った。

「あたしがお江戸を離れている間に、なんてことをしてくれたんだい。おいち、おまえはそこらあたりの裏長屋の娘とは違うんだよ。あたしの姪《めい》っ子なんだ。そして、このあたしは『香西屋《こうさいや》』の内儀《おかみ》なんだからね。わかってんのかい」

「へ……あ、うん。伯母さんが『香西屋』の内儀さんだってことはわかってる。あたしは間違いなく裏長屋の娘だけど」

「お黙り！」

「きゃっ、伯母さん、大声出さないでよ。赤ん坊が起きちゃう」

「その赤ん坊、いつ産んだんだい」

「は？」

「あたしが箱根に行ってる間に……赤ん坊を産むなんて……なんてことを……なんてことを……」

おうたが袖《そで》で顔を覆《おお》って、むせび泣く。

「ええっ、ち、違うよ。伯母さん、それ違うって」

「あたしも迂闊《うかつ》だったよ。江戸を発《た》つ前に気が付けばよかったんだ。ほんとに、上手いこと隠し通して……。おまえが子を孕《はら》んでたなんて、まるで……まるで気が付かなくて……ううっ」

「いや、気が付かなくて当たり前だから。あたし子を孕んでも、産んでもいないいんだからね」

おうたが顔を上げ、鼻の穴を膨《ふく》らませた。

「じゃあ、その赤ん坊はどうしたんだい。どっかで拾ってきたのかい。ふん、ごまかすんじゃないよ。さっきから松庵さんが『おじいちゃん、おじいちゃん』て、でれでれしてたじゃないか。いつにも増して立て付けの悪い雨戸《あまど》みたいな顔になってたのを見たんだからね」

「義姉さん、ちょっとお聞きしますが、立て付けの悪い雨戸みたいな顔ってどういう顔なんです」

松庵がおいちの後ろから小声《こごえ》で尋《たず》ねる。完全に腰が引けていた。おうたが鼻から息を吐き出す。

「どうにもしまらない顔って意味だよ。覚えときな。ふん、松庵さんの顔なんてどうでもいいけどね。おいち、いったいこの子の父親は誰なのさ」

「そんなの、わかんないわ」

「わかんないだって！　おまえ父親の定かでない子を産んだのかい」

「だから、違うって。いいかげんにしてよ、伯母さん」

おいちが思いっきり顔を顰《しか》めたとき、開けっ放しの戸口から新吉《しんきち》がひょっこり入ってきた。

「お邪魔《じゃま》しやす。おいちさん、赤ん坊はどんな様子です」

とたん、おうたがふりむき、かっと目を見開いた。

「そうか、おまえだったんだね」

「ひえっ、お、お、内儀《すさ》さん。あわわわわ」

おうたの形相《ぎょうそう》の凄まじさに、新吉が棒立ちになった。おうたの太い手がその胸元を摑《つか》む。

「おいちの周《まわ》りをうろちょろしてると思ったら、とうとう手を出しちまったんだね。よくもあたしの可愛い姪っ子を。許さないよ」

「え？　え？　な、なんのこってす」

「とぼけるんじゃないよ。この、女ったらしが」

おうたが身体《からだ》を捻《ひね》る。気合《きあい》が響く。

「うわぁっ」

悲鳴と共に新吉は竈《かまど》の近くまで投げ飛ばされた。

「おお、なんと見事な投げ技《わざ》だ」

松庵が感嘆《かんたん》の声をあげた。

「義姉さん、柔術《じゅうじゅつ》までやるんですか。たいしたもんだ」

「なに、暢気《のんき》なこと言ってんのよ。新吉さんが目を回してるじゃないの。もう、伯母さん、やり過ぎよ」

おいちは十助を松庵に渡し、新吉の傍《そば》に走り寄った。

「あーあ、鼻血が出てる。新吉さん、しっかりして」

「ふん。これくらいのお仕置き、当然さ。あたしの姪に手を出すなんて十年早いんだよ」

「伯母さん、早とちりも大概《たいがい》にして。新吉さん、なんの関《かか》わりもないでしょ。だいたい、伯母さんどれくらい湯治《とうじ》に行ってたのよ。たかだか二月《ふた》足らずじゃないの。犬や猫じゃあるまいし、その間にどうやったら子どもが産めるのよ」

「へ？　あら……二月？　そうだったっけ」

おうたが指を折る。

「あらまあ、そうだね。二月だね。松庵さんならともかく、たった二月で子は産めないねえ。あたしが江戸を発《た》つとき、お腹はまったく目立ってなかったし……」

「おれは男ですからな。幾月《いくつき》あっても産めませんよ」

「おや、そうだったかね。そういやあ、男だったね。忘れてたよ」

「ひでえなあ」

松庵が渋面《じゅうめん》を作る。しかし、口元は今にも吹き出しそうに震えていた。事の成り行きがおかしくてたまらないのだ。そして、久々《ひさびさ》の義姉とのちぐはぐで騒々《そうぞう》しいやりとりが楽しいのだ。

おいちとしては楽しむどころではない。新吉の上半身を起こし、背中を支《ささ》える。

「う……いてて」

新吉が呻《うめ》いた。

「大丈夫？　新吉さん、あたしがわかる？」

「へえ……なんとか。鼻の下がぬるぬるして、息がちょっと……」

「鼻血が出てるの。今、拭《ふ》きとるからね。腰とか痛くない？」

「だ、大丈夫ですが。おいちさん、いったい何が起こったんで……。と、突然にどわーっと放り投げられて……」

「おほほほほ。新吉さん、堪忍《かんにん》ですよ。ちょっとした行き違いでねえ。これも人の世の運命《さだめ》ってものかしらねえ。おほほほほほ」

「はあ……運命ですか。なんのことやら、さっぱりわからねえな」

新吉が首を傾《かし》げる。

「運命なんかじゃないわ。ただの早とちり、思い違いよ。伯母さん、新吉さんにちゃんと謝《あやま》って」

「だから、堪忍って言ったじゃないか。ほほほ、新吉さん、ちょうどよかった。あんたにもお土産《みやげ》のお裾分《すそわ》けしますからね。小田原《おだわら》の蒲鉾《かまぼこ》ですよ。そんじょそこらではちょっとお目にかかれない上等な品でねえ。なんてったって、鯛《たい》ですよ、鯛。鯛のすり身を使ってんだから、ちょいとすごい代物《しろもの》さ。おかつ、ぼんやりおしでないよ。早く、みんなに見せておやり」

「あ、は、はい」

おかつは『香西屋』の小女《こおんな》だ。いつも主《あるじ》の後ろに付き従っている。箱根にも供《とも》をしていた。箱根の湯のおかげなのか、思いの外《ほか》のんびりできたのか、江戸を発つ前より肌の色艶《いろつや》がよくなっている。

転がっていた風呂敷包みを拾い上げ、しっかり胸に抱いていたおかつは、それを板の間に置くと妙に派手な紅色《べにいろ》の風呂敷を解《ほど》いた。

三段の重箱には、どのお重にもびっしり蒲鉾が詰められている。

「ほらほら、美味《おい》しそうだろ。蒲鉾はお茶うけにぴったりなんだよ。おいち、お茶を淹《い》れておくれ。みんなに上等な蒲鉾をつまんでもらおうじゃないか。ほほほ、さっ、新吉さんも、遠慮《えんりょ》せずにお食べな。美味しいよ。めったに口に入るもんじゃないからね。食べたとたん、舌《した》がびっくりして逃げ出しちまうかもしれないねえ。ほほほ、今のは冗談《じょうだん》だけど、それくらい美味しいってことさ。土産にするなら小田原提灯《ぢょうちん》よりいいだろう」

おうたがまくし立てる。

松庵は肩を竦《すく》め、新吉は鼻の穴に紙を丸めて突っ込んだまま固まっていた。

おいちが茶の用意をして、おかつが小皿《こざら》を並べる。そのころになってやっと、新吉はのろのろと動き始めた。促《うなが》されるままに、板の間に正座する。

おうたは手早く小皿に蒲鉾を取り分けると、満面の愛想《あいそ》笑いを新吉に向けた。

「はい、どうぞ。たんと召《め》し上がれ」

「へ、へえ……どうも」

まだ気が動転しているのか、新吉は青白い顔のまま皿を受け取った。代わりのように、松庵が声をあげる。

「おっ、ほんとに美味《うま》い。こりゃあ、逸品《いっぴん》だな」

「逸品ですよ。みんなに喜んでもらいたくて、小田原から早飛脚《はやびきゃく》で送ったんだよ。たっぷりとさ。新吉さん、どうぞどうぞ、早く食べてごらんよ」

「ははは、新吉は仰天《ぎょうてん》し過ぎて、蒲鉾どころじゃないんだろう。なにしろ、突然にぶん投げられたんだからな。そりゃあ、驚きもするよな。気の毒に」

「ちょっと、お止《や》めな。せっかくみんなが忘れかけてるのに蒸し返さないでもらいたいね。まったく、どこまでも間《ま》の悪いお人だね」

「いや、ついさっきの出来事ですからな。誰も忘れちゃおらんでしょう。しかし、ほんとに見事なもんでしたなあ。いくら油断していたとはいえ、大の男を投げ飛ばしたんだからなあ。まったくもって、すごい。さすがに義姉さんだ」

「松庵さん、あんた、あたしをからかって喜んでんじゃないだろうね。笑い方が、やけにいやらしいねえ」

「とんでもない。義姉さんをからかう度胸《どきょう》なんて、おれにはありませんな。新吉は若いから、投げられても鼻血で済んだが、おれなら首の骨が折れてたかもしれん。おぉ怖《こわ》い。くわばらくわばら」

松庵がわざとらしく身を震わせる。おうたは、ふんと鼻を鳴らした。

「なんとでもお言い。そんなことより、おいち、その赤ん坊」

おいちに抱かれて眠っている十助に向かい、おうたが顎《あご》をしゃくった。十助はこれほどの騒動にもかかわらず、柔《やわ》らかな寝息《ねいき》をたてている。

「やはり、大物だな」と松庵が呟いた。

「どういう経緯《いきさつ》でここにいるのか、聞かせてもらおうじゃないか」

「伯母さん、喧嘩腰《けんかごし》なんだけど……」

「別に喧嘩なんか売っちゃあいませんよ。ただね、産んでもいない子をどうしておまえが面倒《めんどう》をみてんだか、松庵さんがいつもにも増して馬鹿面《づら》になって『おじいちゃんだよ』なんて言ってるのか、きちんと説明しておくれ」

「それは、あっしからもお願《ねげ》えしやす」

背後からの声に全員が身を縮《ちぢ》めた。穏《おだ》やかであるのに、突き刺さってくる。鋭《するど》いわけではないのに、身が竦む。

「親分さん」

「先生、おいちさん、それに内儀さんや新吉まで千両役者の揃《そろ》い踏《ぶ》みたあ、恐れ入りやすね」

〝剃刀《かみそり》の仙《せん》〟こと岡《おか》っ引《ぴき》の仙五朗《せんごろう》は、ひょいと頭を下げると中に入ってきた。

「おや、親分さん。いいところにお出《い》でになりましたよ。こちらへどうぞ。ご一緒に、小田原の蒲鉾をつまんでくださいな」

おうたが仙五朗のために席を空《あ》ける。店者《たなもの》の内儀らしく、そつがない。

「そりゃありがてえが、ご相伴《しょうばん》はまた次に回していただきやすよ。さて、先
生、その赤ん坊についての経緯、あっしにも聞かせてくだせえ」

松庵が蒲鉾を呑み下した。

「なんで親分がこの子のことを気にかけるんだ」

松庵と仙五朗の視線が絡《から》む。

おいちは腰を浮かせた。

胸がざわつく。喉《のど》の奥がひりついて、痛い。

仙五朗という人物を、おいちは好いていた。陽気でもなく、愛想がいいわけでも
ない。けれど、人の芯《しん》が一本、しゃっきり通っていると感じる。他の岡っ引のよう
に商家に小遣《こづか》いをせびったり、揉《も》め事《ごと》を収めると称して人々から金を巻き上げた
り、そんなごろつきまがいの所業《しょぎょう》は絶対にしない。非道を許さず、悪事を憎《にく》む。

自分の仕事と志に確かな矜持《きょうじ》を抱いてもいる。

頼りになる、信じられる、立派だとさえ言い切れる男だった。

しかし、不吉だ。

仕事柄《がら》、当たり前といえば当たり前なのだが、仙五朗はいつも血の臭《にお》いを背負っている。人の死を、殺しを、事件を背に括《くく》りつけている。おいちは仙五朗と会う度に、ひやりと冷たい風を感じるのだ。真夏であっても、陽光の明るい真昼間《まっぴるま》であっても感じる。仙五朗の人となりとは無縁でありながら、仙五朗に纏《まと》わりついている暗く冷たい風は、不吉なものの兆《きざ》しだった。

今もその風が吹いてくる。

おいちは身震いした。

「その赤ん坊、とすけって名じゃねえですかい」

仙五朗が低く問うてきた。

「親分さん、なんでそれを」

おいちはほとんど叫《さけ》んでいた。自分のものとは思えない上《うわ》ずった声だ。喉が震え、背中に汗《あせ》が滲《にじ》んだ。

「昨夜《ゆうべ》、いや明け方近く、一ッ目之橋《ひとつめのはし》の近くで女が斬《き》り殺されやした」

松庵の手から箸《はし》が滑り落ちた。重箱の角《かど》に当たって床《ゆか》に転がる。おいちは、足先から這《は》い上がってくる震えに必死に耐えた。血の気が引いて、頬のあたりが冷たく強張るのがわかる。

「女の人が……殺された……」

「へえ。あの界隈《かいわい》を縄張《シマ》りにしてる六平《ろくへい》って夜蕎麦《よそば》売りがいるんでやすがね、そいつがそろそろ店仕舞《みせじま》いかってころに女の悲鳴を聞いたんで。丁度《ちょうど》、これから魚河岸《うおがし》に向かおうって活《い》きのいい男たちが二、三人客になってたんで何事かと駆け付けたんでやす。そうしたら、一ッ目之橋のたもとに女が倒れてたとか。腹を刺《さ》され、背中をばっさり断ち斬られて、虫の息だったそうでやす。その女は『とすけ』と呟いて息絶《いきた》えたって六平たちが言ってやした」

我知らず十助を抱き締めていた。一瞬、閉《と》じた眼裏《まなうら》に、夢の中の滝代が浮かぶ。白装束の泣き顔だ。あの夢はやはり……。

「ただの物盗《ものと》りじゃねえ。女は一太刀《ひとたち》で殺《や》られてやした。ありゃあ侍《さむらい》の、しかも相当手練《てだれ》の仕業《しわざ》でやすよ。しかも、一人じゃない。六平たちが駆け付けたとき、橋の向こうに逃げる数人の足音を聞いたそうで」

「丸腰の女を手練の侍数人で襲《おそ》ったってわけか」

「どうも、そのようで。武家が関わっているなら、あっしたち町方《まちかた》の出る幕《まく》はありやせん。けど、女の身元がまるではっきりしねえんで。引き取り手も現れない、人探しの届け出も出てねえ。仏《ほとけ》は今も菰《こも》を被《かぶ》ったままって有様《ありさま》でさあ」

「そんな……」

胸が潰《つぶ》れそうになる。十助の温《ぬく》もりがじんわりと腕に伝わってきて、おいちは泣きそうになっていた。

この子を置いて、こんな赤ん坊を残して、母親が死ぬわけがない。そんなこと、あるわけがない。間違いだ。間違いに決まっている。

「身元はまるでわからねえが、女が子を産んだばかりだったのははっきりしやした。骸《むくろ》の胸あたりが乳で濡《ぬ》れてたんでやす。これはと思って取り上げ婆《ばばあ》を呼んで、じっくり調べさせやした。案《あん》の定《じょう》、子を産んで間もない身体だったそうでやす。そんな女が夜明け間近《まぢか》の橋のたもとで殺される。どういう曰《いわ》くがあるのか、あっしにはさっぱりでやした。ただ、もう一つだけ手がかりらしきものがありやしてね」

仙五朗は懐《ふところ》から小さな包みを取り出した。

薬包《やくほう》だ。

「これが仏さんの帯《おび》の間から出てきたんでやすよ」

「……おれの調合した薬《の》だ」

手のひらに薬包を載せ、松庵が告げた。ほとんど呻きに近い声だった。白い薬包紙はおいちが切りそろえたものだ。藍野《あいの》松庵の調合薬とわかるように、松の絵の印《いん》を押している。

「ええ、先生の薬です。松の印があっしにも見覚えがありやした」

「おれと仏が繋《つな》がったわけだ。それにしちゃあ、顔を見せるのが遅かったじゃないか、親分。もう、陽《ひ》が傾《かたむ》く刻《とき》だぜ」

「用心したんで」

「用心？」

「女の殺され方がどうにも腑《ふ》に落ちねえんで。物盗りでなく、辻斬《つじぎ》りとも思えねえ。殺された女も殺したやつらも、まるで正体《しょうたい》が摑めねえんで。しかも、もう一つ気になることがありやした」

一息《ひといき》ついて、仙五朗は視線を巡《めぐ》らせた。誰も何も言わない。息を詰め、老練な岡っ引の顔から目を離そうとしない。

「女は腹に晒《さら》しを突っ込んでたんでやすよ。巻いてたんじゃありやせん。束にして入れてやした。なんのためにそんなことをしなきゃならねえんで」

松庵がまた、低く呻いた。

「腹を膨らませるためか」

「へえ。あっしもそう思いやす。腹を膨らませて、まだ、子を孕んでいるように見せかけるためじゃねえのかってね」

松庵の喉が奇妙な音をたてて鳴った。

「親分、待ってくれ。ちょっと、待ってくれ……。さっき言ったよな。その仏は背中と腹を……」

「言いやした。女の傷は背中と腹の二カ所でやす。これは、あっしの推量でござんすがね。おそらく、背中の一太刀で女はほぼ命を絶たれていたはずです。それにもかかわらず……」

「腹を刺したのか」

「ええ。止《とど》めを刺したっていうより、腹の子を完全に葬《ほうむ》ろうとしたんじゃねえでしょうか。そのために深々と」

さすがの仙五朗も言い淀《よど》む。

新吉が口元を押さえ、苦し気《げ》に顔を歪めた。おいちも吐き気を覚える。気持ちが悪い。あまりの禍々しさに、平静ではいられない。

腹の子もろとも女を始末する。念を入れて、腹に刃を突き通す。人ではない。鬼《おに》だ。鬼の所業だ。夜明け前の闇の中、鬼たちが跋扈《ばっこ》していたのだ。そして、哀《あわ》れな女を餌食《えじき》にした。

「つまり、女が既に子を産んで、その子が元気でいるとばれちまうと、子の命も危《あや》うくなるってことだな」

「あっしはそう考えてやす。そうそうお門違《かどちが》いじゃねえはずで」

松庵が三度目の呻き声を発する。いつもなら、ここで「まったく熊だってもう少し品のいい声を出すよ」ぐらいに口を挟《はさ》むだろうおうたが、黙したまま動かない。

一言もしゃべらぬまま、睨《にら》みつけるように仙五朗を見ている。

「ともかく、この殺しの一件、底が見えねえんで。しかも、見えねえ底にはなんとも無慈悲《むじひ》で残虐《ざんぎゃく》な化《ば》け物《もの》が蠢《うごめ》いているって気がしやす。そいつらが、どこで見ているか聞いていているかと考えたら、動くのも慎重《しんちょう》の上にも慎重になりまさあ」

「親分さん」

我慢できなかった。これ以上、耐えられない。十助を抱《かか》え、仙五朗ににじり寄る。

「その仏さまに会わせてください。今、すぐにお願いします」

「おいちさん、あっしの話を聞いてなかったんですかい。それができるなら、あっしだって、とっととこちらに顔を出してやした。けど、用心がいりやす。用心しねえと、大変《てえへん》なことに巻き込まれるかもしれやせん。軽々《かるがる》しく動いちゃなんねえんです」

「大変なことってどんなことです」

「わかりやせん。けど、えらく物騒《ぶっそう》な気配《けはい》がしやす」

一息吐き出すと、仙五朗は今度は四つ折りの紙をつまみ出した。

「仏さんの似顔絵《にがおえ》でやす。たまたま手下に一人、絵の心得《こころえ》のあるやつがいやしてね。何かと重宝《ちょうほう》に使ってやすが、こたびも描かせてみやした。急がせたんであまり出来《でき》はよくねえが、だいたいの様子は捉《とら》えていると思いやす。ちっと見ておくんなさい」

仙五朗の指が紙を開いていく。

おいち、松庵、新吉、おうた、さらにおかつまで、身を乗り出して見詰《みつ》める。

「滝代さん」

おいちは悲鳴をあげた。

粗《あら》い線で描かれた人相《にんそう》は、紛《まご》うかたなく滝代のものだった。細い顎も、形の良い鼻や唇も。

「そんな、そんな……どうして……」

滝代はなぜ、鬼に食われた。なぜ、鬼に追われていた。

目を閉じる。眼裏は暗く、暗く、ただ暗く、滝代の後ろ姿さえ見せてはくれなかった。

白い火花

おいちはぼんやりしている。

外はこのうえなくよい日和《ひより》だというのに、米や油がそろそろ底を突きかけているというのに、外に出る気が起こらない。

暑気が拭《ぬぐ》い去られ、凍《い》てつく風も吹かないこの時季、患者の数は減る。だからといって暇《ひま》なわけではない。どんな季節にだって病人や怪我人《けがにん》はいる。実際、松庵《しょうあん》は今も往診《おうしん》に出かけているのだ。

海辺大工町《うみべだいくちょう》の紋上絵師《もんうわえし》のご隠居《いんきょ》が腰を痛めた。孫と相撲《すもう》を取っていて転《ころ》んだというのだ。

最初は笑い話だなと松庵自身も笑っていたが、高齢のご隠居の身体《からだ》は思いの外脆《ほかもろ》くなっていて、一時《いっとき》はこのまま歩くのはおろか、起き上がることさえできないのではと憂慮《ゆうりよ》された。それが、松庵の手当ての妙《みよう》と本人の気力のおかげで、なんとか介《かい》添《ぞ》えがあれば厠《かわや》に行けるまでに回復したのだ。

「ご隠居の言うには、早く元通りになって孫と相撲を取らなきゃならんとさ。周《まわ》りは呆《あき》れるやら、諫《いさ》めるやら、笑うやらでちょっとした騒ぎになってな。いや、孫は目に入れても痛くないというが、あのご隠居ならほんとうに目にでも口にでも入れそうな気がするな」

松庵が苦笑していたのを思い出す。

その孫、一之助《いちのすけ》という五歳の男の子をおいちもよく知っていた。往診についていく度《たび》に、おいちの傍《そば》にやってきて「じいちゃま、おっきできる?」と尋《たず》ねてくるのだ。くりくり丸い目には、うっすら涙が浮かんでいたりする。自分のせいで、大好きな祖父が寝込んでしまったと気に病《や》んでいるのだ。

その想《おも》いが可愛《かわい》くて、せつなくて。おいちもついつい涙ぐみそうになった。

ご隠居が動けるようになって、一番喜んでいるのは一之助かもしれない。くりくり目玉、赤い頬《ほお》の愛らしい童《わらべ》を思い出しながら、おいちは長いため息を零《こぼ》した。

腕の中で眠っている十助《とすけ》をそっと夜具《やぐ》に寝かせる。

一之助と比べ、この子の寄《よ》る辺《べ》なさはどうだろう。

祖父どころか母さえいない。

比べても詮無《せんな》いとわかっていながら、比べてしまう。

また、ため息が零れた。

おいちは斬殺《ざんさつ》された女の確かめには行かなかった。仙五朗《せんごろう》に止められたのだ。

「こりゃあまだ、あっしの勘に過ぎやせんがね、さっき言った通りこの一件、そうとう根深い、ややこしいもののような気がしやす。だとしたら、迂闊《うかつ》に近づかないのが無難《ぶなん》ってもんでやすよ」

仙五朗の言葉に、松庵が大きく頷《うなず》いた。

「親分の言う通りだ。侍《さむらい》が関《かか》わってるとなると、ちょいと剣呑《けんのん》だな。あまり目立つ動きはしないにこしたことはないぞ」

「そうだよ。おいち、後生《ごしょう》だから軽はずみな真似《まね》はしないでおくれ。斬《き》り殺されたの、刺《さ》されたのって物騒《ぶっそう》過ぎるじゃないか。聞くだけで肝《きも》が冷えるよ」

おうたまで声を震《ふる》わせる。

「でも……その殺された人の身元を確かめなくちゃならないでしょ。もしかしたら……もしかしたら、滝代《たきよ》さんとは別人かもしれないじゃない。似顔《にがお》絵《え》だけじゃわからないもの」

そうだ、違うかもしれない。

他人の空似《そらに》ってことだって、ないとは限らない。

一縷《いちる》の望みに縋《すが》る。

「松庵さんが行けばいいさ」

おうたがあっさり言った。

「万が一、厄介事《やっかいごと》に巻き込まれて命を落としたって、松庵さんなら諦《あきら》めもつくってもんさ。ねえ、でしょ？」

「義姉《ねえ》さん、誰に尋ねてるんです。それに、諦めがつくってのはどういう意味なんですかねえ」

「その通りじゃないか。松庵さんなら、あらまあお気の毒に、運がなかったんだねえで済んでしまうからね、気が楽だよ。大丈夫ですよ、松庵さん。あんたにもしものことがあっても、ちゃんと葬式は出してあげるからさ。安心して、成仏《じょうぶつ》しておくれ」

「安心も成仏もできるわけがないでしょ。まったく、他人《ひと》をそうそう容易《たやす》く殺さないでもらいたいですね。しかし、まあ、おいちの言うことにも一理ある。誰かが仏《ほとけ》さんの確かめをしなければならんだろうな。だとしたら」

「おれが行きやす」

松庵より先に、新吉《しんきち》が立ち上がった。

「おれが仏さんの顔を見てきやす」

松庵が眉を顰めた。

「新吉、話を聞いてただろう。ただの人死《ひとじ》にじゃないんだ。厄介事に巻き込まれる恐れだってないわけじゃない」

「だから、おれが行きやす。先生よりおれの方が、厄介事には慣れてやすから。それに、おれは独り身《ひとりみ》だ。万が一、ねぐらに誰かが押し入ったとしても、巻き込まれる人はいねえ。でも菖蒲長屋《しょうぶながや》なら、おいちさんや十助まで巻き込まれるかもしれねえでしょ」

「まあ、見上げた心意気《こころいき》じゃないか」

おうたが声を大きくする。

「今時の若い者は、自分だけよけりゃ他人のことなんてお構いなしって輩《やから》が多いのにさ、新吉さん、たいしたもんだねえ」

「は？　いや……そんな、それほど大げさなものじゃありやせんが」

「大げさなんかであるもんかい。いいねえ、江戸の男の心意気だよ。惚《ほ》れ惚《ぼ》れしちまう」

「いやあ、そこまで言われると、照れちまうな」

新吉が顔を赤くする。

「義姉さん、いくら新吉をおだてたって、さっきの早とちりのしょい投げは帳消しになりませんからな。そこのところは、お忘れなきように」

「まっ、松庵さん、あたしはね、心底《しんそこ》から新吉さんの男意気に感心してんですよ。すぐに人を勘繰《かんぐ》るのは、おまえさんの数多い悪癖《あくへき》の一つだよ。今更《いまさら》、どうにもならないだろうけど、直せるものならお直しな」

おうたが鼻から息を吐《は》き出す。

いつもと変わらない伯母と父のやりとりに見える。けれど、見えるだけだ。いつもよりぎこちなく、互いを窺《うかが》うような気配《けはい》がある。新吉からも同じ気配を感じる。三人ともそれぞれに平常の心を保《たも》とうとしているのだ。一人の女の死は、これからやってくる大波の前触れに過ぎないと察しているのではないか。

「じゃあ、頼もうかい」

仙五朗がそれとなく促す。この老岡っ引だけは、いつも通りだ。何も変わっていない。

おいちはほんの僅《わず》かだが、心内《こころうち》を落ち着かせることができた。

新吉に押し切られる格好《かっこう》で、おいちも松庵も菖蒲長屋に残ることになった。本音《ほんね》をいえば、おいちは行きたかった。自分の目で確かめたかった。そうしないと、気持ちに踏《ふ》ん切りがつかない。前に進めないような気がしたのだ。

気持ちに踏ん切りをどうつけるのか。

問われたら、答えられない。

でも、人には無理にでも諦めるしかないときがあり、現《うつつ》を受け入れて生きるしかないことがあると、知っている。信じられなくても、納得《なっとく》できなくとも、あまりに唐突《とうとつ》であってもだ。

新吉は半刻《はんとき》（一時間）ばかりで帰ってきた。

「新吉さん……」

我ながらか細い、縋《すが》るような声が出た。

新吉がゆっくりと一度だけ、首肯《しゅこう》する。

「……間違いありやせん」

覚悟はしていたのに、胸が締《し》め付けられる。

「間違いないの？」

滝代さんに。

「へえ」

もう一度頷いて、新吉は目を伏せた。松庵が低く呻《うめ》く。おいちも何か叫《さけ》びたかった。でも、なんと叫べばいいのだろう。

不意に十助が泣き始めた。

ふぎゃっ、ふぎゃっ、ふぎゃっ。

ふぎゃっ、ふぎゃっ、ふぎゃっ。

小さなこぶしを震わせて泣き続ける。

襁褓《むつき》を替えてほしいのか、乳《ちち》を求めているのか、

母を失った運命《さだめ》を嘆《なげ》き悲しんでいるようで、おいちはたまらなくなる。十助を抱き締《し》め、奥歯を嚙《か》み締める。

「おいち、どうするつもりだい」

おうたが耳元で囁《ささや》いた。

「……どうするって?」

「その赤ん坊だよ」

おうたは十助に向けて、顎《あご》をしゃくった。

「この先、その子をどうするんだい。独り身のおまえが育てるわけにはいかないだろう」

「伯母《おば》さん!」

おいちは伯母の白い顔を睨《にら》みつけた。

「止《や》めてよ、こんなときに」

「こんなときだから言ってんじゃないか。あたしが言わなきゃ、言う者はいないんだろうからね」

「先々のことなんて、考えられるわけないでしょ」

「考えられない？　おふざけじゃないよ。今、考えなくてどうするんだよ。おいち、子を育てるなんてのはね、そうそう容易くできることじゃないんだ。犬や猫じゃない、人の子なんだよ。人一人を育てるのにどれほどの苦労がいるか、覚悟がいるか、おまえ、わかっちゃないだろう」

おいちは唇《くちびる》を引き結《むす》んだ。

十助を哀《あわ》れに思う。可愛いとも感じる。滝代の想いも無念さもわかっている。しかし、十助を育てられるかどうかは、情とはまた別のことだ。

おうたの言う通りだ。おいちには、母親代わりに赤ん坊を育てる覚悟はできていない。

ふぎゃっ、ふぎゃっ、ふぎゃっ。

ふぎゃっ、ふぎゃっ、ふぎゃっ。

十助の泣き声が突き刺さってくる。

耳を塞《ふさ》ぎたい。

おうたが挑《いど》むように、胸を張った。

「あたしはね、薄情《はくじょう》な物言《ものい》いをしてるって百も承知で言ってるんだ。詳《くわ》しい経緯《いきさつ》は知らないけど、この子の母親は厄介事に巻き込まれて殺されたんだろう。この子がその因《もと》かもしれないじゃないか。厄介事そのものかもしれないじゃないか」

「伯母さん」

「乳飲《ちの》み児《ご》を育てるのも難儀《なんぎ》なのに、その上、厄介事だって？　おいち、おまえの手に負《お》えるこっちゃないよ」

おうたの声はいつもよりずっと、低く暗かった。

「じゃあ、どうすればいいのよ」

叫んでいた。

胸の奥がぎりぎりと痛む。そして、熱い。

「手に負えないから、赤ん坊を放り出せっていうの？　この子を捨てろっていうの？　捨てて、あたしは関わりありませんよって涼《すず》しい顔してろっていうわけ？　そんなこと、できると思うの」

「できるなら、してもらいたい。それがあたしの本音さ」

「そんな……伯母さん、それじゃ鬼《おに》よ。人間じゃない」

胸の熱さに煽《あお》られるように、口吻《こうふん》が激しくなる。おいちの抱《かか》えていた不安を、怯《おび》えをおうたはずばりと衝《つ》いてきた。

それが痛い。怒《いか》りも覚える。

おうたにではなく、ほんの一時でも十助を重荷に感じた自分への怒りだ。隠しておきたいおいちの心の内を、おうたは容赦《ようしゃ》なく引き摺《ず》り出そうとする。

「鬼にならなくちゃいけないときも、あるさ。おいち、母親ってのは我が子のためなら鬼にでも蛇《じゃ》にでもなる。なれるんだよ。それくらいの覚悟がなきゃ子どもは育てられない。綺麗事《きれいごと》じゃ済まないんだ」

「あたし、綺麗事なんか言ってない」

綺麗事じゃない。あたしは、ただ、この子を守りたいだけだ。過酷《かこく》な運命《さだめ》から、少しでも守りたい。盾《たて》になりたい。それだけなのに……、それすらもできないんだろうか。

「二人ともいいかげんにしろ」

松庵が強い口調《くちょう》で諫める。

「諍《いさか》っている場合じゃない。落ち着いて、この先のことを考えるんだ。滝代さんは亡《な》くなっても、十助は生きている。おれたちは十助の命を預かってるんだ」

「けど、松庵さん」

「義姉さんの言うことも、よくわかります。言い辛《づら》いことをずばりと言ってもらえて、よかったですよ。要は綺麗事ではなく、現のあれこれに、おれたちがどう対するか肚《はら》を決めなくちゃならんってことですよね。そのことを教えてくれた。さすがに、義姉さんですな」

「あら……やだ、松庵さん、わかってくれてたんだね。そうなの、あたしが言わないと、みんなぼけっとして、ちっとも現に対応できないだろう。だからねえ、あえて憎《にく》まれ役を買ってでたんだよ。ほほほ、それにしても松庵さんがこんなに頭の回りが速いなんて今の今まで知らなかったですよ。ごめんなさいよ、あんたのこと思い違いしてたのかしらねえ」

「おれは義姉さんのことはよぉくわかってますよ。憎まれ役にはもってこいの人柄《ひとがら》ですものなあ。性根《しょうね》は口や目つきほど悪くないってのも、わかってますからご安心ください」

「は？　松庵さん、憎まれ役にもってこいの人柄って、どういう人柄なんです」

「だから義姉さんのようなお人柄じゃないですか」

「まっ、まっ。あたしが本気で意見しているのに、あんたって人はどうして、茶化《ちゃか》してばかりなんでしょう」

父と伯母の掛け合いを見ていると、胸の中が少し凪《な》いできた。確かな営《いとな》みに彩《いろど》られた日々がある。そう信じられるのだ。

「ちょっと、ごめんなさいよ。おや、みなさんお揃《そろ》いで」

腰高障子《こしだかしょうじ》が開いて、えらの張った浅黒い顔が覗《のぞ》いた。お蔦《つた》だ。

「前を通ったら十助ちゃんの泣き声が聞こえたものだからさ。気になっちまってね。お腹《なか》が空《す》いてんじゃないのかい。おや、これはこれは『香西屋《こうさいや》』の内儀《おかみ》さん、お久しぶりですね」

「ほんとに。ちょいと遠出してたものだから、ご無沙汰《ぶさた》でしたね」

菖蒲長屋の住人とおうたは顔馴染《かおなじ》みだ。松庵がここに越してきた当初は、きらびやかな小袖《こそで》（おうた曰《いわ》く、〝ほんの普段着《ふだんぎ》〟だそうだが）のおうたが小女《こおんな》を従えて歩く姿は裏長屋にはあまりにそぐわなくて、おかしいほどだったそうだ。けれど、人の目は慣れる。いつの間《ま》にか、おうたは菖蒲長屋の風景に溶《と》け込み、今回のように長い間現れないと「おいちちゃん、『香西屋』の内儀さん、どうかしたのかい」などと尋ねられたりする。おうたも「こんな貧乏長屋で暮らさなきゃならないなんて、おいちが不憫《ふびん》で不憫で。ほんとに、甲斐性《かいしょう》のない父親を持ったばっかりに、ああ、ほんと不憫だよ」と事あるごとに嘆くわりには、長屋のおかみさん連中には愛想《あいそ》がいい。けらけらと笑い合いながらの立ち話なんてのもしょっちゅうだ。今日も、もう一つ、小振《こぶ》りの風呂敷包《ふろしきづつ》みを持参しているのは、後で土産《みやげ》を配《くば》るつもりなのだろう。

「おいちちゃん、ほら、やっぱり腹を空かしてるじゃないか」

お蔦が指を近づけると、十助はさかんに唇を動かした。

「おかしよ。たっぷり飲ませてやるからさ。ついでに襁褓も替えてやろうかね」

「ありがとう、お蔦さん」

「なんてこたぁないよ。いやね、こっちも助かってんのさ」

お蔦が肩を竦《すく》め、くすくすと笑う。

「乳が溢《あふ》れるほど出るもんだから、福《ふく》一人じゃ吸いきれなかったんだよ。お乳が張って張って痛いほどでね。十助ちゃんが吸ってくれて、大助かりさ」

「福ちゃん、妬《や》いたりしない？」

「それが、あたしがおっぱいやってるのを嬉《うれ》しそうに見てるんだよ。いっぱしの兄さん気取《きど》りさ」

そう言ってから、お蔦は視線をあちこちに動かした。

「けど、どうしたのさ、みんなお揃いでしんねりむっつりした顔してさ。何かあったのかい？」

お蔦の視線を避けるために、おいちは目を伏せた。

「それに十助ちゃんのおっかさんはどうしたのさ。今のうちにおっぱい吸わしとかないと、乳の出が悪くなるよ」

「それがな、お蔦さん、母親の具合があまり思わしくないんだ」

松庵が重い口調で告げる。お蔦の黒目が左右に揺《ゆ》れた。

「思わしくないって……先生、命が危ないってことかい」

「うむ、まあ、そういうことだ」

「そんな……」

お蔦が絶句する。胸の十助を見詰《みつ》める。

「助けてやってくださいな。赤子《あかご》には母親が入《い》り用《よう》なんだ。生まれたばっかりで母親と死に別れするなんて、そんな惨《むご》い目に遭《あ》わせちゃならない。頼みますよ、先生」

「う、うむ。できるだけのことはするが……」

松庵の語尾が掠《かす》れて消えていく。

赤子は既《すで》に母親と死別してしまった。もう二度と、逢《あ》えない。

頼みますよと念を押し、十助を抱いてお蔦は出ていった。これで、十助は腹がくちくなるまで乳を飲める。ぐっすりと眠ることができる。

「まあ、なんとかなるかもしれないね」

おうたが呟《つぶや》いた。

「乳をくれる人がいるんだ。飢《う》えて死ぬ心配がないなら、赤子なんてのはなんとか育つもんだよ」

「義姉さん、さっきと言ってることが違いやしませんか」

「違ってませんよ。あたしは、おいちみたいな娘に赤ん坊を育てるのは難しいって言ったんです。菖蒲長屋ならば手慣れたおかみさん連中がいるから、誰かが面倒《めんどう》みてくれるだろうさ」

「まったく、義姉さんの言うことはその場その場でころころ変わるから、やってられないな」

「松庵さんにやってもらわなくて結構ですよ。あたしは思ったままを素直に口にしてるだけなんですから」

「義姉さんのは素直なんて可愛いものじゃなくて、思いつくままの考えなしってやつじゃないですかなあ」

「よく言うこと。考えなしの極致《きょくち》の松庵さんだけには、言われたくない台詞《せりふ》だね」

鼻を鳴らし、おうたは横を向いた。しかし、すぐに、おいちを見据《みす》えてくる。

「おいち、いいね。どう間違っても、赤ん坊を自分で育てようなんて考えるんじゃないよ。おまえはまだ独り身でこれから嫁にいこうかって身なんだ。子連れなんかになったら大事《おおごと》さ。わかってるね。それから、新吉さん」

不意に名を呼ばれ、新吉が身を縮《ちぢ》めた。

「へ、へい」

「おいちに、二人で赤ん坊を育てようなんて、持ち掛けたりしないでくださいよ」

「は、はあ?」

「おれがこの子の父親になる、なんて甘言《かんげん》でおいちを釣《つ》ろうなんて思ってるんだったら、あたしが許しませんからね」

「伯母さん！」

おいちは慌《あわ》てておうたの袖を引っ張った。さすがに言い過ぎだ。あまりに言葉が過ぎる。

「新吉さんがそんなこと、考えるわけないでしょ。あんまり、失礼なこと言わないでよ」

「そうですよ、義姉さん。ぶん投げただけじゃ飽《あ》き足らず、変な言いがかりまでつけられて、新吉からすれば踏んだり蹴《け》ったり、いや投げられたり謗《そし》られたりだ。いや、かわいそうに」

「ぶん投げたなんて人聞きの悪い。ちょっと押しただけですよ。ねえ、新吉さん」

「は……その、まあ、かなりの力で……。いや、はい」

「新吉さん」

「は、はい」

「本音のところどうなんです。おいちと一緒になりたいって思ってるんですか」

新吉の顔がみるみる赤らんでいく。

「伯母さん、止めてよ。今は十助ちゃんのこと話してるんでしょ。新吉さんは関《かか》わりないわ」

「そんなこたぁねえです」

おうたより先に新吉が答えた。

「産気《さんけ》づいた滝代さんをここに運んだのはおれです。まるっきり関わりねえとは思ってやしません。いやむしろ、深く結びついたっていうか、縁ができたと思ってやす。なにより、赤ん坊のことが気になってしょうがねえんです。へえ、理屈じゃなくて、どうにも気になって気になって」

「新吉さん」

「ご存じかもしれやせんが、おれは早くに二親《ふたおや》に死に別れました。それで、まあ厄介者扱いもされましたが……でも、おれみたいなガキを助けてくれる人たちもいて、それなりにここまで生きてこられたんです。なんとか一人前の職人になれる、その手前までこられたんです。自分で食っていけるようになった。そしたら、今度は……今度は、おれが誰かを助ける番だって、そのことだけは心に刻《きざ》んでます。だから、十助坊のことを放っておけなかったんです。おれにできることがあるならやりたいって、そんな気持ちなんです」

唾《つば》を呑《の》み込み、新吉は続けた。

「あの。ですから、十助坊を出汁《だし》にして、お、おいちさんと所帯をもつなんて下心は……その、な、な……」

「万に一つもないって言うんだね」

おうたが念を押す。

「いや、まったくないとは言い切れやせんが、でも、それは、おいちさんや十助坊に、ものすごくぶ、無礼《ぶれい》だってことぐらいはわかってやす。あ、あの、おれが掛値《ね》なしに一人前の職人になって、女房子どもをちゃんと養えるようになって……それは、そんなに先じゃねえはずで……あ、あの、手前味噌《てまえみそ》にはなるんでやすが、親方もおまえの腕ならこの先も十分やっていける、近いうちに卸先《おろしさき》を幾《いく》つか分けてやるって言ってくれてて」

「おやまあ、それはそれは、たいしたもんだこと。立派なもんだねえ」

おうたが愛想笑いを浮かべる。ただ声音《こわね》には愛想以上のものが、称賛に近い調子が籠《こ》もっていた。おうたも苦労人だ。幼いうちに親を失い、親戚中をたらい回しにされてきたと聞いた。新吉の舐《な》めた辛苦《しんく》は誰より解《げ》せるだろう。そういう境遇《きょうぐう》にありながら、親方に認められるほどの職人になった男の才と懸命《けんめい》の奮闘《ふんとう》と性根の強さもまた、きちんと感じ取っているはずだ。

新吉がさらに顔を赤らめる。

「いや、その、立派なんてこたぁなくて……でも、あの、職人としてもう少しきっちりやっていけるようになったら、そ、そのときは……あの、お、おいちさん」

新吉が一歩、おいちに寄ってくる。

「そのときは、あの、そのときは」

「はい、そこまで」

おいちと新吉の間に、おうたが割って入った。

「新吉さん、あんたの真心《まごころ》はよーくわかりました。でも、今はおいちとどうのこうのって場合じゃないんですよ。なんてったたって、人一人が殺されてんだからねえ。人殺しだよ、人殺し。大変なことじゃないか。ね」

「はっ？　……はあ」

新吉の口が丸く開いた。

松庵が肩をひょいと持ち上げる。

「おいちと一緒になりたいのかと尋ねたのは、義姉さんじゃないですか。まったく、よくもそれだけころころ言い分を変えられますなあ。義姉さん、前世は懸巣《かけす》だったんじゃないんですか」

「なんですよ、懸巣って」

「懸巣は他の鳥の物真似が上手《うま》くて、その場その場で鳴き方を変えるっていいますからなあ。まさに義姉さん、そのものだ。ははは」

「ふん。潰《つぶ》れた梟《ふくろう》みたいなご面相《めんそう》のくせに、他人《ひと》のこと笑えるもんかね。松庵さんなんか相手にしてたら、明日の朝になっても埒《らち》が明かないよ、おいち、ともかく、あの赤ん坊のためには、里親《さとおや》なり引き受け手なりを探すのが良策ってもんじゃないのかい。殺された母親とは縁のないどこかで、静かに、穏《おだ》やかに大きく育っていけるなら、御《おん》の字《じ》じゃないか。そうだろ」

おいちは頷きそうになった。

確かにその通りだ。

滝代はあまりに多くの謎《なぞ》を背負っている。その最期《さいご》も含めて、剣呑な臭《にお》いがつきまとう。そういう者からできるだけ遠ざけ、安穏《あんのん》に生きていけるよう手立てを講じる。十助の幸せを考えるなら、それが一番だ。何より、滝代自身がそう望んでいたのではないだろうか。自分の傍《そば》にいれば、我が子に災厄《さいやく》が及ぶ。それを避けるために、断腸《だんちょう》の思いで十助を残し、消えた。

まだ明けやらぬ江戸の道を歩きながら、滝代がどんな苦汁《くじゅう》を嘗《な》めていたか、おいちには思い及ばない。ただ、祈っていたような気がする。その必死の祈りの声が聞こえる気がする。

——十助だけは、あの子だけは、ごく平凡な静かな一生を送らせてくださいませ。何とぞ、何とぞお願いいたします。

滝代さん。

あの哀れな人を、あたしは救えなかった。せめて、この世に残した命だけは守り通さなければならない。なんとしても。

「わかった。伯母さんの言うこと、ちゃんと考えてみる」

「おや、やっとわかってくれたかい。そうだよ、情に振り回されないで、お頭《つむ》でちゃんと考えるんだよ。そうしないと、答えなんか見つかりゃしないのさ」

「うん、そうする。ありがとう、伯母さん」

「お礼なんて、いいさ。あたしはいつだって、おまえの味方だよ。それを忘れないでおくれ」

「ええ……」

おうたの一言が優《やさ》し過ぎて、おいちはまた涙ぐみそうになった。十助にも教えてやりたい。この世には残酷も非道も溢《あふ》れているけれど、優しさや労《いたわ》りも同じくらいあるのだと。

おいちの頰をそっと撫《な》でてから、おうたは新吉に向き直った。

「それじゃ、そろそろ帰りましょうかね。新吉さん」

「へ？　おれも一緒にですか」

「そうですよ。帰りましょう。それともなんですかね、いつまでも、ぐずぐずおいちの傍にいるつもりとか？　それは、あたしが許しませんからね」

「あ、いえ、そんな気は毛頭《もうとう》ありやせん。帰ります、とっとと帰りますよ。先生、おいちさん、それじゃあこれで」

「あ、新吉さん」

お礼を告げる暇も、挨拶《あいさつ》を返す間もなかった。新吉は外に飛び出すと、そのまま足早《あしばや》に立ち去ってしまった。

「脱兎《だっと》のごとく逃げ去るってやつだな。新吉のやつ、余程《よほど》義姉さんが怖《こわ》いとみえる」

「あたしが怖いわけないでしょ。まったく、どうしてそんなに頓珍漢《とんちんかん》なのかねえ。先が思いやられるよ」

わざとらしくため息を零してから、おうたも出ていった。「また、近いうちに覗くからね」と言い残して。

あれから十日が経《た》つ。

近いうちにどころか、おうたは毎日顔を見せた。昨日は、襁褓と厚手の御包《おくる》みを届けてくれたりもした。おうたなりに、十助を哀れとも可愛いとも感じているのだろうか。

おいちは身を屈《かが》め、十助の寝顔に見入る。

この幼気《いたいけ》な赤ん坊の行く末に待ち構えているものは、なんだろう。

あたしはどんなやり方で、十助ちゃんを守れるだろう。

あれこれと考えてしまう。どうしても考えてしまう。

かたっ。音がして腰高障子が動いた。障子に影が映《うつ》る。男の影だ。

おいちは身を固くした。十助を抱き上げようとしたとき、「ごめんなさいよ」と聞き覚えのある声がした。

「親分さん」

仙五朗が腰を屈めて入ってくる。秋の日差しも一緒に、土間《どま》に流れ込んできた。眩《まぶ》しい。

そうか、外はほんとうにいいお天気なんだ。

胸の内で一人、呟いていた。

「先生は往診でやすか」

外から入ってきた者には、あまりに薄暗かったのだろう。仙五朗はしきりに瞬《まばた》きを繰《く》り返している。

「はい。もうじき、帰ってくるとは思いますが」

「そうですかい。じゃあ、おいちさんにお伝えしときやす。伝えるほどのことじゃありやせんが」

そう前置きして、仙五朗は、滝代が身元のわからない無縁仏《むえんぼとけ》として埋葬《まいそう》されたこと、殺しの一件はなんの手がかりも摑《つか》めないままうやむやになりそうなこと、その二つをやや早口で告げたのだ。二つとも覚悟していたとはいえ、やはり気持ちが粟立《あわだ》つ。

「情けねえ話でやすがね、手がかり一つ摑めねえんで、どうにも、なりやせん。お手上げでやす」

〝剃刀《かみそり》の仙《せん》〟との異名《いみょう》をとる男が弱音《よわね》を吐《は》く。名うての岡《おか》っ引《ぴき》のそんな姿を、おいちは初めて見た。それほど、この一件は底が深いのか。

「うちの旦那《だんな》もね、これ以上やっても無駄だ、諦めようと言うわけでやすよ。武家に関わることなら、町方《まちかた》のあっしたちには手出しができやせんからね」

旦那とは、仙五朗が手札《てふだ》を貰《もら》っている定町廻《じょうまちまわ》り同心《どうしん》のことだ。草野小次郎《くさのこじろう》という三十絡《がら》みの男で、仙五朗に全幅《ぜんぷく》の信頼を置いている。その草野が一件から手を引くと明言したのだ。

「けどね、おいちさん。武家だろうが町方だろうが殺しは殺し、下手人《げしゅにん》は下手人じゃねえですか。まして、丸腰の女を惨《むご》く殺したやつらですぜ。そんなやつらが、のうのうと江戸の町を歩いていると思えば、腸《はらわた》が煮《に》えくり返る心地《ここち》がしまさあ」

仙五朗がこぶしを握《にぎ》り締める。

鋭利《えいり》で冷《さ》めた眼を持つ男が珍《めずら》しく激情を滾《たぎ》らせていた。

「でも……どうしようもないのでしょう」

「どうしようもござんせんね。だから、おいちさんに手助けを頼みに来たんでやす」

「あたしに？　あたしになんのお手伝いができますか」

身を乗り出す。できることがあるなら、むろん、喜んで手伝う。

仙五朗が僅《わず》かに首を振った。

「わかりやせん」

「え？」

「おいちさんに何を助けてもらえるのか、もらいてえのか、あっしにもわからねえんです」

「親分さん」

「おいちさんは、あっしたちとは違う力をお持ちだ。その力で」

口を閉《と》ざし、仙五朗は首を横に振った。

「駄目《だめ》でやすね、こんなぼんやりしたこと言ったって、おいちさんを戸惑《とまど》わすだけだ。申し訳ねえ。ちっとばかり焦《あせ》っちまって、埒《らち》もねえことを口にしやした。忘れ

だ。
いと思う。夢に滝代が現れて、下手人を明かしてくれない限り、何もできないの
仙五朗の苦笑《にがわら》いが胸に刺さってくる。おいちは黙《だま》って、頭を下げた。何もできな
てくだせえ」

夢の中の滝代は、何も告げてはくれなかった。

「よく寝てやすね」

十助の寝顔を覗き込み、仙五朗が目を細める。

「ええ。お蔦さんからお乳をたっぷり貰えて、よく寝て、よく育ってます」

「何よりでやす。産着《うぶぎ》は母親が残してたんでしたっけ」

「ええ、荷物の中に入ってました」

滝代が亡くなった後、仙五朗には荷物を見せている。あの蠟色塗《ろいろぬ》りの短刀も見せた。仙五朗なりに調べたが、丸に白菱重《しろびしがさ》ねの紋《もん》がどこのものなのか突き止められなかったのだ。

まさに、八方塞《はっぽう》がり、諦めねばならないところまで仙五朗は追い詰められているのだ。手を引くのは容易だが、岡っ引の誇《ほこ》りがそれを許さず、仙五朗自身を苦しめていた。

「その荷物、もう一度見せてもらえやすか」

「はい、構いませんが」

「いや、見落とした何かがあるんじゃねえかと思いやして。我ながら往生際《おうじょうぎわ》が悪過ぎやすかね」

仙五朗がまた、苦く笑った。

風呂敷包みを開く。

産着も襁褓も使ってしまったし、金子《きんす》は鍵付《かぎつ》きの戸棚《とだな》に仕舞《しま》い込んだ。いずれは、十助のために用立てる金だ。風呂敷の中にはだから、あの短刀しか入っていなかった。

手を伸ばし、摑む。

「あっ」

小さな叫びが漏《も》れた。

頭の中で火花が散ったのだ。その光に照らされて、何かが見えた。ほんの一瞬で、それが何か確かめる間はなかった。しかし、見えた。確かだ。

何かが、何かが、何かが、何かが、何かが……。

「おいちさん、どうしやした」

仙五朗が腰を浮かす。

「おいちさん」

おいちは目を閉じる。手の中の短刀を強く握り締める。
見せて、あたしに見せて。見るべきものなら、見せて。
「おいちさん、大丈夫《でえじょうぶ》でやすか。どうかしやしたか」
仙五朗の呼びかけが、遥《はる》か遠くから、微《かす》かに微かに響《ひび》いてくる。
息を整え、指に力を込めた。
頭の中で白い火花が散った。

遠い煌《きら》めき

火花はすぐに小さな光の粒《つぶ》に変わった。
煌《きら》めいている。
煌めきながら流れている。
何が？
おいちは目を凝《こ》らす。
なんだろう、これは。
美しいと思う。心地《ここち》よくて美しい。邪《よこしま》とも陰鬱《いんうつ》とも無縁の煌めきだ。
見たい。もっと、ちゃんと見てみたい。
いえ、見なきゃいけないんだ。あたしは見なければならない。
霧《きり》が晴れるように、目の前が開けた。
見える。確かに見える。

大きさも色合いもまちまちの、でも総じて丸い石ころ、風になびく柳《やなぎ》の枝、遠くに霞《かす》む山々、緑の和草《にこぐさ》に覆《おお》われた土手《どて》。河原《かわら》の光景だ。おそらく、春たけなわの。光を弾《はじ》き、煌めくのは川の流れだった。

大川《おおかわ》のように大きくはない。竪川《たてかわ》のように速くない。その川は、水面《みなも》を光に塗《ぬ》らせて、ゆったりと緩《ゆる》やかに流れていく。

おいちは自分が鳥になった気がした。一羽の鳥になって、枝先に止まっている。

その木の下には、一対の男と女がいた。並んで、煌めく川や山を見詰《みつ》めている。二人とも武家の身なりをしていた。そして、若い。立ち姿に少しの緩みもなかった。

不意に男が女を抱き寄せた。

女は抗《あらが》わない。力を抜いた身体《からだ》を男の胸に預ける。

川面《かわも》を渡った風が二人を包み、木々の枝を揺《ゆ》らした。

あ……。

おいちは声をあげる。

風を感じたとたん、目の前の風景が色を失ったのだ。新緑の山々も煌めく流れも瑞々《みずみず》しい葉色《はいろ》の柳も、全《すべ》て褪《あ》せて薄鼠色《うすねずいろ》に閉《と》ざされてしまう。

女が顔を上げた。

滝代《たきよ》だった。

おいちの知っている滝代より、幾分《いくぶん》か若い。髷《まげ》も娘のものだった。

滝代の唇《くちびる》が動く。

聞き取れない。

男が身体を離す。声は聞こえないが、滝代は小さく叫《さけ》んだようだ。

「これをそれがしの形見《かたみ》に」

一振《ひとふ》りの短刀《たんとう》を取り出し、男は滝代に手渡した。

「形見などと……」

「それがしの魂《たましい》は、この刀と共にある。何があってもそなたをお守りする。何があってもだ。それを忘れないでくだされ」

風が吹き付けてくる。

先刻感じた心地よさは、もうどこにもない。煌めく美しさも、温かで優《やさ》しい気配《けはい》も消えた。

哀《かな》しみが、冷え冷えとした哀しみだけが伝わってくる。

とても静かなのに、慟哭《どうこく》がこだましている。

風景が閉ざされる。

滝代も若い侍《さむらい》も、黒く塗り込められていく。

滝代さん！

「おいちさん！」

腕を摑《つか》まれ、引き戻される。

「おいちさん、どうしやした。大丈夫《でえじょうぶ》でやすか」

仙五朗《せんごろう》の声がはっきりと耳に届く。

「親分さん……」

「よかった」

仙五朗が吐息《といき》を漏《も》らした。

「あっしが、わかるんでやすね」

「……すみません。ぼんやりしてしまって」

「涙が」

「え？」

「おいちさん、涙を流してやすよ」

頰《ほお》を触《さわ》ってみる。指先が濡《ぬ》れた。

あたし、泣いてたんだ。

「泣くほど悲しいものを見やしたか」

仙五朗の物言《ものい》いはどこまでも穏《おだ》やかで、円《まろ》やかだ。すうっと、心身の張りが解《ほど》けていく。

「親分さん、あたしが何を見たか、お話ししてもいいですか」

「もちろんでやす。ぜひ、聞かせてくだせえ」

仙五朗が僅《わず》かに頭を下げた。おいちは今《いま》し方《がた》目にしたものを、語り始める。

「春の、たぶん、春の風景でした。川が流れていて、川面がきらきらしていて、そこに、若いころの滝代さんがいたんです」

川の流れ、煌めく水面、女を抱く男、男の胸に顔をうずめる女、吹き付けてくる風、一転する光景、突き刺さってきた哀しみ。

おいちが語り終えても、仙五朗は口を開かなかった。腕を組み、口元を結び、空《くう》の一点を見据《みす》えている。

信じてもらえただろうか。

おいちの胸は、俄《にわか》にざわめき始めた。

おいちが嘘《うそ》をついていると、仙五朗は考えたりしないだろう。しかし、あらぬことを口走っていると不審に思うかもしれない。思われても、しかたない。

仙五朗が腕を解《と》き、身を乗り出した。

「それで、若え侍が渡した刀ってのがそれだったんで」

おいちの握《にぎ》っている短刀にむけて、ひょいと顎《あご》をしゃくる。

「わかりません。確かめられるほどはっきりとは見えませんでした。でも、おそらく……」

「でやすね。もしかしたら、その短刀に通った想《おも》いが、おいちさんに〝見せた〟のかもしれやせんからね」

おいちは、仙五朗と視線を合わせた。

「親分さん、あたしの言うこと信じてくれますか」

「信じやすよ」

当たり前だという風に、仙五朗は大きく頷《うなず》いた。

「おいちさんの言ってるこたぁ、みんなほんとうでやす。空事《そらごと》も作り事もありやせん。よぉくわかっておりやす」

そこで、にやりと笑い、

「おいちさんには、ずい分と助けてもらったじゃねえですか。おいちさんの力を信じてるからこそ、縋《すが》る思いでここにやってきちまったんです。岡《おか》っ引《ぴき》としては、ちっと情けねえなと恥《は》じながらも、ね」

と、続けた。

「親分さん」

「おいちさんの見たものは、本物でやす。要はおいちさんがなぜ、それを見たかってことでやす」

今度は、おいちが頷いた。

そうだ。あたしはなぜ、滝代さんの昔を見たのだろう。

意味がある。

理由《わけ》がある。

ないはずがない。

今までもそうだった。おいちが見るもの聞くことには、その後ろにその奥に、必ず意味と理由を潜《ひそ》ませていた。

今度はなんなのだろう。

おいちと仙五朗は再び視線を絡《から》ませた。

「なんなんでしょうか、親分さん」

「わかりやせん。ただ」

仙五朗が短い息を吐《は》き出す。

「その短刀がなんらかの形で関《かか》わってくる、その知らせのような気もしやすね。そいつは、守り刀でやしょ」

「はい。滝代さんが十助《とすけ》ちゃんのために置いていったものです。自分に代わって、生まれて間もない赤子《あかご》を守ってほしいと、そんな気持ちだったんでしょう」

「母親の必死の一念ってやつか。けど、それだけですかね」

「え？」

「いえね、その滝代さんってお方の気持ちはわかりやすよ。我が子を守りたいって母親の想いはわかりやす。けど、それはおいちさんには言わずもがなで、十分に伝わってることでやしょ。それだけのためだったら、わざわざ見せるこたぁなかったんじゃねえですか」

「じゃあ、他に何かあると？」

「うーん、今んとこなんとも言えやせんが……。ともかく、その短刀、あまり人の目に晒《さら》さねえほうがいい気はしやすね。それと、赤ん坊も……」

「十助ちゃん、ですか」

「へえ。これは、あっしが口を出す話じゃねえかもしれやせんが、あの赤ん坊、どこかに預けた方がいいかもしれねえ」

おいちは息を呑《の》み込んだ。

「親分さん、それって」

——おまえの手に負《お》えるこっちゃないよ。

おうたの一言《ひとこと》がよみがえってくる。いつになく暗い声音《こわね》だった。

同じ忠告を、仙五朗も突き付けてくるのか。

「ああ、違いやす。違いやす。違いやすよ、おいちさん。あっしは、おいちさんには赤ん坊を育てられないなんて言ってやしませんよ。『香西屋《こうさいや》』の内儀《おかみ》さんとは違いやす」

「あら、親分さんどうして知ってるんですか」

おうたとのやりとりの場に、仙五朗はいなかった。

「あ、新吉《しんきち》さんが」

「ご名答でやす。新吉から聞きやした。新吉のやつが、やけにしょげてやしてね。問い質《ただ》したら、おいちさんとのことで内儀さんに問い詰められて、あたふたしただけで、ろくな返事ができなかった。我ながらなんて意気地《いくじ》のない男だと、まあ、おかしいほど落ち込んでやしたよ。向こう意気が強くて、胆《きも》も据《す》わった男なんですがねえ。おいちさんのことになると、からっきしでやすよ」

そこで、仙五朗ははたはたと手を振った。

「けどまあ、ここでは新吉も『香西屋』の内儀も関わりありやせん。あっしが言ってるのは、あの赤ん坊はおそらくお武家の子で、しかも、かなりわけ、わけありだってこってすよ。前にも言ったかもしれやせんが、わけありのお武家ほど厄介《やっかい》で剣呑《けんのん》なものはねえでしょうよ。あの子の母親がどういう殺され方をしたか……。あっしは、腹への一刺《ひとさ》しが忘れられねえんで。腹の子ともども、いや、腹の子を始末《しまつ》するための一刺しでやしたよねえ。そして、母親はまだ腹に子がいるように見せかける細工までしていた。おいちさん、ほんとうに狙われていたのは母親じゃなく、赤ん坊の方でやす。母親は殺されやした。けど、赤ん坊はまだ生きている。そのことを知ったら、どうなると思いやす」

答えられなかった。

何も答えられない。悪寒《おかん》だけがする。背中がうそ寒い。

「あっしは、おいちさんたちと殺された滝代さんとやらの結びつきを断てば、それで安心できると考えてやした。けど、それはとんだ早とちりだったかもしれやせん。あの殺しは、終わりじゃなく始まりなのかもしれねえ」

「十助ちゃんが生きていると知れたら、命を狙いに来る者がいるかも、そうおっしゃるんですね」

仙五朗は口元を固く結び、首を縦《たて》に振った。

「でも、ばれるはずないわ」

声をあげる。老人のようにしわがれていた。

「ばれるはずないですよ、親分さん。だって、あたしたちと滝代さんとの関わりなんて誰も知らないんですもの。あたしと新吉さんが、ここに滝代さんを連れてきたのはたまたまです。たまたま、あの夜に滝代さんと出会ったからです。あたしたちと滝代さんは、ついこの前まで見知らぬ他人でした。まったく知らない間柄《あいだがら》だったんです」

「それはつまり、いくら滝代さんとやらの身辺を手繰《たぐ》っても、おいちさんや赤ん坊には辿《たど》り着かないってことでやすか」

「ええ……」

「それは、ちっと甘過ぎやしやせんか」

「でも……」

「深川六間堀町《ふかがわろっけんぼりちょう》の菖蒲長屋《しょうぶながや》に住む藍野松庵《あいのしょうあん》先生のところで、女が赤ん坊を産み落とした。その女は、松庵先生の娘であるおいち先生が行倒《ゆきだお》れ同然のところを運び込んだらしい。赤ん坊は男の子ですくすく育っている。なんて話が巷《ちまた》に流れている見込みは、たぶん相当、ありやすよ。むろん、調べたわけじゃねえが、おおかた、外《はず》れてはいねえはずだ」

「誰が、そんなことを言いふらしたりするんです」

「菖蒲長屋の住人でやすよ」

まさかそんなと言いかけた口を、おいちはつぐむしかなかった。

仙五朗の言わんとするところを察したからだ。

菖蒲長屋に、いや、江戸の裏長屋に住む者に分限者《ぶげんしゃ》はいない。その日暮らしの者がほとんどだ。人足《にんそく》や職人もいるが、棒手振《ぼてふ》りや背負い荷の行商人も多い。そういう者たちにとって、馴染《なじ》みの客たちと交《か》わす軽いおしゃべりは商《あきな》いに欠かせない。

「そういやあ、うちの長屋でちょっとした騒《さわ》ぎがありましてね」

「騒ぎ？　へえ。何があったんだい、甘酒屋《あまざけや》さん」

「それがね、うちの長屋の松庵先生のとこで……、みなさん、松庵先生についちゃあよくご存じでしょ」

「ああ、知ってるとも。うちの坊主《ぼうず》も亭主も、お世話になったよ。あたしゃ、一度もかかってないけどさ」

「あんたは死ぬまで医者いらずだよ。やたら丈夫なんだから。病《やまい》の鬼《おに》が寄り付きゃしないさ」

「まっ、お竹《たけ》さん、言っとくけど、あんたも似たり寄ったりなんだからね。病の鬼どころか福の神まで逃げ出しちまうんじゃないかい」

「違いない。寄ってくるのは貧乏神だけってね。あははは」

「あはははは。で、甘酒屋さん、松庵先生のとこで何があったんだい。患者がとんでもないことをしでかしたとか？」

「女ですよ。女が赤ん坊を産んだんです」

「まっ、何を言うのかと思ったら、寝ぼけてんじゃないよ。女が赤ん坊を産むのは

「当たり前だろ」

「ほんとほんと。男が産んだってんだったら大事だけどさ。あら、でもどうして松庵先生のとこなのさ？　松庵先生もおいち先生も、赤子の取り上げはしないだろう」

「そうそう、そこんとこの話ですが、実は、その女ってのがどうもわけありのようで、おいち先生がね……」

「あらまあ、そうなのかい。へえ、どんな行立《ゆくたて》があるんだろうねえ。えらい別嬪《べっぴん》だって？　甘酒屋さん、あんた、ほんとにその女の顔を見たのかい？　え、よく見てない？　別嬪の方が話の筋《すじ》になり易《やす》い？」

「はははは、そんなことだろうと思った。あはははは」

そんなやりとりがあちこちで交わされたとしたら。

悪気《わるぎ》はない。悪意なんてこれっぽっちもないのだ。お客の気を引き付けるためになんでも話の種《たね》にするのは、物売りにとって当たり前なのだ。白猫と黒猫の番《つがい》なのに子猫は全部三毛《みけ》だったとか、搗米屋《つきごめや》のご隠居《いんきょ》が娘より若い後添《のちぞ》えを貰《もら》ったとか、その後添えが朝酒を飲み、小唄《こうた》を歌う声が妙《たえ》なる美しさであるとか、さる大店《おおだな》の屋根裏で白い大蛇《だいじゃ》の脱《ぬ》け殻《がら》が見つかって、主人が吉兆《きっちょう》なのか凶兆《きょうちょう》なのか悩んでいるとか。おいちだって、豆腐《とうふ》売りや傘《かさ》売りのおもしろおかしい話、嘘と真《まこと》の間《あわい》にある巷説《こうせつ》に笑ったことも、聞き入ったことも幾度《いくど》となくあるのだ。たいていの話は聞く傍《そば》から忘れてしまうけれど、十に一つ、二十に一つは心に残って、誰かに伝えたりもした。

「そうなんで」

仙五朗が微《かす》かに眉《まゆ》を寄せた。

「菖蒲長屋の店子《たなこ》に、滝代さんのことについちゃあ一切《いっさい》しゃべるなと釘《くぎ》を刺しとけば……いやぁ、何本刺しても無駄でやしょう。人の口に戸は立てられぬってのは、真でやすからね」

「でも、でも、親分さん、江戸中に広まったわけじゃなし、あたしたち町方《まちかた》の噂《うわさ》話《ばなし》なんてお武家が耳にしたりするでしょうか」

「しやすよ」

あっさりと、仙五朗は言い切った。

「どんな大声だって聴《き》く気がなきゃ素通《すどお》りする。反対に、囁《ささや》きだって呟《つぶや》きだって、耳をそばだててりゃあ入ってくるもんでやすよ。ましてや、菖蒲長屋も、棒手振りたちが売り歩く商いの界隈《かいわい》も、滝代さんが殺された一ッ目之橋《ひとつめのはし》近くもあっしの縄張り《シマ》だ。縄張りだからこそ、こうやって足掻《あが》いてるわけで。つまり、それだけ狭《せま》い一画《いっかく》での出来事なんでやすよ。拾い集める気になりゃあ、いくらでもできまさあ。本所深川《ほんじょふかがわ》には武家屋敷もお大名の下《しも》屋敷もたんとある。あっしたちの暮らしとお武家のそれが、まったく交《まじ》わらずに流れているわけじゃねえんで」

仙五朗が一息吐《つ》いたとき、十助が泣いた。うえっ、うえっと短い泣き声をたてて、すぐに静かになる。

「おや、泣かねえんだ」

「ええ。ほんとに泣かない子で、助かります。よく寝てもくれて。昨夜《ゆうべ》なんかお湯に浸《つ》けて、お乳《ちち》を貰ったら、それで明け方までぐっすり眠って夜泣きなんかほとんどしないんです」

「寝る子は育つっていいやすからね」

「はい。ぐんぐん大きくなってるみたい」

「桃太郎《ももたろう》みてえになるかもしれやせんよ。長じて鬼退治《おにたいじ》に出かけるような、ね。けど、鬼にしてみりゃあ桃太郎は厄介な敵だ。長じる前に潰《つぶ》しておきたいとも思うでしょうよ」

「親分さん……」

「おいちさん、今の物言いを聞いてても、あんたは半分ぐれえ母親になってますぜ。この子を愛《いと》しくも不憫《ふびん》にも思ってるんでやしょう」

おいちは答えず、十助の寝顔に見入る。

愛しい。不憫だ。想いが渦巻《うずま》く。泣きそうになる。

「どこか、預かり先を探しやしょう」

仙五朗の声がした。遠雷《えんらい》のようだ。遠くで響《ひび》いている。でも、幻《まぼろし》ではない。現《うつつ》の声、現の音だ。

「できれば、そのまま我が子として育ててくれるような家がいいでしょうが……。ともかく、菖蒲長屋から離さねえとな」

「親分さん、それは」

「この子の命に関わることですぜ」

仙五朗が、おいちを真《ま》っ直《す》ぐに見詰めてくる。

「あっしの的外《まとはず》れな取り越し苦労かもしれねえ。けど、まん真ん中、的を射《い》てるかもしれねえんで。なら、至悪《しあく》のことを頭に入れて動かなきゃなりやせんよ。この子を母親と同じ目に遭《あ》わせちゃならねえ。あっしでは、滝代さん殺しの下手人《げしゅにん》には手が届かねえかもしれねえ。だからこそ、赤ん坊は守りてえ。いや、格好《かっこう》つけるのはよしやしょう。そんな立派な思いじゃありやせん。正直、あっしの縄張り《シマ》で、これ以上、好きにされてたまるかって心持《こころも》ちなんでやす。お武家だろうがお公家《くげ》だろうが、勝手に縄張りは荒らさせねえ」

一瞬、仙五朗が狼《おおかみ》に見えた。己《おのれ》の縄張《なわば》りに足を踏み入れる敵に、老いた狼が牙《きば》を剝《む》いている。

「わかりました」

おいちは狼の眼《め》を見返す。

「あたしも探します」

この赤子の眠りが決して妨《さまた》げられない場所を、何ものにも脅《おびや》かされることなく育っていける場所を、必ず探し出す。

母親ならそうするだろう。

どれほど苦しくても、心が痛んでも、張《は》り裂《さ》けそうに辛《つら》くても、手放すだろう。己の情と我が子の命を天秤《てんびん》にかけたりしない。我が子の命が重いに決まっているからだ。

滝代はそうした。

「おいちさん、あっしはまだ諦《あきら》めちゃおりやせん。もしかしたら、どこかに下手人をふん縛《じば》れる手があるんじゃねえかと考えてやす」

「はい」

「どんな身分だろうと、位《くらい》だろうと、人を殺した者がお天道《てんと》さまの下をのうのうと歩いているようなこたぁ、許しちゃおけやせん。あっしのここが」

仙五朗が自分の胸を叩《たた》く。

「どうしても許せねえんで」

対にある。

それはおいちも同じだ。

おいちは医者だ。人の命を救うことを生業《なりわい》とする。人を殺《あや》める所業《しょぎょう》はその真反対にある。

許せない。

「下手人が明らかになっても、滝代さんの命は戻ってこねえ。けど、この赤ん坊が安心して生きていけるようにはなるかもしれねえ。そのために、お互い、踏《ふ》ん張ってみやしょう」

「はい。親分さんがついていてくれるんですから、心強いです。あたし、絶対に負けません」

「その心意気でやすよ。ただし、無理はいけやせんよ。絶対にいけやせん。そして、用心がいりやす。吾妻屋《あづまや》さんからの帰り道、六間堀ですれ違った男たちは町人の形《なり》をしてたんでしたね」

「そうです。でも、物言いはお侍でした。間違いなく」

「そいつらは、まだ、町人の形のままかもしれねえ。十助坊の落ち着き先が決まるまで、用心に用心を重ねねえと」

十助の名を呟いた一瞬、仙五朗の眼差《まなざ》しが柔《やわ》らかくなる。しかし、一瞬は一瞬

「はい」

で、すぐに元の鋭《するど》さを取り戻した。その眼つきをおいちに向けたまま、仙五朗は、

「ほんの少しでも怪《あや》しいとか危ないとか感じたら、すぐさま、あっしに知らせてくだせえ。うちの嬶《かかあ》には必ず行き先を告げておきやす」

そう、念を押して帰っていった。

十助はまだ眠っている。

時々、小さな唇を動かして、眠り続ける。

——おいちさん。

不意に滝代に呼ばれた気がした。

耳を澄《す》ませてみたけれど、風に揺れる障子《しょうじ》の音と路地《ろじ》を駆《か》け回る子どもの声しか聞こえなかった。

滝代さん、大丈夫。何があっても、十助ちゃんを死神《しにがみ》に渡したりしないから。でも、お願い。どうか、あたしたちを見守っていて。

答えるように風の音が高くなった。

十助の落ち着き先は、意外なほど早く、意外なところに決まった。仙五朗と話をしてから、五日ほど後、『吾妻屋』の内儀《おかみ》、お稲《いね》が我が子として育てたいと申し出たのだ。

その日、おいちは十助を抱いて、お稲の姑《しゅうとめ》、おきくの往診に出かけた。お蔦《つた》たちに預ける手もあったのだが、些《いささ》か不安が勝《まさ》った。

お蔦たちには、滝代は産褥《さんじょく》の熱が引かず療養所に移したが、そこで亡《な》くなったと伝えてある。取ってつけたような嘘だが、なんとか通用したようだ。お蔦もおしんも、「十助ちゃん、かわいそうに」と目頭《めがしら》を押さえた。

気の善《よ》いおかみさん連中に嘘をついた。心は痛むが、しかたない。

お蔦たちなら、おいちが仕事で留守《るす》にする間ぐらい、頼めば二つ返事で預かってくれる。実際、おいちが十助を抱き、薬籠《やくろう》を提《さ》げて出かけようとしたとき、お蔦が、

「あらま、十助ちゃんも一緒なのかい。まだ、首も据《す》わってないのに難儀《なんぎ》だろう。なんなら、預かってあげるよ」

と声を掛け、手まで差し伸べてくれた。束《つか》の間《ま》、迷ったが、首を横に振った。

「ありがとう、お蔦さん。でも大丈夫、連れていくわ」

「そうかい。まあ、いいお日和《ひより》だからねえ。十助ちゃんも、そろそろお外に出るのもいいかもしれないねえ。それにしても、おいちちゃん、すっかり母親になってるじゃないか」

「母子《おやこ》に見える?」

「見えるともさ。けど、母親になる前に」

「誰かのお嫁さんになれ、でしょ。伯母《おば》さんから、さんざん言われてるんだから、もう堪忍《かんにん》して」

「ははは、そうかい。大きなお世話ってとこだね。まっ、ほんとうのとこ、おいち先生に嫁にいかれたら、あたしたちが困るんだよ。松庵先生一人じゃ、てんてこ舞いで手が回らなくなっちまうものね」

「そうそう、だから、あたしはお嫁にいかないって、そういうことにしておいて。じゃあ、行ってきます」

「あいよ。しっかり、頑張《がんば》りな」

お蔦は笑いながら送り出してくれた。おいちはなんとなく、気まずい思いを噛《か》み締《し》める。騙《だま》したわけではないが、上手《うま》くごまかした感じは拭《ぬぐ》えない。

預ければ、お蔦は乳を飲ませ、襁褓《むつき》を替えてくれるだろう。そして、そのまま、畳《たたみ》の上に転《ころ》がしておく。多少、泣こうが喚《わめ》こうがほったらかしだ。長屋の子どもたちはみんなそうやって大きくなった。泣く度《たび》に一々抱き上げてあやすような柔《やわ》な育て方を、おかみさん連中は決してしない。

それはそれで、むろんいい。子どもたちは、赤子の時分から己が真綿《まわた》で包《くる》まれて育つ者ではないと教えられるのだ。逞《たくま》しくなければ生きていかれない。お互い助け合わなければ明日は覚束《おぼつか》ない。乳飲み児《ちのご》のうちに叩き込まれる。

それが長屋の子育てだった。否む気はまったくない。しかし、もしほったらかしにされていて、誰かにさらわれたらと考えてしまう。あるいは、長屋に忍《しの》び込み、十助の首に手をかけたら、お包みの上から一突きにしたら、顔の上に濡れた紙を被《かぶ》せたとしたら、生まれて間《ま》もない命などひとたまりもないだろう。

お蔦たちは気が付かない。

おしゃべりに夢中になり、子どもたちを叱《しか》るのに気を取られ、赤子の異変に気が付くのはずっと後になる。そのときには、もう手遅れだ。十助は冷たい骸《むくろ》になっているか、骸にするために連れ去られた後だ。

かたときも、放すわけにはいかない。

おいちは、十助を抱きかかえ、『吾妻屋』の暖簾《のれん》をくぐった。その後の展開は、思いもよらぬものとなる。人の運命《さだめ》とは、良くも悪くもこんな風に転がっていくものなのかと、おいちは呆《あき》れるような心持ちになった。

十助を見て、最初に目を見張ったのはおきくだった。

「まあ、なんて可愛《かわい》らしい。おいち先生、わたしに抱っこさせてくださいな」

「え？　あ、はい」

「まあまあ、なんて愛らしいこと。先生、この子は男の子ですか」

「はい、そうです。ちょっといろいろありまして、今、あたしが預かっているんですけど……」

「いろいろって？」

「はあ……」

話していいものかどうか、迷う。むろん、全ては語れない。語れるとしたら、この赤ん坊の母親は既《すで》に亡くなったということぐらいだ。天涯《てんがい》孤独の身になった赤子を預かって、里親《さとおや》を探しているとしか伝えられない。

「先生のお子じゃないんですよね」

横から問いかけがぶつかってきた。ぶつかるような勢いだった。

茶を運んできたお稲が、盆を脇に置いて身を乗り出している。

「ち、違います、違います。あたし、子どもなんて産んでません。そりゃあ、子どもがいてもおかしくない歳《とし》ですけど、今のところ、まだそんな兆《きざ》しは全《まった》くなくて、困りものですよねえ」

おいちの下手《へた》な冗談《じょうだん》を聞き流し、お稲は食い入るように十助を見詰《みつ》めていた。

そして、ごくりと息を呑み込む。

「先生、聞かせてくださいな」

「は？　あ、あの」

「この赤ん坊、どうして先生が預かっているんですか」

「はあ、それは……でも……」

「聞かせてください。お願いします」

おいちはちょっと気圧《けお》されていた。これまで何度も『吾妻屋』には足を運んでいるが、お稲と言葉を交わした覚えはほとんどない。寡黙《かもく》な性質《たち》らしく、いつも黙って旦那《だんな》の藤吉《とうきち》の後ろやおきくの横に座っているだけだった。そんなお稲の眼差しや口調《くちょう》が迫ってくる。教えてくれと縋ってくる。

おきくから十助を受け取り、おいちはなぜか急《せ》かされるような気持ちになった。

「じゃあ、お話しします。あの、実はこの子の母親は、あたしの知り合いだったんですけど、この子を産むと亡くなってしまって……。ええ、身体の弱い人ではあったのですが、父親のわからない子を身籠《みご》もってしまって……その、気苦労もあったみたいで……」

早口でしゃべった。些か、いや、かなり変えてはいるが、十助のこれまでを。

「まあ、おっかさんを亡くしているのですか」

おきくが息を吐く。

「こんなに小さいのにねえ」

おきくの双眸《そうぼう》が潤《うる》む。こんなに小さいのに、こんなに小さいのにと繰《く》り返す。繰り返すうちに、涙が盛り上がり、頬を伝って落ちた。

「お義母《かあ》さん」

お稲が身を乗り出す。

「この赤ちゃん、うちで引き取りましょう」

「ええっ」

仰天《ぎょうてん》の声をあげたのは、おいちだった。

「ちょっ、ちょっ、ちょっと待ってください。お稲さん、落ち着いて、落ち着いてください。慌《あわ》てちゃいけません。あ、息を吸って吐いてみてください。お、落ち着きますから」

落ち着くのも、慌てちゃいけないのもあたしだわ。

おいちは息を吸い、吐き出す。

胸の動悸《どうき》は収《おさ》まらない。

「ね、お義母さん、そういたしましょう」

「お稲」

姑と嫁、二人の女はしっかりと目を合わせた。

何かあるの？

そのときになって、おいちはやっと思い至った。

何かがあるのだ。

「お稲、おまえ……知ってたんだね」

「はい。藤吉さんから聞きました」

「あのこともかい」

「はい」

おきくは目を伏せる。涙の雫《しずく》が手のひらに落ちた。

「そうかい……知ってたのかい。あたしがどれほど恐ろしい女か……鬼女《きじょ》だったか……知っていたの……」

「お義母さん」

お稲がにじり寄り、おきくの肩を抱いた。

「違います。お義母さんは鬼なんかじゃありません。誰よりも優しくて、強い人です。そんな風に、そんな風に自分を責めて、苦しむのはもう止《や》めにしてください。もう、お終《しま》いにしてください」

「お稲……おまえ、わたしを怨《うら》んでないのかい」

「怨む？　とんでもない。あの子が、和一《かずいち》が亡くなったのはお義母さんとは関わりないことです。あれが、あの子の寿命《じゅみょう》だったんです。どうして……どうして、それがわからないんですか」

「違う、違う、わたしが、わたしが……」

おきくが両手で顔を覆った。

そのまま、泣き伏す。その背をさすりながら、お稲もまた涙を零《こぼ》していた。

「お義母さん、もう止めましょう。あたしと藤吉さんとお義母さんの三人で、この子を育ててみましょうよ。きっと、いい子に育ちますよ。おていにも弟ができます。あの娘《こ》、きっと大喜びしますよ。ずっと、お姉ちゃんになりたいって言ってましたもの」

おていは、藤吉とお稲の娘だった。今年三つになったと聞いたが、利発《りはつ》な愛くるしい幼子《おさなご》だ。

お稲は口をつぐみ、おいちを見た。もう涙は流れていなかった。頰の上に跡だけがくっきりついている。

「おいち先生、あたしの……義母《はは》のこれまでのことを聞いてくださいな。そして、どうか、あたしたちの願いを聞き届けてください」

「お稲さん」

「お話ししますから。何もかも……。ね、お義母さん、おいち先生ならお話ししてもいいですよね」

「いえ……」

おきくがゆっくりと身体を起こす。やはりもう、泣いていなかった。白い頬が僅かに震《ふる》えているのみだった。

「わたしがお話しします。先生、どうか聞いてやってくださいませ」

「はい」

おいちは背筋を伸ばし、下腹に力を込める。

「聞かせてくださいな」

腕の中で十助が身動《みじろ》ぎした。

目を開け、あたりを見回す。

澄んだ、美し過ぎるほど美しい双眸だ。

おきくが、ああと一声を零し、目を閉じた。

想《おも》いの花

「わたしが『吾妻屋《あづまや》』に、先代の吾妻屋藤吉《とうきち》に嫁《とつ》いできたのは、二十歳《はたち》のときでした。ええ、嫁入りには少し薹《とう》が立っておりましたね。それには、わけがございました。わたしに想《おも》う相手がいたのです」

おきくが語り始める。

十助《とすけ》は小さな唇《くちびる》をもごりと動かした。じっと語り手を見詰《みつ》める。

「まあ、この赤子《あかご》は本気で聞いてくれているのかしらねえ」

おきくが眼を細めた。口元がほころぶ。

おいちは深く首肯《しゅこう》した。

同意を示すためだけでなく、自分もまた本気で聞いていると伝えるためにだ。

おきくも頷《うなず》き返してくれる。そして、話を続ける。

「わたしの家は『吾妻屋』と同じ薪炭《しんたん》を商《あきな》っておりました。『吾妻屋』に比べると、かなり小体《こてい》ではありましたが、まがりなりにも表《おもて》に店《たな》を構えておりましたね」

「えっ、でも」

話の腰を折るとわかっていながら、おいちは口を挟《はさ》んでしまった。

「おきくさんのお実家《さと》は古手屋《ふるてや》だったのでしょう」

「いえ、薪炭屋でした」

「でも、この前のお話では……」

「あれは嘘《うそ》です」

「嘘?」

「ええ、嘘です。いえ、全部が全部じゃありません。荷馬車の前に飛び出して馬に蹴《け》り殺されそうになったこととか、水まきの柄杓《ひしゃく》をお豆腐屋《とうふや》さんにぶつけたこと、それに、近所の風変わりなご隠居《いんきょ》さんの話なんかは全《すべ》てほんとうです」

「じゃあ、お兄さんとかお義姉《ねえ》さんのことは」

「作り話ですよ」

おきくが笑う。口端《くちはし》だけの冷えた笑《え》みだった。

「家の者の話をしたくなかったのです。だから、嘘をつきました。近所の古手屋を手本にして、ありもしない話を騙《かた》りました。申し訳なかったですねえ」

おきくが頭を下げる。

あの話が騙り？　だとしたら真実はどこにある？

「一度、先生を偽《いつわ》ったわたしです。そのわたしの話を信じてくれと頼むのは、虫がよ過ぎるでしょうか。でも、わたしはしゃべります。今、ここでしゃべらなければ、ほんとうのことを誰かに告げる機会は二度と巡《めぐ》ってこないでしょうから。信じる信じないは別にして、どうか聞いてやってくださいな」

「はい」

おいちは背筋《せすじ》を伸ばした。ありがとうと、おきくが微笑《ほほえ》む。その笑みには温《ぬく》もりがあった。

「娘のころ、わたしが想った相手は店に出入りしていた、うちよりさらに小商いの商人です。店を持たず、うちから仕入れた安価な炭を売り歩いていました。貧しい暮らしをしていることは、着ているものからも容易《ようい》にわかりましたね。身体《からだ》つきも痩《や》せて、どちらかというと貧相な人でした。そう、どこといって目立つところのない、江戸にごまんといる貧しい物売りの一人だったんです。でも、眼だけは違っていました。その男は、澄《す》んだ綺麗《きれい》な眼をしていました」

おきくがすっと十助に手を伸ばし、指先で頰《ほお》に触れる。十助の唇がまた動いた。

「この赤子によく似た綺麗な眼。でもそこに、強い光が宿《やど》っていたんです。そこが、生まれて間《ま》もない子とは違うでしょうねえ。あれは大人《おとな》の眼、男の眼、何かを成《な》し遂《と》げようとする者の眼でした」

「何かを成し遂げようとする」

おきくの言葉をなぞってみる。

「ええ。その何かがなんなのか、わたしはついぞ知らぬままでしたが。表に店を持つことなのか、いっぱしの商人になることなのか、商売とは別の目途《もくと》があったのか……。とうとう知ることはありませんでした。男は語らなかったし、わたしも尋《たず》ねなかった。わたしは、ただ、他の者とは違う男の眼にどうしようもないほど惹《ひ》かれてしまっただけ。この男と生きられないなら死のうとまで、わたしは思いつめたのですよ。男もわたしを受け入れ、夫婦《めおと》になろうと言ってくれました。でも、周《まわ》りは許してくれなかった。男は、早くに二親《ふたおや》と死に別れて身内などおりませんでしたが、わたしには父も母も兄も姉もおりました。その者たちが口を合わせて、わたしを詰《なじ》ったのです。『どうしようもない娘だ』『家の名に泥を塗《ぬ》る』『のぼせ上がった頭を冷やせ』『騙《だま》されているのがわからないのか』……他にも、口には出せないような酷《ひど》い言葉を投げかけられましたよ。夫婦になるなんてとんでもないと、わたしは無理やり遠縁の家に預けられて……。預けられてといっても、二六時中《にろくじちゅう》見張られて門から一歩、外に出るのも憚《はばか》られるような有様《ありさま》でした。まるで座敷牢《ざしきろう》の牢人扱いでしたねえ。おいち先生、言い訳になるかもしれませんが、わたしが先生に嘘を言ったのは、辛《つら》かったからです。あのときの父の、母の、兄の、姉の仕打ちを思い出す度《たび》に、辛くてたまらなくなるからです。だけど……でも、わたしを打ちのめしたのは、そんな日々ではなく、肉親の冷たい仕打ちではなく……男が所帯《しょたい》をもったという知らせでした」

「まあ」と、おいちは声をあげていた。声をあげた後、どう続けていいかわからず、結局黙《だま》り込んでしまった。代わりのようにお稲《いね》が口を挟む。

「そのあたりの話は知りませんでした。では、お義母《かあ》さんは裏切られたわけなのですか」

「まあ、そんなにはっきりと言い切らないでおくれな」

おきくは苦笑した。

「でも、その通りかもしれないね。男が所帯をもった相手は、店の下働きをしていた女でね。わたしの父親が強引《ごういん》に夫婦にしたんだよ。男は父親から、そこそこの金《きん》子《す》を受け取って、二度とわたしには近づかないと誓《ちか》った。そういうことらしいよ。これは後から聞いた話だけれど、父親が渡したという金子は男がそれまでこつこつと貯《た》めた金とほぼ同じだったんだとさ。男はそれを元手に、江戸のどこかに小さな店を開いたとか……」

そこで、おきくはふっと息を吐《は》き出した。顔を再び、おいちに向ける。目の縁《ふち》がほんのり赤らんで、いつもより若やいで見えた。

「さっき、お稲は裏切られたと言いましたけれどね、わたしがほんとうに辛かったのは、男が他の女と所帯をもったことではなく、男の眼に宿っていたものが、わたしがどうしようもなく惹かれたものが、金子と引き換えにできるような、薄っぺらなものだったこと……なのですよ」

もう一度、息を吐き出し、おきくは口を窄《すぼ》めた。しかし、すぐにまたしゃべり始める。

「もっとも、ほんとうのことなんかわかりはしません。男が所帯をもったのも、金子を受け取ったのも、どこぞで店を開いたのも、みんなみんな父や母の作り話かもしれない。さっきも言いましたけれど、わたしは男の眼に宿っていたものの正体《しょうたい》を知らずじまいです。何もかも、確かなものなどはないのです。いえ、あるとすれば、ただ一つ、わたしと男は別々の生き方を強《し》いられた。わたしは想いを貫《つらぬ》き通すことができなかった。それだけです」

ふにゃ。

十助が手足を動かした。

ふぎゃっ、ふぎゃっ、ふぎゃっ。

目を閉《と》じたまま泣く。力強い、よく響《ひび》く声だ。

「まあまあ、なんて元気な子でしょ。おいち先生、十助ちゃんにお乳《ちち》をやっちゃいけませんか」

お稲が両手を差し出す。

「え？　お乳って、お稲さん、お乳が出るんですか」

「そうなんです。お恥《は》ずかしいのですが、おていがまだちゃんと乳離れができていなくて、ときどき、吸うのです。そのせいなのか、赤子の泣き声を聞くと張ってくるんですよ」

お稲の頬が赤く染《そ》まる。

「あ、でも、うちの子になったらちゃんと乳母《おんば》さんをつけますよ。わたしのお乳じゃ、もう薄くなって物足《ものた》らないでしょうから。でも、今はちょっとだけ」

「腹の虫抑《おさ》えだね。おやつにはちょうどいい」

おきくがひょいと顎《あご》をしゃくる。

「まっ、お義母さんたら」

お稲は笑い、十助を抱き取った。胸元《むなもと》を緩《ゆる》めると、白い乳房《ちぶさ》が現れた。乳首の先から薄白の乳が零《こぼ》れる。空腹だったのか、十助がむしゃぶりついていく。こくこくと乳を飲み下す音が聞こえるようだ。

「あらまあ、やっぱり男の子だわ。おていとはまるで違う。ほらほら、十助ちゃん、そんなに慌《あわ》てないで」

お稲の指先が、そっと十助の頬を撫《な》でた。

あ、大丈夫だ。

おいちの中で花が咲いた。

柔《やわ》らかな色合いの花がふわりと花弁を広げたのだ。

ここで大丈夫だ。十助ちゃんは、ここで幸せになれる。

想いの花が開いていく。

泣きそうになった。

「わたしも、こうやって赤子に乳を含ませてみたかったねえ」

おきくの呟《つぶや》きが耳朶《じだ》に触れた。

「え？　でも、おきくさんには藤吉さんが」

口をつぐむ。

まさか……。

肯《うべな》いの印なのだろうか、おきくがゆっくりと頷いた。

「ええ、そうなのです。藤吉はわたしが産んだ子ではありません。順を追ってお話をしましょうかね。わたしは男と別れ、抜け殻《がら》のような日々を送っておりました。そんなころ、吾妻屋藤吉との縁談が持ち上がったのです。同じ薪炭を商い、しかも格上の相手。父も母も大層《たいそう》乗り気で、わたしにはもったいない縁だ、断《ことわ》るなど許さぬと言われました。もとより、わたしに断る気などありませんでした。抜け殻の身には断る気力さえ残ってなかったのです。そう……ちょうど、今ぐらいの季節に、わたしは吾妻屋藤吉の女房になりました。抜け殻ではあったけれど、わたしはわたしなりに女房の務めを果たそうと思いました。それが、わたしを娶《めと》ってくれた亭主へのせめてもの恩返しのようにも感じていたのです。そして、嫁いで一年の後、わたしは身籠《みご》もりました。あのときのことは、今でも忘れておりませんよ。がらんどうだった自分の身に、不意に熱いものが注《そそ》ぎ込まれた、そんな気がしたものです。この身の内に新しい命が宿って、育っているなんて、なんとも言いようのない、自分もまた新しく生まれ変わっていくような心持《こころも》ちがしたものです。けれど、それもそう長くは続きませんでした。お腹《なか》の赤子が流れてしまったのです。別に転《ころ》んだわけでも、重い荷を運んだわけでもないのに……。一度、抜け殻になった身体には命を育《はぐく》む力は残ってなかったのでしょうか」

「そんなこと、ありません」

思わず叫《さけ》んでいた。

「それは、とんでもない考え違いです。だいたい、みんな考え違いをしているんです。赤ちゃんを授《さず》かるのも、無事に生まれてくるのも、ほんとうは、とっても大変なことなんですよ。神業《かみわざ》といってもいいくらい、すごいことなんです。それを当たり前みたいに考えちゃうから、特に男の人はそんな風に考えちゃうから困るんです。当たり前じゃないんですからね。ほんとに奇特《きとく》なことなんですから。だから、だから、赤ちゃんがお腹の中で亡《な》くなることも……こんな言い方、変かもしれませんが、あたしはしかたのないこと、赤ちゃんの運命《さだめ》だとしかいえないと思います。おきくさんに落ち度は何一つ、ありません。責められることなんかないんです。ほんとに、ほんとにしかたなかったんですから。神さまか仏《ほとけ》さまじゃなきゃ、どうしようもなかったんですから」

おきくがすうっと息を吸った。そして、吐いた。

「先生のその言葉、若い時分に……赤ん坊を失ったあのときに聞きたかったですねえ。わたしは、わたしを責めました。責めてしまいましたよ。何もかも自分のせいだと、苦しみました。もう二度と子を身籠もることはできないだろうとお医者さまに告げられたのも、さらに苦しみの種《たね》になりましたねえ。でも……でも、ほんとうの苦しみはその後にやってきたんですよ」

お稲の肩がひくりと動いた。面《おもて》に怯《おび》えの影が走る。これからおきくが何を語るのか、わかっているらしい。

「わたしの赤ん坊が消えてしまって七、八カ月も経ったころでしょうか……。実はあのころの記憶は曖昧《あいまい》で、月日の流れも日々の暮らしもはっきりしないんです。何もかも霧《きり》の中に沈んでいるみたいでねえ。でもあの日、あの一時《いっとき》だけはとても鮮明《せんめい》に覚えているんですよ……。やはり秋の宵《よい》のことでした。今は枯《か》れてしまいましたが、庭に植わっていた柿《かき》の木が、たわわに実をつけてましたっけ。枝がしなるほどの豊作の年だったんです。わたしは、縁側《えんがわ》に腰掛け、夕日をあびてほとんど紅色《くれないいろ》に照り輝く柿の実を眺《なが》めておりました。そこに亭主が赤ん坊を腕に抱いて連れてきたのです。まるまると肥《こ》えた男の子でした。その子を亭主は、おれの子だと……言いました。わたしが嫁にくるずっと前から、懇《ねんご》ろになっていた女との間にできた子なのだと。女は昔、近所に住んでいた幼馴染《おさななじ》みで、浅草御門《あさくさごもん》前の小料理屋で働いていたのを見つけ、ずっと囲っていたのだそうです。その女が急な病《やまい》で亡くなったのです。残された乳飲み児《ちのみご》を亭主は引き取り、自分の息子、ひいては『吾妻屋』の跡継《あとつ》ぎとして育てると告げました。『おまえに子ができないなら、跡継ぎはもうこの子しかいないじゃないか』と、平然と……言い放ったのです。舅《しゅうと》や姑《しゅうとめ》も、反対しませんでした。むしろ、跡継ぎが、初孫ができたことに嬉々《きき》としていたのではないでしょうか」

「その赤ん坊というのは……」

「そうです。今の吾妻屋藤吉です」

おきくの口調《くちょう》に棘《とげ》は含まれていなかった。なのに、お稲が身を縮《ちぢ》める。腹がくちくなったのか、十助はまた眠り始めた。

「藤吉、幼名を大吾《だいご》と付けられたその子を、わたしは我が子として育てることになったのです。大吾は愛らしい子でした。利発《りはつ》でもありました。言葉が出るのは少し遅かったのですが、最初に、大吾に『おっか』と呼ばれたときの胸の震《ふる》えるような気持ちは、忘れられません。でも……でも、心の奥底にはどうしようもないわだかまりを抱《かか》えておりました。わたしは男と無理やり引き裂《さ》かれたのに、亭主は想う女との間に子までなしていたのです。辛い、悲しいというより、妬《ねた》みを覚えました。おいち先生、知っておられますか。妬みって、粘《ねば》り気《け》があるのです。べとべとしていて、払おうとすればするほど纏《まと》わりついてくるのです。纏わりつかれて、息が閊《つか》えて、わたしは苦しくてたまりませんでした。でも、それを外に出すことはできなかった……。実家に戻っても居るべき場はありません。『吾妻屋』にしかわたしの生きるところはなかったのです。わたしは平静を装《よそお》い、大吾を育てました。翌年には舅と姑が相次《あいつ》いで亡くなりました。二人とも、『大吾を立派に育てるのが、おまえの役目だぞ』と言い残して逝《い》きました。親の重石《おもし》がなくなったからか、亭主の女遊びは箍《たが》が外《はず》れたようになって……囲っていた女も一人や二人ではなかったようです。それでも、商いには手を抜かず、店は年々身代《しんだい》を肥やしておりました。でも、働き過ぎたのか、女道楽が過ぎたのか、亭主は、働き盛りの歳《とし》で亡くなりました。帳場で不意に倒れて、三日後に息を引き取ったのです。女の家で倒れなかったのがせめてもの救いだったと、安吉《やすきち》が、もう亡くなりましたが、当時の『吾妻屋』の大番頭です。その安吉が申しました。でもね。おいち先生、わたしは聞いてしまったのです。亭主の傍《かたわ》らで看病していたとき、昏々《こんこん》と眠っていたはずの亭主が、はっきりと女の名前を呼んだんですよ。『おすず』とね。おすずは、大吾の産みの母親の名前です。亭主は、その女のことを最期《さいご》まで想っていたのでしょう。どこで倒れようと、死のうと、亭主の心はおすずさんのものだったのですよ。亭主が生涯《しょうがい》、他の女を想っていたことに妬《や》けはしません。その女との間に子をもうけたことが、どうしようもないほど妬ましかったのです」

こほこほと、おきくが咳き込んだ。

おいちはにじり寄り、背《せ》中をさする。

「おきくさん、少ししゃべり過ぎですよね。疲れるでしょう。続きは、また今度にしましょう」

「いいえ」

おきくが首を横に振る。

「大丈夫です。ここまでお話ししたんです。中途半端は嫌《いや》ですよ」

おきくの両眼がおいちを見据《みす》えてくる。腰が引けるほど、強い光がすっと過《よぎ》る。

鬼女《きじょ》の面がそこに重なった。

「おいち先生、聞いてくださいな。おすずさんの名を呼んだ後、亭主は目を開けたのです。虚《うつ》ろでしたが、確かに目を開けて、あたりを見回しました。そして、わたしに向かって一言、『みず』と言ったのです。水が欲しいと、ね。亭主は眼差《まなざ》しで訴《うった》えていました。水が欲しい、水が欲しいと……。おいち先生、そのとき、わたしはどうしたと思いますか」

答えられなかった。「お水を差し上げたんでしょ」と返答するのは容易《たやす》い。でも、人の心はちっとも容易くないのだ。それくらいは、わかっている。

「亭主の目の前に、こうやって水の入った湯呑《ゆの》みを近づけて」

おきくが幻《まぼろし》の湯呑みを握《にぎ》り、すっと手を上げる。

「そして、ひっくり返したんです」

くるり。幻の湯呑みが回る。水が零れ、瀕死《ひんし》の病人の夜具《やぐ》に染《し》み込んでいく。

「亭主はぽかんとわたしを見ていましたね。目尻《めじり》に涙が溜《た》まっていました。『女房を蔑《ないがし》ろにした罰《ばち》ですよ』とわたしは言いました。多分、薄く笑っていたんじゃないでしょうか。鬼女の笑いです。大吾が部屋に飛び込んできたのはそのときでした。大吾は泣きながら、わたしにむしゃぶりついてきました。こぶしでわたしを叩《たた》きなながら『おっかあの馬鹿《ばか》』と詰《なじ》りました。『どうして、おとっつぁんに水をあげないんだ』と……。見られたと思いました。この子に、鬼女の本性を見られたと。同時に、わたしに纏わりついていた妬みが憎《にく》しみに変わったのです。大吾が憎い。この子さえ生まれてこなければ、わたしは幸せでいられたんだと。そんなわけがありません。わたしが幸せであったことなどなかったのですから。むしろ大吾がいてくれたおかげで、わたしが母親の心持ちになれたというのに……。でも、あのときはただ憎かった。何も知らず、わたしを責める子が憎かった。頭の中が燃えるようでした。憎しみの油に火が点《つ》けば、炎《ほのお》はあっという間に燃え上がるのですね。わたしは、我を忘れました。そして、そして……」

おきくの顎が、声が震える。

「わたしは大吾の首を絞《し》めました。夜具に押し付けて、ぐいぐいと……。『おまえなんか死ね。死んでしまえ』と自分のものとは思えないしゃがれた声で……。あれはわたしではなく鬼女の声です。いや、わたしの中の鬼女が叫んでいたのです。物音に気が付いた安吉が止めに入ってくれなかったら、わたしは大吾を殺していたでしょう。亭主が亡くなったのは、その夜のことでした」

おいちは軽く身を縮めた。

「亭主が亡くなった後は、安吉と二人で店を支《ささ》えてきました。大吾は成長し、吾妻

屋藤吉となり一人前の商人ともなったのです。藤吉は優《やさ》しい子です。お稲ともども
わたしを労《いたわ》り、大切にしてくれました。でも……わかっています。あの子の眸《ひとみ》の奥
には恐れがありました。あって当然です。あの子はわたしの正体を知っているので
すから。ええ、知っているのですよ。自分がわたしの実の子でないことも、わたし
が鬼女で、自分を絞め殺そうとしたこともちゃんと憶《おぼ》えているのです。それでも、
その怯えを必死に隠して、わたしに優しくしてくれました。わたしは……早く逝く
べきなのです。わたしが生きている限り、あの子は安らげないでしょう」
「違います。それは違います」
十助を抱いたまま、お稲がかぶりを振る。
「お義母さんは、なんにもわかっていないのです。あの人は、お義母さんを怖《こわ》がっ
てなんかいません。本気で、心から、慕《した》っているんです。お義母さんが必死に育て
てくれたこと、必死に守った店を手渡してくれたこと。ちゃんとわかってるんです
よ。血は繋《つな》がってなくても、この世で母親はおふくろ一人だって、わたしに言った
んです。確かに言ったんです。あの人の気持ちをどうしてわかってくれないんで
す。どうして、受け入れてくれないんです」
「お稲……」
「あの人は戸惑《とまど》っているんです。お義母さんに拒《こば》まれているようで、どうしたらい

いか途方に暮れているんです。和一《かずいち》のことがあって、お義母さんは余計に心を閉《と》ざしてしまったようで……それが、どれほど、あの人には辛かったか……」

お稲のふくよかな頰に涙が流れた。それを拭《ふ》いて、なお涙の溜《た》まった目でお稲はおいちを見やる。

「和一は……わたしたちの最初の子でした。でも、生まれて一年足らずで亡くなったんです。前日まで元気だったのに……夜遅く、急に苦しみだして……、朝方には冷たくなっていました」

一年足らずの赤子が急死する例は幾《いく》つか知っている。生まれたばかりの幼い命は力に満ちている反面、とても脆《もろ》いのだ。

「似ていたのですよ。そっくりでした」

おきくが囁《ささや》きに近い小声で言った。

「和一は、大吾にそっくりでした。亭主が連れてきたときの大吾に怖いほど似ていました。わたしは、抱くことさえできませんでした。抱けば、また、鬼女になるような気がしたのです。牙《きば》が生《は》え、がりがりと赤子を食らってしまう気が……。実際、夢を見ました。赤子を食らっている夢を……何度も……」

「それと、和一の死とは関《かか》わりありません」

お稲がきっぱりと告げる。

「ええ、関わりないですね」

おいちも言葉を添《そ》える。

「むしろ、逆ですよ、おきくさん」

「逆?」

「ええ。おきくさんが鬼の夢を見たから赤ちゃんが亡くなったんじゃなくて、赤ちゃんを見ることで鬼になる夢を見たんです。おきくさんが勝手に赤ちゃんと鬼女を結《むす》び付けているから、夢になるんです」

「まあ……」

おきくが息を呑む。

「そんな、逆だなんて……わたしは……」

「鬼女なんかじゃありません。ただ、囚《とら》われているだけです。昔の自分、昔の憎しみや妬みに、ずっと囚われてきただけです」

「お義母さん、見て」

お稲が十助をおきくに押し付ける。

「和一に似てますよ。この口のところなんて生き写しみたい」

「ほんとに……」

「神さまがくださったんです。わたしたちに男の子を育ててみろって、くださったんですよ」

　お稲から十助を受け取り、おきくは小さく呻《うめ》いた。

「わたしにできるかねえ。大吾を殺そうとしたわたしに……、こんな小さな命を守ることができるかねえ……」

「一緒に……お義母さん、一緒に育ててみましょう。藤吉さんだって、きっと喜んでくれます。わたしが、お義母《かあ》さんとこの子を育てたいと言ったら、喜んでくれますよ。おれも仲間に入れてくれよな、なんて頼んでくるかもしれません」

「育てる。殺すんじゃなくて、育てる……殺すんじゃなくて……」

　おきくの頬に、また、涙が伝《つた》った。

　十助は眠っている。満足そうな様子だった。

　滝代《たきよ》さん。

　胸の内で滝代に語りかける。

　これでいい？　十助ちゃんが『吾妻屋』の子として、江戸の商家の息子として生きてもかまわない？

　目を閉じる。

　眼裏《まなうら》に滝代が見える。僅《わず》かに微笑んで、立っている。

　笑ってくれるのね。これでいいんだね、滝代さん。

「あっ」

お稲が振り返った。

「おいち先生、十助ちゃん、おしっこを漏《も》らしたみたいです。襁褓《むつき》の替えはありますか」

「あります、あります。ちゃんと持ってきて……きゃっ、やだ。間違えて晒《さら》しを持ってきてる」

「まああ、おいち先生ったら」

「ほんと粗忽者《そこつもの》で。しょうがない、晒しでぐるぐる巻きにしときましょう。晒しを巻くのは得意です」

おきくが吹き出した。お稲も続く。おいちも笑った。

三人の女の笑声《しょうせい》が部屋に響く。

十助だけが寝息をたてていた。

見知らぬ人

そうかと、松庵《しょうあん》は言った。その一言《ひとこと》を口にしたきり、黙《だま》り込む。おいちも無言のまま、座っていた。

「そうか」

松庵は同じ言葉を呟《つぶや》いた。今度は間《ま》をおかず、続ける。

「十助《とすけ》は『吾妻屋《あづまや》』の子になるのか」

「はい」

おいちは答え、膝《ひざ》の上で軽く指を握《にぎ》り込んだ。

「十助ちゃん、おきくさんとお稲《いね》さんに託してきました。藤吉さんにお話したら、一も二もなく承諾してくれて、ずっと抱っこしていたいとまで言ってくれたの」

「うむ。十助にとっては、この上ない縁だな」

「ほんとに？」

我知らず父ににじり寄っていた。

「父さん、ほんとうにそう思う？　『吾妻屋』で十助ちゃんは幸せになれると思う？」

これも我知らず、縋《すが》るような物言《ものい》いをしていた。

「あたし……あたし、わからなくて。十助ちゃんにとって何が一番いいのか……、ほんとうに十助ちゃんが『吾妻屋』で幸せになれるのかどうかわからなくて。でも、他に道がないみたいな気持ちにもなってる。『吾妻屋』から帰りながら、妙に胸がすーすーするの。そのすーすーが、淋《さび》しさなのか不安なのか、それもわからなくて。わからないことだらけで……」

「おいち」

名前を呼ばれた。ふっと口をつぐみ、呼んだ相手を確かめたくなるほど柔《やわ》らかな響《ひび》きがあった。

「十助が幸せになれるかどうかなんて、誰にもわからんさ。そうだろう？　おれたちは人であって、神でも仏《ほとけ》でもないんだ」

「父さん」

「それにな、おれにもよくわからんが、幸せってのは誰かに与えてもらうもんでも、譲り受けるもんでもないだろう。己《おのれ》で手に入れるものだ。人が幸せになれるかどうかは、その者がどう生きるかにかかっている。周《まわ》りの差配《さはい》でどうにかなるもんじゃない。おれはそう思うがな」

そうだろうか。

おいちは僅《わず》かに首を傾《かし》げる。

独《ひと》り立ちした男なら、一人前の女なら、そうも言えるだろう。いや、この世には己の心映《こころば》えや努力だけでは、どうにもならない不幸がある。いっぱいある。裏長屋で暮らしていると、その〝どうにもならない不幸〟を目にすることがあるのだ。それも度々《たびたび》。それでも、大人《おとな》たちはなんとかしようと足掻《あが》く。踏《ふ》ん張《ば》る。不幸の鎖《くさり》を断《た》ち切ろうとする。

なんとか断ち切れる者もいる。己の才量で、運で、精進《しょうじん》で不幸の鎖を断ち切り、幸せを手にする者もいる。

大人なら、その見込みもあるだろう。けれど子どもとなると、無理だ。子どもは弱い、脆《もろ》い。どんなに聡明《そうめい》であっても、才高くあったとしても世間の風に耐《た》えるだけの力を身に付けていない。容易《たやす》く折れてしまう。まして、十助は生まれたばかりの赤子《あかご》だ。立ち向かう手立てなど何一つ持たない。

「まあ、それは、大人の話だ。子どもはまた違ってくる」

おいちの胸中《きょうちゅう》を見透《みす》かしたかのように、松庵が続けた。

「子どもは守らねばならん。大人が命懸《いのちが》けで守ってやらねば、子どもは生き延びられん。父も母もいない十助は、生まれてすぐ守り手を失ったことになる。しかも、おれたちには今のところ窺《うかが》い知れない、数奇《すうき》な運命《さだめ》を背負っているようだ」

その通りだ。

滝代《たきよ》が何者なのか、十助の父親が誰なのか、どういう経緯《いきさつ》で江戸にやってきたのか、何一つ、明らかではなかった。十助を取り巻く闇《やみ》は深い。

「そういう子だからこそ、『吾妻屋』に引き取られたのはよかったとおれは思うのだ。十助のためだけじゃない。おきくさんにとってもな、きっと救いになる」

「おきくさんにとっても？」

父の言葉をなぞる。

「そうだ。あの人は十助に救われる。十助を育てることで、自分の中の淀《よど》みを綺麗《きれい》にできるはずだ」

「淀みって？」

さてなと、松庵は僅かに笑《え》んだ。

「なんだろうな。おれは感じるだけだが、おまえは知ってるんじゃないのか」

「え……あ、うん、まあ……」

おきくが話してくれた来《こ》し方《かた》の詳細を、松庵には伝えていない。父とはいえ、医者とはいえ、女の心に纏《まつ》わる秘密を軽々《かるがる》しくしゃべる気にはならなかったし、しゃべるべきではないとも思っていた。松庵もそのあたりは、ちゃんと心得ている。あえて、問い質《ただ》そうとはしなかった。

「おきくさんは……お稲さんもだが、十助の身の上を哀《あわ》れんで引き取ろうと申し出たわけじゃないだろう。あの子が自分たちにとって、かけがえのない者になると考えてのことじゃないのか」

「ええ」

――お義母《かあ》さん、一緒に育ててみましょう。

――育てる。殺すんじゃなくて、育てる……殺すんじゃなくて……。

お稲とおきくの震《ふる》える声を思い出す。

そうか、十助ちゃんは救われただけじゃなくて、おきくさんを、お稲さんを、そして藤吉《とうきち》さんを救うかもしれないんだ。あの人たちを幸せにするかもしれない。

十助が一心にお稲の乳《ちち》を吸っていた、その姿がふいっと浮かんだ。そのとき胸に宿《やど》った温《あたた》かな情もまた思い出す。

大丈夫だと感じたではないか。十助の幸せを確かに感じたではないか。自分の勘を信じたい。

十助は手放した。

おきくたちに託したのだ。

滝代が残した金子《きんす》も短刀も、近く『吾妻屋』に手渡そう。

それでいい。もう、踏ん切りをつけて、おいちはおいちなりに前に向かって進まねばならないのだ。ただ、その前にお蔦《つた》とおしんには、事の成り行きを伝えるべきだろう。

「お蔦さんたちはどうする?」

「明日にでも、あたしから話をする。しないわけにはいかないもの」

あれほど親身になって手助けしてくれたお蔦たちに黙っているわけにはいかない。かといって、真実を全《すべ》て告げることもできない。嘘《うそ》と真《まこと》を上手《じょうず》に練《ね》り合わせて語らねばならないのだ。

「上手《うま》く、やれるか」

「やってみる。『吾妻屋』のことは伏せておいて、上方《かみがた》のさる大店《おおだな》のご主人に引き取られたとかなんとか、ごまかしてみるつもりなんだけど」

「上方の商人か。些《いささ》か作り過ぎじゃないか」

「だって、十助ちゃんがもう江戸にはいないって話にしておいた方がいいでしょ」

「まあな。嘘も方便《ほうべん》ってやつか。おいち、この嘘はお蔦さんたちだけじゃない、新《しん》吉《きち》にも、義姉《ねえ》さんにもつかなきゃならないぞ」

「ええ、わかってる」

貫《つらぬ》き通さねばならない嘘が、この世にはあるのだ。おそらく、おいちが考えているよりずっとたくさんある。

「お蔦さんたちはなんとかなるけど、伯母《おば》さんはちょっと難しいかもしれないね」

あのおうたが、おいちの下手《へた》くそな作り話を容易《たやす》く信じるとは思えない。そんな甘い相手ではないだろう。しかし、松庵は一言、「心配あるまい」と言った。

「義姉さんはちっとも難しくないさ。ちゃんと騙《だま》されてくれる」

そう続け、微《かす》かに笑ったのだった。

翌日、おいちはお蔦とおしんに嘘と真の練り合わせ話を伝えた。

二人とも驚きはしたが、疑う素振《そぶ》りは見せなかった。

「そうかい、上方にねえ……」

「急なことだねえ。そんなにとんとんと決まったのかい」

「あ、うん。そうなの。あたしもびっくりするぐらいとんとんと、ね。今朝《けさ》早くには、江戸を発《た》たなくちゃいけなくて……」

「上方なんてえらく遠いじゃないか。あのちっちゃな赤ん坊が長旅に耐えられるのかねえ。なんだかかわいそうだよ。もう少し大きくなるまで待ってくれてもよかろうにねえ」

おしんが、せつなげなため息を吐《つ》く。

「でもさ、上方のお金持ちに貰《もら》われたのなら、めでたいじゃないか。その旦那《だんな》さん、自分の子として育ててくれるんだろ」

「あ、うん。もちろん」

「だったら、ほんとよかった。十助ちゃん、そのうち、いっぱしの商人《あきんど》になってこっちに帰ってくるかもしれないね」

「そしたらお蔦さん、あんた、乳母《うば》でございますって名乗り出たらいい。お礼がたんまり貰えるかもしれないよ」

「ちょっと、やだよ、おしんさん。それはいくらなんでもみみっちいじゃないか」

「ははは、違いない。駄目《だめ》だね、あたしは。ついつい銭勘定《ぜにかんじょう》の話になっちまう。日頃、銭で苦労してるからねえ。勘弁《かんべん》しておくれ」

「お互いさま。あたしなんか、亭主の鼻の穴まで銭に見えちまうよ」

あははは、あははは。

からからと笑い、お蔦たちはそれっきり十助について訊《き》こうとはしなかった。

薄情《はくじょう》ではない。忘れようとしているわけでもない。ただ、行く末が定まったなら、もう案じなくていいと割り切ったのだ。憂《うれ》いの種《たね》はたんとある。日々の暮らしの底から、わさわさと湧《わ》いてくる。割り切る。さっさと片《かた》をつける。いつまでも囚《とら》われない。それが裏長屋《うらながや》の女の生き方だ。江戸で生きていく知恵でもある。

長屋のおかみさん連中はとりあえず説《と》き落とせた。後は……。

と、些か構えてはいたが、おうたはお蔦たちよりもっとあっさりと、おいちの弁を受け入れた。

「ああ、そうかい。いいご縁があったんだ。なかなか運の強い子じゃないか。ま、母親がいないんだ。それくらいの運がなけりゃ釣《つ》り合いはとれないよね。なんにしても、よかったこと」

それでお終《しま》いだった。いや、「よかったこと」の後にちらりとおいちを見やり、おうたは言った。

「おまえ、なかなかの母親振りだったねえ」

「え、そうだった？」

「ああ、多少覚束《おぼつか》なくはあったけど、なんて言うか、赤ん坊を抱っこしてる格好《かっこう》が思いの外《ほか》しっくりしていたんじゃないかい」

「……そうかな」

伯母が何を言いたいのか察して、おいちは顎《あご》を引いた。

「そうだよ。考えてみりゃあ、おまえも自分の赤ん坊を抱いていたって、ちっともおかしかない歳《とし》なんだよねえ」

「伯母さん、またそっちに話を持ってくの」

「持っていきますよ。持っていきますとも。あたしより他にそっちに話を運ぶ者はいないんだからさ。ふん、ほんと、もう少しまともな父親ならとっくに縁談の二つや三つ纏《まと》めてるだろうにね。おまえも、ぼんやり者の父親で苦労するねえ、かわいそうに」

「義姉さん、縁談は一つ纏めりゃ十分でしょ。二つも三つも纏めてちゃ、おいちの嫁入り先が幾《いく》つもできちまうじゃないですか」

と、松庵がすかさず茶々を入れる。

菖蒲《しょうぶ》長屋の昼下がり、三人は茶を飲んでいた。松庵が調合した薬草茶《やくそうちゃ》だ。いつまでも夏の疲れを引き摺《ず》って崩《くず》した体調を回復させる効用がある。微かな甘味も含まれていて、口当たりがよかった。おうたは大層《たいそう》気に入って、既《すで》に二杯目を飲み干している。

「うるさいね。たとえ話に一々難癖《なんくせ》を付けるなんて、野暮《やぼ》の骨頂《こっちょう》ですよ。松庵さん、このお茶もう一杯、くださいな」

「駄目ですよ。薬草茶なんだから。飲みたいだけ飲むものじゃありません。この茶は、飲み過ぎるとお腹《なか》が緩《ゆる》くなるんです。まあ、義姉さんはどちらかというと糞詰《ふんづま》りになりやすい体質《たち》だから、いいかもしれませんがね。じゃ、あと一杯だけ、差し上げましょう」

「いりませんよ。面と向かって糞詰りだなんて、よくもそこまで尾籠《びろう》な言い方ができること」

「何言ってるんですか。便通ってのは実に大切なもので、徒《あだ》や疎《おろそ》かにしちゃいけません。だいたい義姉さんは」

松庵の話を遮《さえぎ》るように、おうたは声を大きくした。

「ちょっと、おいち、どこに行くつもりだい」

「あ、だって、そろそろ往診の用意をしなくちゃ。今日は神田鍛冶町《かんだかじちょう》まで行かなきゃならないの。忙しいんだ」

「神田鍛冶町だって。まあ、おいち、これはご縁だよ」

「は？」

「いえね、昨日《きのう》さ、あたしのところに縁談が持ち込まれたんだよ。それが鍛冶町の米屋の惣領《そうりよう》息子でさ。その米屋ってのが、かなりの店構えの大店《おおだな》なのさ。しかもね……あ、おいち、ちょっとお聞きったら。とってもいい話なんだからさ」

「伯母さん、ごめん。あたし鍛冶町だけじゃなくて、あっちこっち回らなきゃいけないの。ほんと、忙しくって。また、ゆっくり聞かせてもらうね。じゃ、行ってきま−す」

「ちょっと、おいち。またっていつだよ。お待ちったら」

伯母に手を振って、外に出る。

表通りに出て一息《ひといき》吐《つ》き、気が付いた。

おうたは、あえて何も尋《たず》ねなかったのだと。商人の女房《にょうぼう》であり、『香西屋《こうさいや》』の内儀《おかみ》であるおうたが、上方商人の養子話をはいそうですかと鵜呑《うの》みにするわけがない。けれど、あっさり「よかったこと」で済ませて、そこから踏《ふ》み込んでこようとはしなかった。

心得ていたのだ。

踏み込んではならないと、心得ていた。この世にはとことん問い詰めねばならないものも、知らぬふりをしなければならないものもある。おうたは、ちゃんと解《かい》している。

――義姉さんはちっとも難しくないさ。ちゃんと騙されてくれる。

松庵の言葉通りだった。

松庵もまた、ちゃんと〝知っている者〟なのだ。人の本質を知っている。口やかましくて、賑《にぎ》やかで、噂《うわさ》好きなおうたの性根《しょうね》には、慎《つつし》み深く聡明な性質《たち》も宿っていると知っている。

父さん、伯母さんのこと大好きなんだな。

そして、信じてもいる。おうたは改めて思い至った。

もっとも、今ごろ、おうたは機嫌《きげん》を損《そこ》ね、松庵に当たり散らしているだろう。

「松庵さん、あんた、おいちをこのまま嫁にやらないつもりかい。いいかげん、ちゃんと考えなさいよ。暢気《のんき》なのもほどを超えたら咎《とが》もんだよ。ほんと腹が立つね」

おうたの剣幕《けんまく》に身を縮《ちぢ》めている松庵の姿が浮かぶようだ。

ふっと笑ってしまった。

笑った後、おいちは大きく息を吸い込む。

澄《す》んだ秋空を見上げる。

十助ちゃん。

幸せになって。

幸せになることが、あんたを守り通したおっかさんへの、何よりの供養《くよう》になるんだからね。

幸せになって。その手で確かな幸せを摑《つか》める男になって。

目の前をすいっと、赤蜻蛉《あかとんぼ》が過《よぎ》った。

鮮《あざ》やかな紅《べに》が光を放つ。

おいちは視線を前に戻し、足早に歩き出した。

そのまま月日が流れた。

江戸の秋は短い。駆《か》け過ぎてしまう。

紅葉《もみじ》狩《が》りも月見の宴《うたげ》も、菖蒲長屋の面々には縁がない。しかし、季節の移ろいは、頬《ほお》を撫《な》でる風や空の色に感じ取れる。裏の草むらで日がな鳴き通していた虫の声も、日に日に衰《おとろ》えて、草陰に蟋蟀《こおろぎ》の亡骸《なきがら》を見つけることも多くなった。鳥が啄《ついば》んだのか、蟻《あり》が運んだのか、翌日にはたいてい骸《むくろ》はなくなっていたから、長屋の住人同様に江戸の鳥も虫も逞《たくま》しい。

あの後、『吾妻屋』には足を運んでいない。人伝《ひとづて》に金子を渡しただけだ。迷ったけれど短刀は手許《てもと》に残した。これから先の十助の生き方を慮《おもんぱか》れば、無用のようにも感じたのだ。おきくにはもう薬も治療もいらないし、ここで、縁は一切《いっさい》断ち切った方がいい。十助に心を馳《は》せれば胸の底がまだ疼《うず》く。これでよかったのかと心が迷い、揺《ゆ》れもする。

滝代と話がしたかった。

夢にでも出てきてほしい。

そう望む自分を叱《しか》る。十助を『吾妻屋』に託したのはおいちだ。迷うなら、その迷いはおいちが引き受けるしかない。

お稲から文《ふみ》が届いたのは、前の日まで吹き荒れた風がぴたりと止《や》んで、季節が少し遡《さかのぼ》ったような暖かな日だった。

《十助はしっかり首が据《す》わりました。よく笑って、よく肥《こ》えて、元気です》

それだけの文だった。

お稲とは、十助のためにも、やりとりをできる限り断とうと話し合った。その禁を僅かに破《やぶ》って、お稲は文を寄越《よこ》した。その心配りは嬉《うれ》しいけれど、危《あや》うさも感じる。感じるけれど、やはり嬉しい。心があちこちするのだ。

ともかく、十助は『吾妻屋』の中ですくすくと育っているのだ。

何よりだ、何よりだ。

女文字の文を胸元に仕舞《しま》ったとき、すっと風が過ぎた。うららかな昼さがりであるのに、ぞくりとするほど冷たい。骨の髄《ずい》まで、冷たさが染《し》み通ってくる。

なに？

おいちは胸元を押さえ、あたりを見回した。

「おいち先生、いい天気で果報だね」

盥《たらい》を抱《かか》えたおしんが外から声をかけてきた。

「おしんさん、今の風……」

「へっ、風？　風なんか吹いてないだろ。昨日は酷《ひど》かったけどねえ。あたしゃ、屋根が飛んじまうんじゃないかって気が気じゃなかったよ。ほんとに、いつも今日みたいなお空だと助かるよね」

「え……あ、そうね」

そうか、今のはあたしだけが感じた風なんだ。

おいちは、唇《くちびる》を噛《か》んだ。

嫌《いや》な風だった。冷たくて、冷たくて、ひたすら冷たい。人の死に繋《つな》がるもののようだった。骸の冷たさ、命を失ったものの冷えを運んできた風。

「おいち先生、どうかした？」

おしんが覗《のぞ》き込んでくる。

「ううん、なんでもないの。でも、ちょっと寒気《さむけ》がして」

「え、そりゃあいけないね。疲れてるんじゃないのかい。いくら若いっていっても、ちょっと働き過ぎだよ。今朝《けさ》も早くから往診だったんだろう」

「ええ、まあね」

佐賀町《さがちょう》の髢屋《かもじや》の主人が起きぬけに倒れた。おいちが松庵と一緒に駆け付けたとき、主人は薄目《うすめ》を開け、胸の痛みをさかんに訴《うった》えた。もともと心《しん》の臓《ぞう》に持病を抱えていたのだ。幸い一命はとりとめたが、起き上がれる容態《ようだい》ではない。松庵を残し、おいちだけ帰ってきたものの、他の患者の治療に追われ休む暇《ひま》もなかった。今、やっと、一息吐《つ》けたのだ。そんなおいちの事情を、おしんは案じてくれている。

「気を付けないと。医者の不養生《ふようじょう》なんて笑えないんだからさ」

「ふふ、ほんと、そうね。はい、重々《じゅうじゅう》気を付けます」

「ははは、お医者さまに説教しちまったね。あっ、そうだ」

不意に、おしんの顔が引き締《し》まった。

「大事なことを忘れてた。ね、おいち先生、朝方のことなんだけどさ、先生んとこに客人が来たんだよ」

「客人？」

「そ。しかも、お武家さまだったよ」

どくん。

心の臓が大きく脈打った。髱屋の主人ではないけれど、胸が痛い。

「お武家さまが、あたしを訪ねてきたの？」

「おいち先生かどうか、わかんないよ。あたしが井戸端《いどばた》に出たら、家の前に立っててさ、その札《ふだ》をじっと見てたんだ」

『医師　藍野《あいの》松庵　診立《みた》てまつる』

そう記《しる》された木札《きふだ》だ。「る」の下に松と薬包《やくほう》の絵を描いている。文字が読めなくても、ここが医者の家だとわかるように、だ。

「あたし、松庵先生は留守《るす》ですよって声を掛けたんだ。ほんとうに留守なんだもんね。そしたら、あたしに『お内儀《ないぎ》、ちとものを尋《たず》ねたい』なんて言うわけ。お内儀って誰かって、つい、周りを見回しちまったよ。ははは。お内儀なんて柄《がら》じゃないからね」

おいちは一歩、おしんに近づいた。

「それで、それで、その人、何を尋ねたの」

「えっと、ほら、ここで赤ん坊を産んだ……」

「滝代さん」

「そう、その人のこと。人伝にここで旅の女が子を産んだと聞いたが真《まこと》か、とかなんとか訊《き》いてきてさ」

どく、どく、どく。

心の臓が鳴る。速い鼓動《こどう》を刻《きざ》む。

苦しい。息が詰まる。喉《のど》が痛い。

「それで、おしんさん、なんて……」

「知らないって突っぱねたよ」

おしんが肩を上下させた。

「お武家なんて、言っちゃあ悪いが信用できないからね。そうべらべらしゃべるわけには、いかないよ」

　ほんの僅かだが安堵《あんど》する。

「あたしはしゃべらなかったんだ。でも」

　おしんが口元を窄《すぼ》めた。

「誰かがしゃべったの？」

「おやえさんが傍《そば》にいて、あの人のことじゃないか、なんて言い出して……。あたし眴《めくば》せして止めようとしたんだよ。そしたら、そのお武家がさ、銭を握らせて……突き返してやろうとしたんだけど、おやえさんが受け取っちまったから……」

　おしんが目を伏せる。

　おいちは息の塊《かたまり》を呑《の》み込んだ。

　おしんはしゃべったのだ。銭を受け取り、しゃべった。そして、そのことを負《お》い目に感じていたのだ。だから、知らせに来た。たまたま通りがかった振りをして告げに来たのだ。

　風が吹いてくる。

　冷たい、冷たい。

　うなだれたおしんの毛は、微かにも動いていない。

　幻《まぼろし》の風だ。

おいちは身体《からだ》を震わせた。

数日が何事もなく過ぎた。

十日、二十日《はつか》がやはり何事もなく過ぎた。

おいちの身辺を誰かが探っている気配《けはい》も、見覚えのない男あるいは女が、長屋の路地をうろつくこともなかった。

武士は二人、菖蒲長屋を訪れた。二人とも、松庵の患者だった。一人は石上喜之助《いしがみきのすけ》という初老の男で、一月《ひと》ほど前から首から胸にかけて広がり始めたできものの治療に、もう一人の三原徳次郎《みはらとくじろう》は、長患《ながわずら》いの妻のための薬を受け取りにやってきた。どちらも小禄《しょうろく》の御家人《ごけにん》で、昔からの馴染《なじ》みだ。石上が千代田城《ちよだじょう》（江戸城）内の掃除、普請《ふしん》、通信文の伝達等の雑事を担《にな》う黒鍬者《くろくわもの》だとはわかっているが、三原については御家人であることの他は知らない。治療に関《かか》わるのなら、どんな些細《ささい》なことでも根掘り葉掘り問い質《ただ》すし、とことん耳を傾けもするが、関わりないなら踏み込まない。それが、松庵のやり方、というより人柄だった。むろん、おいちもそれに倣《なら》う。

三原は妻女《さいじょ》のために月に一度か二度、訪れるのであって、その身分や役目を知らなくても一向《いっこう》に差し支《つか》えないのだ。ただ、ひどく痩《や》せぎすで髪も薄い。かなりの年配のようにも、それほどではないようにも見える。正体のはっきりしない男ではあった。それでも、思いの外、心配りが細やかで、おいちにちょっとした端切《はぎ》れとか、妻女が手慰《てなぐさ》みにしているという木目込《きめこ》み人形を届けてくれたりする。

しかし、いくら小禄とはいえ武士は武士。なにも裏長屋住まいの町医者に通うことはあるまいと思うのだが、何が気に入ったのか二人が二人とも「藍野《あいの》先生でなければ駄目なのだ」と言い切る。そこまで言われれば松庵も悪い気はしないらしく、石上と酒を酌《く》み交《か》わしたり、三原と笑い合っていたりする。

ともかく、石上と三原より他には、武士らしき男は現れなかった。武士の形《なり》をして現れるとは言い切れないが、おしんたちが見た相手は、確かに武士だったのだ。

一月が過ぎた。

松の内も明けたが、江戸はまだ極寒《ごくかん》の中だ。

雪こそまだ舞っていないものの、乾《かわ》いた冷たい風が吹き通り、人々を震えさせた。

病人が増える時季だ。

今年も性質《たち》の悪い風邪《かぜ》が流行《はや》り始めた。

流行病《はやりやまい》というものは、たいてい弱い者を餌食《えじき》にする。赤ん坊や幼い子ども、老人、他の病で身体の衰えた者。闘《たたか》う力のない、抗《あらが》うことのできない相手を選んで襲《おそ》い掛かるのだ。ところが、今年は少し様子が違っていた。

罹病《りびょう》した者の大半が、まだ十分に若いといえる人たちだったのだ。二十歳《はたち》前後、三十歳前後、四十路《よそじ》に届くか届かないか。体力も気力も充実しており、持病を抱えていたわけでもない。そういう者が患者として目立ち始めた。たいていはなんとか回復したが、稀《まれ》に命を落とす者もいた。ちょうど、働き盛りの歳だ。大黒柱を失い、暮らしに行き詰まった女房が子どもを道連れに心中したという哀れで惨《むご》い噂も耳に届いてきた。

松庵とおいちの周りでは、幸いなことに亡《な》くなる者はいなかった。ただ亭主に倒れられ困窮《こんきゅう》する家は幾つもあったが。

どうしようもない。

おいちにも松庵にも余裕などない。その日暮らしより、ちょっとましな程度なのだ。長屋の住人は、食べ物や小銭《こぜに》の貸し借りで、なんとか日々を凌《しの》いでいる。

「おやえさん、これ、米と味噌《みそ》だよ。ほんとにちっとばかりだけど使っておくれ」

「助かるよ。ほんと、助かる。ありがとね」

「あたしは、巳助《みすけ》さんのとこに粥《かゆ》を持っていくよ」

「巳助さん、どんな様子だい」

「だいぶよくなってきたみたいだけど、男やもめだからねえ。粥ぐらい食わせてやらなくちゃ」

そんなやりとりが、障子戸《しょうじど》越しに聞こえてくる。

おいちはほっと息を吐き出す。

みんな優《やさ》しい。その優しさには根っこがある。生き抜くために伸びる根だ。優しくなければ、助け合わなければ、支《ささ》え合わなければ、ここでは生きていけない。誰もが、骨身《ほねみ》に染《し》みて知っている。

優しさも生きる方便の一つなのだ。だからこそ強い。病にも火事にも不運にも負けない。

おいちはそう思っている。でも……。

別のやり方はないのだろうか。

周りの優しさだけを頼りとするのは限りがある。みんな貧しいのだ。ぎりぎりで支え合っているのだ。無理をしなくても、どんなに貧しくても、ちゃんと治療、療養《りょうよう》できる仕組みを、働き手を失ってもなんとか暮らしが成り立つだけの仕組みを、この世に作れないだろうか。

とりあえず、ちゃんとした療養所がもっといる。

おいちは考える。

小石川養生所《こいしかわようじょうしょ》ほど大きくなくていい。あそこの定員は約百人だ。半分、いや、二十人から三十人程度の療養所を江戸のあちこちに設けられたら……。

おいちはかぶりを振った。

夢みたいなことを考えてるときじゃないでしょ。

自分で自分を叱《しか》る。

間もなく、松庵が往診から帰ってくる。午《ひる》からの治療に備えて、薬の調合を済ませておかなければならない。

病は刻《とき》との闘いでもある。薬を切らすことはご法度《はっと》ではないか。

さっ、気を引き締《し》めて、しゃんしゃんやらなくちゃ。

匙《さじ》を握り直したとき、かたかたと音がした。障子の開く音だ。

「あっ、すみません。診療は午過ぎからになりますが」

腰を浮かして振り返ったとたん、血《ち》の気《け》が引いた。頰《ほお》が強張《こわば》り、指先が冷えていく。一瞬、息さえできなかった。

羽織袴《はおりはかま》姿の武士が立っていた。

「ごめん。藍野松庵先生のお宅でござるな」

武士が問うてくる。

その背後から、冬の風が吹き込んできた。

「う……く、くしゅん、くしゅん」

武士が立て続けに二度、くしゃみをした。

「あ、いや、これは醜態《しゅうたい》を……。ご無礼《ぶれい》いたした。それがしは」

そこで、武士はまた、くしゃみを今度は三度続けた。

くしゅん、くしゅん、くしゅん。

おかしい。

笑い出しそうになる。その気持ちが余裕を生んだ。さっきの、驚きと強張りがするりと解《ほど》けていく。落ち着きが戻ってくる。

「はい、確かに藍野松庵の家でございますが」

居住《いず》まいを正し、答える。

「さようですか。よかった」

武士は懐紙《かいし》で鼻を押さえたまま、息を吐き出した。

日に焼けた肌《はだ》に、太い眉《まゆ》。精悍《せいかん》な顔立ちをしている。そして、若い。おいちとそう違わぬ年端《としは》のように見えた。

あ？

この人は……。

見覚えがある。確かに、ある。

おいちは胸に手をやり、ほんの刹那《せつな》、目を閉《と》じた。その見覚えに思い至る。

夢の中の人だ。

夢の中で、滝代と一緒にいた人……、いや、違う。

胸の中でかぶりを振った。

若過ぎる。

滝代を抱き締めていた男はここまで若くなかった。二十を幾つか超えていたろう。それに、もっと細面《ほそおもて》の優し気な風貌《ふうぼう》だった気がする。真正面から、きっちり見据《みす》えたわけではない。断言はできないが、別人だ。別人だけれど、よく似ている。

「松庵に何か御用でしょうか」

「あ、はい。ちと尋ねたい儀がござって参上した」

「さようですか。あいにく、松庵はただいま留守にしております」

「あ、いや。お内儀でも一向に差し支えござらんが」

「お内儀……」

眉が吊《つ》り上がったのが、自分でもわかる。

「わたしは娘です。藍野松庵が娘、いちと申します」

武士の太い眉も吊り上がった。

「こ、これは重ねてご無礼いたした。藍野先生の齢《よわい》も顔も存じておらぬもので」

知らなくたって見ればわかるでしょ。髷《まげ》だって形《なり》だって、娘そのものじゃない。どこをどう間違えたら「お内儀」なんて、すっとぼけた呼び方ができるのよ。

声には出さず毒づく。

娘、内儀、後家《ごけ》、遊女、芸者、町人の女房、武家の妻女。江戸の女は一目《ひとめ》で見分けがつく。それぞれの髷の結《ゆ》い方があり、着るものがあり、化粧のしかたがあり、立ち居振る舞いがあるのだ。

憚《はばか》りながら、あなたさまのお目は節穴《ふしあな》でございますか。

これも言葉にはしない。けれど、眼差《まなざ》しにはたっぷり毒が含まれていたらしく、武士が視線をうろつかせた。

「それで、お武家さまはどなたでいらっしゃいます。うちの患者ではございませんよねえ」

おいちは顎を上げ、微かに鼻から息を吐いた。

「あ、これは挨拶《あいさつ》が遅れ、申し訳ござらん。それがしは杉野《すぎの》小十郎《こじゆうろう》と申す」

杉野小十郎と名乗った武士は深々と頭を下げた。下げた拍子《ひようし》に、上《あ》がり框《かまち》に積んでいた木箱に額《ひたい》をぶつける。干した薬草を入れておいた箱が、派手な音をたてて転《ころ》がった。小十郎は両手で額を押さえ、その場にしゃがみ込む。

「あらまあああ」

辛抱《しんぼう》できない。おいちは袖《そで》で口を覆《おお》った。笑いは小波《さざなみ》のように身体を巡《めぐ》って、肩を震わせる。

なんて、おもしろい人なんだろう。おもしろ過ぎる。

「ううっ、ふ、不覚」

小十郎が呻《うめ》く。

「大丈夫ですか。すごい音がしましたが」

「くっ……。面目《めんぼく》ござらん。なんのこれしき、掠《かす》り傷《きず》でござる。ご心配には及ばぬ」

「いえ、掠り傷じゃなくて打ち傷です。まあ、血が」

小十郎の額から血が細い筋《すじ》になって流れる。

「すぐ、手当てします。こちらに座ってくださいな」

「いや、それほどたいした傷ではありませんのでお気遣《きづか》いなく」

転がった箱を律儀《りちぎ》に元通りに直し、小十郎は笑いを浮かべた。口の端《はし》が、ちょっと強張っている。

「いいかげんなことを言うのはおよしなさい」

おいちの叱咤《しった》に、小十郎は笑んだまま表情を強張らせた。

「たいした傷かどうか、診《み》てみなければわからないでしょう。傷が膿《う》めば命取りになることだってあるんですよ。あなたは、箱の角《かど》にぶつけた傷が因《もと》で死んでもいいのですか」

「いや、それは、武士としてあまりに無様《ぶざま》で……」

「武士でなくても無様です。もう、ぐちぐち言ってないで、さっさとこちらへいらっしゃい。手当てをします」

「は、はい。では、ご無礼つかまつる」

小十郎は素直に返事をして、板の間に畏《かしこ》まった。

「はい。じゃあ、傷口を洗います。ちょっと痛いかもしれません」

「えっ、い、痛い？　まことでござるか」

「痛いですよ。怪我《けが》の治療ですもの。痛くて当たり前でしょ」

「そ、そんな……。あ、痛っ、痛たた」

「ああ、わりに深いですねえ。これは縫《ぬ》った方がいいかもしれない」

「縫う？　な、何をでござる？」

「傷口に決まってるじゃないですか」

「じょ、冗談《じょうだん》を。それがしの生身《なまみ》は布ではござらんぞ」

「布に破れがあれば、縫い合わせたり継《つ》ぎ当《あ》てしたりするでしょ。人も同じです。傷は縫わねばなりません」

小十郎の身体がぶるりと大きく震えた。

「わ、わかり申した。そ、それがしも武士。覚悟を決めました。縫うなり閉じるなりお任《まか》せいたす」

「そんな大げさな。覚悟を決めなくちゃならないほどの傷じゃありません。あら、そうねえ、どうやら縫うまでもないようですね。なんとか、なるみたい」

小十郎が息を吐き出した。安堵したのだ。

おいちは笑いを堪《こら》えるのに苦労した。傷はさほどではなく、洗って薬をつけておけば済む程度のものだ。縫うと脅《おど》したのは、おいちの悪戯心《いたずらごころ》だった。患者の手当ての最中、悪戯心を起こすなど、松庵に知られたら、きつく戒《いまし》められるだろう。

「おいち、医者がふざけて患者に向かい合って、どうする。馬鹿者《ばかもの》めが」と。

その声が聞こえた気がして、おいちは身を縮めた。つい、調子に乗ってしまった。

ごめんなさい。お内儀って呼ばれた意趣返《いしゅがえ》しなんかじゃありませんからね。堪忍《かんにん》してください。

胸の中で詫《わ》びを呟《つぶや》く。

「はい。ちょっと沁《し》みますが、我慢してください」

「うっ、ううう」

「痛いですか」

「な、何ほどのこともない……。まあちょっとは沁みるが、縫われることを思えば、たいしたことじゃない。しかし、も、もうちょっと優しく……痛たた」

そうとう沁みるのだろう。小十郎の口調《くちょう》が急にぞんざいになった。裃《かみしも》を脱《ぬ》ぎ捨てて、普段着《ふだんぎ》に着替えた感がある。

数種の薬草で松庵が調合した塗《ぬ》り薬は効能は抜群だが、どろりと黒く粘《ねば》り気《け》があって、青臭《あおくさ》い。なにより、やたら沁みる。おいちも自分の傷で試《ため》してみて、思わず顔を顰《しか》めたことがある。年端もいかない子どもに使うのは正直、躊躇うほどの痛みだった。むろん、今は躊躇《ためら》いなどしない。小十郎は若いけれど童《わらべ》ではない。哀れに思う気持ちは微塵《みじん》も湧《わ》いてこなかった。

哀れではないが、おかしい。ほんとうに、おかしい。物言《ものい》いも仕草《しぐさ》も、どこか緩《ゆる》んでいる。本人がいたって真面目《まじめ》なだけに、余計におかしくてたまらない。

おいちは奥歯を嚙《か》み締める。外に走り出て、思いっきり笑いたい心持《こころも》ちがした。しかし、その心持ちはすぐに霧散《むさん》する。そして後に、暗く重いものが残った。

この男はなんのためにここに来たのか。

「はい、できました。膿《よご》んだりする心配はないと思いますが、傷が塞《ふさ》がるまでは用心してください。汚れた手で触《さわ》ったりしないように。わかりましたね」

小十郎の背中を軽く叩《たた》く。わざと朗《ほが》らかな声を出す。

「重々承知いたした。このような丁寧《ていねい》な治療をしていただき、まことにかたじけない」

「あら、また袢を着込んでしまったわ」

「え？」

「いいえ、別にいいのです。それより、お手が血で汚れてます。どうぞこれで拭《ふ》いてくださいな」

湯に浸《ひた》した手拭《てぬぐ》いを渡す。

「これは重ねて、かたじけない」

小十郎は丁寧に血の汚れを拭き取ると、空咳《からせき》を一つした。

「それで、あの、えっと……おい……おい……えっと」

「いちと申します」

「そうだ、おいちどの。まことに不躾《ぶしつけ》ながら、いかほどになりましょうか」

「は？」

「薬礼《やくれい》でござる。恥《は》ずかしながら、ただいま手元不如意《てもとふにょい》であまり高額だと支払えぬ懸念《けねん》もござって……」

「まっ」

「め、面目ない」

小十郎がうなだれる。

どこまでも実直な性質《たち》らしい。おいちは軽く手を横に振った。

「薬礼なんていりませんよ。うちでなさった怪我ですもの」

「しかし、それでは申し訳がたたん」

「ほんとにけっこうですよ。それに、さっきのお薬、まだ、あれこれ思案の最中ですからね」

「思案の最中とは？」

「はい。松庵は治療とともに薬作りにも精を出しております。杉野さまに申し上げることではありませんが、今、江戸では薬草の値が高騰《こうとう》しておりまして、わたしどもには手に入りにくくなったものがかなりあるのです。高価な草の替わりに入手し易《やす》いものでなんとか同じ効能の薬が作れないかと思案を重ねております」

「では、これも」

小十郎が晒《さら》しで押さえた傷を指差す。

「はい。傷の化膿《かのう》を抑え、傷の治《なお》りを早める。そのために松庵が調合いたしました。効能は確かです。火傷《やけど》をはじめとして、どんな傷にも効《き》くんです。ただ、やはり、沁みますよね」

なんです」

「そうなんです。ほんと沁みるんです。しかも、わりとしつこく。人によっては傷の痛みより酷《ひど》いって言うぐらいで、そこのところをなんとかしなければいけないんですけどね。なかなか難しくて……。つまり、まだあれこれ改善の余地ありのお薬なんです」

「はあ、そういうご事情でござったか」

「そうです。だから、どうぞお気兼《きが》ねなく」

「ありがたい。そこまで言っていただけるなら、遠慮なくお言葉に甘えさせていただく」

小十郎はまた、安堵の息を吐いた。そうとう、懐《ふところ》が淋しいのだろう。そう思って見れば、小袖《こそで》も袴も羽織も、かなり古くて、袖口あたりの色が褪《あ》せている。

「まことにありがたく……、しかし、些か痛い」

「我慢してください。どんなに痛くても、傷が膿むよりずっとましですからね。それより……杉野さまはどのようなご用事で、うちにお出《い》でになったのですか」

何気ない風を装《よそお》い、おいちは尋ねた。身も心も僅かだが構えてしまう。それを気《け》取《ど》られないように、笑みを作る。一月《ひと》前に訪ねてきたのは、おしんたちから滝代のことを聞き出そうとしたのは、この男だろうか。

「些か……」

違うような気がする。

小十郎のどこか飄々《ひょうひょう》とした佇《たたず》まいと、金を使って探りを入れる狡猾《こうかつ》さは、相容《あいい》れないように感じるのだ。だとすれば、口をつぐんでいる方が賢明《けんめい》だろう。不用意な一言は禍《わざわい》の種を蒔《ま》く。

おいちは唇を結んだ。

「人探しをしております。それがしの探す相手がこちらにいるかもしれないと聞き及び、参りました」

この上ないほど明快な答えが返ってきた。

「滝代という名の女人《にょにん》です。おいちどの。ご存じなかろうか」

「知っております」

おいちも短く、はっきりと答える。小十郎にしろ、そうでないにしろ、滝代がここで子を産んだ事実を知っている者がいる。既に外に漏《も》れているわけだ。惚《とぼ》け通すのは無理だろう。

「おおっ」

小十郎は目を見開き、おいちににじり寄った。

「まことでござるか。その女人は……」

「滝代さん、お美しい方でしたよ」

「滝代どのは身重《みおも》でござったが」

「そうです。ここで、子を産みました。元気な男の子でした」

「男の子……そうか……。で、その子は今、どこに」

「江戸にはおりません。里子《さとご》に出しました」

「里子……」

小十郎の喉が上下に動いた。

「どちらにでござる」

「大坂です」

「……大坂のどちらに」

「わかりません。赤ん坊を引き取ってくださった方の名前もお住まいも、あたしは……いえ、ほとんど誰も知らないのです。ただ、裕福な商人であることは確かでした。我が子として育てるという条件で、滝代さんの赤ん坊を預けました。あたしに言えるのはそれぐらいです」

「しかし、それはあまりに」

「あまりになんでしょうか」

顎を上げる。真正面から、武家の男の顔を見据《みす》える。

「あまりに実意がないとでもおっしゃるのでしょうか」

「いや、そんなことは……」

小十郎が目を伏せた。「それはあまりに実意がない」と言いかけたのは、明らかだ。

「滝代さんとはたまたま、あたしの仕事の帰りに出会いました。お産が始まりかけていて、身体もかなり弱っていて放っておくことなどできませんでした。だから、ここに連れてきて、あたしが赤ん坊を取り上げました」

「あなたが」

「そうです。長屋のおかみさん連中に手伝ってもらって、なんとか取り上げました。元気で愛らしい赤ちゃんでしたよ。でも、滝代さんは……いなくなりました。黙って姿を消したのです。どんな事情があったのか、一言も口にしないまま、生まれたばかりの赤ん坊を残して、どこかに行ってしまったのです。いえ、赤ん坊を捨てたとかじゃないと思います。滝代さんはほんとうに赤ちゃんを愛《いと》おしんでいた。傍にいてひしひしと伝わってきましたから。だから、余程のことがあったんでしょう。あたしは何も知りません。でも、赤ん坊に向けた滝代さんの心、想《おも》いはわかるような気がしたのです。滝代さんが……」

息を吸い、吐き出す。

小十郎は何も言わなかった。問い質すこともしなかった。眉間《みけん》に深く、皺《しわ》を寄せて黙《もく》しているだけだ。

「滝代さんが何より望んでいたのは、赤ん坊が幸せになることとです。無事に大きくなって、人並みの幸せを摑むこと、それだけだったんです。他は何も望んでいなかった。あたしは、そう思いました。おそらく、的外《まとはず》れではないでしょう。滝代さんは、あたしに、自分の産んだ子を託したのです。どうか、人としてまっとうで幸せな道を歩ませてやってくれと」

もう一度、息を吸う。唾《つば》を呑み込む。今度は遠慮がちにではあったが、小十郎は口を挟んできた。

「だからおいちどのは、滝代どのの遺言《ゆいごん》にも等しい、その願いをなんとか叶《かな》えてやろうと考えた」

「はい」

ゆっくりと頷《うなず》く。

「どうしても叶えてあげねばと思いました。でも、あたしに赤ん坊を育てるのは無理です。子を産んだことも、育てたこともないのですから。この通りの貧乏暮らしということもあり……どうしたものかと悩んでおりました。そこに、さる人が里子の話を持ってきてくれたのです。大坂で手広く商《あきな》いをしている方が里親《さとおや》になってくれると。あたしは……考え、悩み、その方に里親になっていただく道を選びました。それが一番いいと……思ったからです」

　小十郎の眉間の皺が深くなる。

「では、赤ん坊は既に江戸にはおらぬというわけですか」

「そうです。江戸を離れてもうずい分になります。今ごろは、大坂の町で、新しいおとっつぁん、おっかさんに可愛《かわい》がってもらっているでしょう。あたしはそう信じています」

「おいちどのは、その商人とやらと面識はないのですな」

「ありません。一度も会いませんでした。あたしは、仲介してくれた方に滝代さんの赤ん坊を託しただけです」

「しかし、それはやはり……無礼な物言いになるが、些か実意に欠けませぬか。赤ん坊の幸せを願うなら、里親になる相手がどういう人物か、きちんと見定めるのが筋《すじ》ではござらぬか。赤ん坊を売買の品にする悪辣非道《あくらつひどう》な輩《やから》とて、おるのです」

「その心配はありませんでした」

「なぜ、そう言い切れます」

「仲介してくれた人が信じるに足る相手だからです。その人が間違いないと断言してくれました。それなら間違いないのです。あの子は、滝代さんの赤ん坊は、きっと幸せに、穏《おだ》やかに大きくなっていくことができます。あたしは、あたしは間違ってはいないはずです」

　刹那、十助の姿が浮かんだ。抱かれて、静かに眠っている。抱いているのは滝代ではなく、『吾妻屋』のお稲だった。横からおきくと藤吉が覗き込んでいる。三人とも柔《やわ》らかく微笑《ほほえ》んでいた。

「可愛いね。このほっぺの柔らかいこと」

「お義母《かあ》さん、駄目ですよ。突っついたりしたら、起きちゃうじゃないですか」

「まあ、言うもんだね。お稲、おまえ、十助をあたしと取り合うつもりなんだね」

「あら、嫁姑《よめしゆうとめ》の争いってやつですか。いいですよ、受けて立ちましょう。何で勝負します。相撲《すもう》ですか、藤八拳《とうはちけん》ですか」

「そうだねえ。どっちが十助をよく笑わせられるかって勝負にしようじゃないか。ほらほら、十助、お祖母《ばあ》ちゃんのべろべろばあをごらんよ。おもしろいだろ」

「まあ、お義母さんったら。あはははは」

「お稲、おまえが笑ってどうするんだい」

「おっかさんだって笑ってるじゃないか。いや、ほんとうにおもしろい顔だ」

　そんなやりとりまで聞こえるようだ。

おいちは胸を張る。

そうだ、あたしは間違っていない。間違っていないんだ。十助ちゃんは、必ず幸せになれる。

「その仲介者を教えていただきたい」

小十郎が言った。抑えた声だった。

「誰なのです。おいちどの」

「聞いてどうするのです。赤ん坊の居所《いどころ》を聞き出すのですか」

「さよう」

「なぜです。なぜ、そんなことをしなければならないのですか。杉野さま、あなたは何者です。なぜ、赤ん坊の行方《ゆくえ》を探っているのです」

おいちは視線に力を込めた。真《ま》っ直《す》ぐに、射貫《いぬ》くばかりの強さで小十郎を見詰《みつ》める。

この男は刀を使うだろうか。傍《かたわ》らに置いたあの刀で、あたしを脅そうとするだろうか。それでも、言わない。言うものか。

おいちは強く唇を噛み締めた。

殺されても、切り刻まれても、十助の居場所は教えない。決して、告げはしない。吾妻屋は十助が得た安住の場所なのだ。守り通してみせる。生まれ落ちてすぐに母を失った子から、もう何も奪わせはしない。

小十郎が目を逸《そ》らす。頭《こうべ》を垂《た》れる。柄《つか》に触れようともしなかった。

「……それがしは、滝代どのの身内になるはずだった者です」

呟きに近い声が、漏れた。

「身内になるはずだった？」

「……滝代どのは、兄の許嫁《いいなずけ》でござった」

「まあ、お兄さまの」

とくん。心の臓が一つ、鼓動を刻んだ。

「誰だ！」

不意に小十郎が立ち上がる。左手が素早く太刀《たち》を摑んだ。

「外にいるのは誰だ。姿を見せろ」

「え？　外に誰かいるのですか」

「います。我らの話を盗《ぬす》み聞きしておったのだ」

カタッ。障子戸が音をたてた。横に開いていく。

風が、まともに吹き込んできた。

先刻よりずっと冷えた、凍《い》てつきを運ぶ風だった。

風に揺れて

風とともに男が入ってきた。

「まあ、親分さん」

おいちは腰を上げた。

「へえ。おいちさん、ちょいとお邪魔《じゃま》しやすよ」

仙五朗《せんごろう》が軽く身を屈《かが》め、笑《え》みを向けてくる。その笑顔を見たとたん、身体《からだ》の力が抜けた。思っていたよりずっと気を張っていたらしい。小十郎《こじゅうろう》は飄々《ひょうひょう》としているようでいて、こちらの方が身構えるような鋭《するど》い眼つきになる。今しがた、太刀《たち》を摑《つか》んだその刹那《せつな》も射るような険《けわ》しさをほとばしらせた。

あれは殺気と呼ぶものではないのか。

得体《えたい》が知れない。

とっさの思いに、心身が強張《こわば》ったのだ。その強張りが仙五朗の笑顔で解《ほど》けていく。ほっと息が吐《つ》けた。

「親分さん？」

小十郎が首を傾《かし》げる。太刀は握《にぎ》ったままだったが、気配《けはい》は既《すで》に和《やわ》らいでいた。

「へえ、仙五朗と申しやす。このあたりを縄張《シマ》りにしている岡っ引《おかぴき》でございやすよ。お見知りおきくだせえ」

「目明《めあか》しか……」

「そうでやす。こちらの先生には日頃から何かとお世話になっていやしてね。ちょくちょく寄らせてもらってるんで」

仙五朗は笑みを消さず、しゃべり続ける。小十郎に向けられた眼《まなこ》は微動《びどう》だにしない。

「おぬし、我らの話を盗《ぬす》み聞きしておっただろう」

仙五朗の視線を受け止め、小十郎が僅《わず》かに顎《あご》を引いた。

「へえ。しておりやしたよ」

仙五朗があっさりと答える。

「他人の話に聞き耳を立てるのも、あっしらの仕事のうちでござんすからね。まさか気配を感付かれるとは思ってもいやせんでしたがね。いや、驚きやした。さすがにお侍《さむらい》さまだ」

「……気付かねば、ずっと盗み聞きをしておったのか」

「そうでやすね。気になる話なら一刻《いっとき》（二時間）でも聞いておりやすね。もっとも、お二人の話は気になるというより、どうやら、あっしに関《かか》わっていそうだったんで、ついつい……。ご無礼《ぶれい》をいたしやした」

「関わっているだと？」

「さっきからお話に出ておりやす仲介者ってのが、あっしなんでやすよ」

仙五朗は自分を指差す。

「な……」

小十郎の瞼《まぶた》がひくつく。口元が引き締《し》まった。おいちは小十郎から仙五朗へと眼差《まなざ》しを移した。

「親分さん、それは」

「おいちさん、いいんでやすよ」

おいちの言葉を遮《さえぎ》るように、仙五朗は手を左右に振った。

「別に隠さなきゃならねえわけもありやせんからね。へえ、そうでやす。里親《さとおや》を探して、あの赤ん坊を託したのはあっしでござんすよ」

「そなたが……。では、里親が誰かも知っておるのだな」

「へえ、もちろんです」

おいちは唾《つば》を呑《の》み込んだ。

仙五朗には全《すべ》てを話してある。だから、十助《とすけ》が今どこにいるか、もちろん知っている。しかし、それを仙五朗が他人に伝えるわけがない。おいちの話を聞き終わった後、仙五朗は、

「お話はよくわかりやした。その大坂の商人とおいちさんを結んだのは、あっしってことにしておいてもらいやしょう」

と静かな、しかし、強い口調《くちょう》で言い切った。

「でも、親分さん、それって剣呑《けんのん》じゃありませんか。相手は武士でしかも、滝代《たきよ》さんをあんな惨《むご》い目に遭《あ》わせた輩《やから》なんですよ」

「だからでやすよ」

仙五朗はそこでにやりと笑ってみせた。

「剣呑なことなら、おいちさんよりあっしの方がずっと慣れてる。残忍な獣《けもの》みてえなやつらとどう渡り合えばいいか、骨の髄《ずい》まで承知しておりやすからね」

「でも……」

「おいちさん、餅《もち》は餅屋ですよ。あっしはねえ、滝代殺しの下手人《げしゅにん》をふん縛《じば》りたくて、うずうずしてんだ。丸腰《まるごし》の女の腹を刺すなんて外道《げどう》じゃねえですか。侍だからといって許せねえんですよ。けど、正直、あっしには手の出しようがねえんだ。向

こうから飛び出してくるのを待つしかできねえ」

「だから、囮《おとり》になるつもりなんですか」

「囮になるならなりてえが、そう上手《うま》くいくかどうか。このまま、姿を晦《くら》まし、藪《やぶ》の中に隠れちまって鼠《ねずみ》一匹出てこねえかもしれねえ。けど、いや、だからこそちっとでも見込みがあるなら、縋《すが》りてえんで。おいちさん、ようがすね。仲介したのはあっしでやすよ。頼みますから、そういうことにしておいてくだせえ」

仙五朗の気迫《きはく》に押され、はいと返事をしてしまった。

おいちは、もう一度、唾を呑み込んだ。

小十郎が片膝《かたひざ》を立てた。左手はまだ太刀を摑んでいる。

「では、教えてもらおう」

「赤ん坊の居場所をでやすか」

「そうだ」

「居場所を聞いて、どうしやす」

「取り戻す」

「取り戻さなきゃならねえわけを、話してもらいやしょうか」

「目明し風情《ふぜい》に話すことではない」

「お侍さま、それじゃあ道理が通りやせんね」

仙五朗はゆっくりとかぶりを振った。もう笑《え》んでいない。静かに小十郎を見据《みす》えている。

「あっしのような無学な者が些《いささ》か口幅《くちはば》ったくはござんすが、お尋《たず》ねしますよ。お侍さま、“行《ゆ》きずりの宿世《すくせ》”ってのをご存知ですか」

「……道ですれ違うのも前世からの縁《えにし》だという意味であろうが」

「そうです。おいちさんと赤ん坊は、まさに行きずりの縁でござんした。この広いお江戸でたまたますれ違った、それだけのこってす。だから、関わり合いにならなければそれで済んだ。赤ん坊にも赤ん坊の母親にも、義理やそれまでの交《まじ》わりは一切《いっさい》なかったんでやすからね。けど、おいちさんは見捨てなかった。母親に代わって本気で面倒《めんどう》をみて、赤ん坊にとって一番幸せな道を必死で探したんでやすよ。憚《はばか》りながら、あっしたちもその手伝いをいたしやした。そちらさんの都合や事情は知りやせんが、今更《いまさら》出てきて、返せだの取り戻すだのとねじ込まれても承服《しょうふく》できかねやす。いくら町人でも目明し風情でも意地も矜持《きょうじ》もございやすからね。人としての道理は通していただきやすよ」

小十郎が口を一文字《いちもんじ》に結ぶ。小さな呻《うめ》きが、唇《くちびる》から漏《も》れた。

おいちは僅かばかりにじり寄った。

「親分のおっしゃる通りです。杉野《すぎの》さま、あたしはあたしなりに滝代さんから託された赤ん坊を守りたかったんです。今でも、守らねばならないと思ってます。無礼を承知で申しますが、あたしは杉野さまを信じて全てを明かす気はございません」

「おいちどの、しかし、それは……」

「お話しください」

さらに寄る。小十郎が顎を引いた。

「嘘《うそ》やごまかしでなく、真実を教えてください。杉野さまはさっき、滝代さんが兄上さまの許嫁《いいなずけ》だったとおっしゃいましたね。では、滝代さんの赤ん坊は、兄上さまのお子なのですか」

「……違い申す」

「違う？　では、何故《なにゆえ》に、杉野さまは赤ん坊を取り戻そうとなさっているのです」

小十郎の唇が微《かす》かに動いた。しかし、呻きしか出てこない。

「お話しくださらないなら……いえ、お話しくださっても、あたしたちが納得《なっとく》できなければ、里親については一切お伝えできません」

「おいちどの」

「先ほども申し上げました。あたしは滝代さんから、母親から子を託されたのです。それに応《こた》えなければなりません。杉野さま、一命を賭《と》して忠義を尽くすのがお武家なら、あたしたちは、あたしたちの想《おも》いに命を懸《か》けます。心しておいてください」

小十郎の指が太刀から離れる。

「おいちどのの言われることも、そちらの……」

「仙五朗でございやすよ。杉野さま」

「そう、仙五朗どのだな。お二人の言われることはもっともだ。こちらの事情を伝えずして赤ん坊を返せとは、確かに無体《むたい》な申し出だったかもしれん。しかし、これは、我が国の……」

小十郎が口をつぐむ。喉元《のどもと》が上下した。

「なるほど、お家の大事《だいじ》に関わるってこってすか。となると、あの赤ん坊は主筋《しゅうすじ》に繋《つな》がると考えてよござんすね」

「主筋！」

おいちは頓狂《とんきょう》な声をあげてしまった。それを恥《は》じている余裕はない。

「しゅ、主筋ってどういう、どういうことなんです」

「そのまんまじゃねえですかい。どこぞの殿さまの血を引いているってね。違いやすか、杉野さま」

小十郎は黙《もく》していた。身動《みじろ》ぎすらしない。それが答えだった。

「十助ちゃんが……殿さまの御子《おこ》」

とすれば、滝代は当主の子を身籠《みご》もり、産んだというわけか。

「でも、でも、そんな……だったら、なぜ、滝代さんはあんな死に方をしたんです。お城や屋敷じゃなくて、どうしてここで、江戸の裏店《うらだな》でお産しなきゃいけなかったんです」

「おいちさん」

仙五朗が眴《めくば》せしてくる。

「あっ」

おいちは慌《あわ》てて口を閉じた。しかし、もう遅い。

「やはり滝代どのは……」

小十郎が声を震わせる。

「亡くなりやしたよ。殺されたんです。だからあっしのような岡っ引がしゃしゃり出ることになりやした」

あっさりと、仙五朗は認めた。

「今のおいちさんの問いに答えてもらいやしょうかね。杉野さま」

仙五朗は上《あ》がり框《かまち》に腰を掛け、足を組む。

小十郎が一息を吐《は》き出す。

「さすがに江戸の目明しだな。鋭い。まるで神眼《しんがん》を持っておるが如《ごと》くだ。なんでも見通してしまう」

「そんなこたぁござんせん」

仙五朗が真顔《まがお》で首を横に振った。

「この世は見通せないことだらけでやすよ。だからこそ、精一杯目を凝《こ》らし、耳を澄《す》ます。そうしねえと、ますます見えなくなりやすからね」

「そういうものか」

暫《しばら》く黙《だま》り込み、小十郎は組んでいた腕を解いた。

「わかり申した。お話しいたす。言い訳がましいかもしれぬが、それがしも問答無用、力ずくで聞き出すつもりはないのだ。ただ、仙五朗どのの見抜かれた通り、お家の存亡にも関わるやもしれぬ大事。全てを包み隠さず申し上げるわけにはまいらぬ。そこは察していただきたい」

「杉野さまがどこのご家中《かちゅう》かなんて、お訊《き》きしません。余計《よけい》なことは知りたくありません」

おいちは背筋を伸ばした。

「あたしたちには、お武家さまのお家騒動なんてなんの関わりもございません。ただ、杉野さまが滝代さんの赤ん坊をどうなさるおつもりなのか、なぜ、今、必死に行方《ゆくえ》をお探しなのか、何より、あの子の行く末がどうなるのかが心配なのです」

「おいちさんの言う通りでやすが」

仙五朗が僅かに身を乗り出した。

「あっしとしちゃあ、滝代さんて方がなぜ、あんな尋常《じんじょう》じゃねえ死に方をしなきゃならなかったのか、そこんところが気にはなりやす。むろん、それはあの赤ん坊の母親だったから、でやすね」

小十郎は口元を引き結んだまま首肯《しゅこう》した。そのまま、しばらく黙り込む。言葉が喉に閊《つか》えているようだ。ややあって、くぐもった声でやっと話し始めた。

「滝代どのが産んだ赤子《あかご》は、殿のお子だ。滝代どのは殿の寵愛《ちょうあい》を受けて、お子を孕《はら》んだのだ」

「それは、殿さまの側室にあがったというわけでやすね」

「うむ。そういうことだ」

意を決したのか、小十郎が膝の上で指を握り込む。

「まず、順を追って話をいたそう。滝代どのは蔵《くら》役人、名は伏せるが、さる蔵役人のご息女であった。我が家も同じ役で、我々は、それがしと兄と滝代どのは、同じ蔵方《くらかた》の長屋《ながや》で育ち申した」

侍言葉は重々《おもおも》しいぶん、話を滑《なめ》らかに前に進めてくれない。「どうして、そんな持って回った言い方しかできないのよ」と、おいちは苛立《いらだ》つ。新吉《しんきち》や松庵《しょうあん》が相手なら、遠慮なく苛立ちをぶつけることもできるのだが、今は、そうもいかない。

「では、幼馴染《おさななじ》みというわけですね」

短く、念を押す。

申したもござるも省《はぶ》いて、ちゃっちゃっとしゃべってほしい。

「そうだ。それがしと滝代どのは七つもの年の差があったので、それがしは……姉の如く慕《した》っておった。いや、実のところ、滝代どのは義姉《あね》になる方であったのだ。幼いころから、我が兄の許嫁と決められておったのだから。いや、むろん、それは親同士の決め事ではあったが、兄上も滝代どのも異存はなかった。二人は、いつの間にか心を通わし、夫婦《めおと》となる日を待っておったのだから」

小十郎はそこでまた一つ、息を吐いた。

「我が家も滝代どのの生家も小禄《しょうろく》だったこともあり、家族同然の付き合いで、互いに気心はよくよく通じ合っていた。滝代どのは、評判の佳人《かじん》で、心映《こころば》えも美しく、兄もまた、身贔屓《みびいき》でなく好漢《こうかん》であった。当時まだ前髪《まえがみ》を落としていなかったそれがしにも、似合いの夫婦になると思えたものだ。さらにいえば、敬愛する兄のもとに滝代どのが嫁《とつ》いでくる。それが嬉《うれ》しゅうてならなんだ」

「兄上さま……」

おいちは思い出す。いや、忘れてなどいなかった。ずっと心の奥に引っ掛かって、忘れることができなかった。

川辺《かわべ》で寄り添《そ》っていた滝代と若侍の姿を。

睦《むつ》まじいというより、悲愴《ひそう》な気配を感じた。川面《かわも》は煌《きら》めいていたのに、男と女は暗く沈んでいた。心を通い合わせた男女の逢瀬《おうせ》ではなかった。そんな浮き立つ風も、滾《たぎ》る情の熱さも感じ取れなかった。あれは……あれは、別れの場面だった。

「けれど、兄上さまと滝代さんは結ばれなかったのですね」

苛立ったからではなく、せつなさが募《つの》って胸が苦しくて、おいちは言葉を吐き出していた。

「別れなければならなかった。それは、お二人の本意では決してなかったのに……」

小十郎がゆっくりと首を前に倒す。重石《おもし》を背負っているかのように、背が丸まった。哀《あわ》れに思えて、おいちは目を伏せてしまった。

「滝代どのが……殿のお側《そば》にあがることになったのだ」

「見初《みそ》められたというわけでやすか」

仙五朗が目を細めた。

「見初められた……というより、そのように仕向けられたのだ」

「え？」

おいちは顔を上げ、小十郎を見詰《みつ》めた。

仕向けられた？

「滝代どのの美貌《びぼう》に、御蔵奉行《ぶぎょう》さまが目を付けられたのだ。養女にして、城の奥にあげたいと仰《おお》せられた」

「まあ、そのお奉行さまとやらは、滝代さんに許嫁がいるとご存じなかったのですか」

「存じておられたやもしれぬが……。滝代さんの生家も、共に三十五石《こく》取りの軽輩《けいはい》。気にもされなかっただろう。杉野の家も滝代どのの生家も、共に三十五石取りの軽輩。上司であるお奉行の意向に逆《さか》らえるわけがない。事と次第に依《よ》っては、切腹ものだ」

「そんな。そんな理不尽な話がありますか。いくら上司とはいえ、許嫁のいる者を無理に城にあげるなんて、無茶苦茶《むちゃくちゃ》です」

　小十郎が瞬《まばた》きする。

「無茶苦茶、ですか」

「無茶苦茶も無茶苦茶、道理も人情もあったもんじゃないわ。そんな無茶を通してしまったんですか。逆らうことができないなら、逃げればよかったのに。お二人で逃げて、誰も知らないところで夫婦になればよかったじゃありませんか」

「おいちさん、おいちさん」

　仙五朗が腕を伸ばし、おいちの袖《そで》を引いた。

「杉野さまを詰《なじ》ったって、しょうがねえでしょう。落ち着いておくんなさい。お侍が逃げるってのは出奔《しゅっぽん》ってこってすぜ。追手《おって》がかけられ、捕《つか》まればお手打ちになる。本人だけならまだしも一族郎党《ろうとう》……とまではいかなくても、親兄弟には咎《とが》めがある。少なくとも、ご当主であるお父上は腹を切らなきゃならねえでしょう。そこまでわかってて、倅《せがれ》や娘が逃げたりできやすか。おいちさんだって、松庵先生の命と引き換えにしてもなんて、考えねえはずです」

父の命と引き換えに、想いを全《まっと》うさせる。

確かに考えないだろう。父だけでなく、誰の命であっても考えない。この世のどんなものよりも人の命は尊《とうと》い。それを心に銘《めい》じて生きている。

小十郎が視線を手元に落とした。

「ごめんなさい。お話の腰を折ってしまって」

「いや、なんだか眩《まぶ》しいような心持《こころも》ちになり申した。こうも真《ま》っ直《す》ぐに憤《いきどお》られるとは……。今思えば、それがしたちは憤る前に、諦《あきら》めてしまったのでござるな。しかし、これから先の方がもっと無茶苦茶かもしれぬのです。おいちどの」

おいちと仙五朗は顔を見合わせた。

「先をお聞きしやしょう」

仙五朗が静かな口調で促《うなが》す。

小十郎がこくりと頭を前に倒した。幼い童《わらべ》のような仕草《しぐさ》だ。

「最初は一年の間と期限を切って、女中奉公《じょちゅうぼうこう》にあがる話だったとか。滝代どのにすれば、渋々《しぶしぶ》ながらも受け入れざるを得なかった。そのときにすでに覚悟を決めていたのかどうか……、それがしにはわからぬ。ただ、家の中の様子は一変した。それまで、貧しいながら笑いの絶えぬところであったのに、兄は無口になり自室に閉じこもることが多くなったのだ。そして、その一年を待たずして……滝代どのに殿のお手が付いた。つまり、側室となられたのだ」

「まあ……」

「これで、兄との縁は完全に断たれた。殿のご側室となれば、我々にはもう尊顔を拝《はい》することさえ叶《かな》わぬ」

おいちは束《つか》の間《ま》、目を閉《と》じた。

あの河原《かわら》の光景は、城にあがる前日のものだったのだろうか。人目を忍《しの》び、命《いのち》懸《が》けでの逢瀬だったのだろうか。運命《さだめ》を受け入れるしかない無念と諦めが伝わってくる。

「兄上さまは、さぞやお辛《つら》かったでしょうね」

言っても詮無《せんな》いことを、言ってしまった。今日は舌《した》が空回《からまわ》りするようだ。いてもたってもいられない心地がして、頭より先に口が動いてしまう。

「辛かったはずです。兄は心底《しんそこ》から滝代どのを想っておりましたから。ただ、兄も武士。怨《うら》みも辛さも愚痴《ぐち》も、一言も口にはしなかった。滝代どののことも一切、触《ふ》れようとはしなかった。しかし、決して想いが薄れたわけではなく、まして、消え去ったわけがなかったのだ。元服《げんぷく》して間もなく、それがしは兄からゆくゆくは杉野の家を継ぐ覚悟をしておけと申し渡された。既に父は亡《な》く、兄が家督《かとく》を継いでおったのだ」

「兄上さまはご隠居《いんきょ》なさるおつもりだったのですか。でも、そんなお歳《とし》ではございませんよね」

「さよう。兄はまだ十分に若《わこ》うござった。しかし、どれほど母が説《と》いても、諭《さと》しても、頑《がん》として妻《めと》を娶ろうとはせず、ついに終生、独《ひと》り身《み》のままだった。兄にとって、妻と呼べるのは滝代どのお一人だけだったのだろう」

小十郎の兄は、一人の女への想いを貫《つらぬ》き通したのか。

胸が熱くなる。

仙五朗が身動《みじろ》ぎした。

「その言い方ですと、兄上さまってのは既に彼岸《ひがん》に渡られたようでござんすね」

「うむ……兄は亡くなった」

「不躾《ぶしつけ》を承知でお聞きしやす。ご勘弁《かんべん》、願いやすよ。兄上さまは、病《やまい》で亡くなられたんで？」

小十郎がかぶりを振った。日に焼けた若い面《おもて》に苦渋《くじゅう》の影が走った。おいちには
そう見えた。

「では、ご自害でござんすか」

自害。

おいちは思わず両手を握り締めた。

「いや、違う。兄は追手と斬《き》り結んで命を落とした」

「追手というのは？」

「滝代どのに追手がかけられたのだ。兄は一命を賭して、その前に立ち塞《ふさ》がり、滝代どのを逃がそうとした」

小十郎が唾を呑み込む。

「順を追って話そう。滝代どのはお部屋さまとなり、お滝の方と呼ばれるようになった。殿のご寵愛もひとしおであったそうだ。風の便《たよ》りに滝代どのの様子を伝え聞く度《たび》に、兄が何を想うていたのか、それがしには窺《うかが》い知れぬものだった。そのまま、年月が過ぎて……お部屋さまとなって五年目に滝代どのが懐妊《かいにん》なされたのだ。その城の奥には、他のご側室もおられ、特にご長子の母君である、かりにお佐江《さえ》の方としておくが、そのお方さまの権勢は並々ならぬものがあったとか。いくら殿のご寵
「いや……」

愛を受けているとはいえ、いや、受けているからこそ滝代どのへの風当たりも強く、これも噂《うわさ》に聞いたに過ぎぬが、滝代どのは一時《いっとき》、気鬱《きうつ》の病となり奥をさがっていたとか。その後のご懐妊。吉事《きちじ》ではあるが、吉事であると手放しに喜べぬ事態でもあった」

「なるほど、殿さまご寵愛の側室が男子《おのこ》を産めば、その子がお世継《よつ》ぎとなる見込みもあるってわけでやすね。そりゃあ、お家騒動の因《もと》に十分なりまさあね。ふーむ、二年ほど前にあっしの縄張《シマ》りで、材木屋の女房が、出刃《でば》を手に妾《めかけ》の家に押し入って妾とその子に斬りかかったって事件がありやしたがねえ。まあ、一緒にするのも憚られやすが」

同じようなものでしょう。仙五朗のあえて続けなかった言葉が染《し》みてくる。

同じようなものだ。

人の心のあり様《よう》に町方《まちかた》も武家もない。

おきくの顔が浮かんだ。

想った相手と添い遂《と》げられず、亭主と他の女の間にできた子を引き取り、我が子として育てた女、自分は鬼女《きじょ》だと言い放った女の顔だ。その罪に呻いてきた女、しかし、今は赤子を抱《だ》いて、柔《やわ》らかく笑うことのできる女だ。

そう、人の憎しみに、慈《いつく》しみに、嫉妬《しっと》に、情愛に身分も立場もない。心の奥底でときにうねり、ときに渦巻《うずま》き、ときに凝《こ》り固まる。

「一緒にはならぬ」

小十郎がはたと仙五朗を見据えた。

「ご後嗣《こうし》についてはお家の大事、町人のいざこざとは違う」

「これはとんだご無礼を。で、杉野さま、さっき、滝代さんに追手がかけられたと言われましたが、それは、むろん、お家の大事、ご後嗣の件と関わりがありやすね」

仙五朗の口調が微かだが鋭くなった。肝心要《かんじんかなめ》の急所に、斬り込んでいく、その鋭さだ。

「さよう。ここからは些か話しづらくはなるし……、詳《くわ》しくは伝えられもせぬ。しかし、その、だから……つまり……」

小十郎の唇はもぞもぞ動くだけで、はっきりした言葉はでてこない。おいちは眉《まゆ》を顰《ひそ》めてみせる。それほど恐ろしい形相《ぎょうそう》になったとは思わなかったが、小十郎は身を縮《ちぢ》めた。

「……殿が急な病でご逝去《せいきょ》あそばした。ご逝去の直前に、滝代どの、いや、お滝の方さまのお腹《なか》の子が男子ならば、その子を後嗣として育てよと言い遺《のこ》されたそうだ」

「まあ。それでは、長子の若さまは廃嫡《はいちゃく》となるのですか」

「うむ……生まれてくるお子が男子の場合に限りだが」

「それは、まあなんとも人騒がせなお殿さまですねえ」

口が滑《すべ》ってしまった。武士の前でその主君を貶《けな》した。

しまったと身構えたが、小十郎は低く唸《うな》っただけだった。

「ただ、この話、殿のお側近くに侍《はべ》っていた側用人《そばようにん》さまからの伝《でん》であり、到底信じ難いという声もあがったのだ。声をあげたのは家老《かろう》の、これもかりに本田《ほんだ》さまとしておくが、本田さまは、お佐江の方さまの叔父《おじ》にあたり……」

「ほう。そりゃまたねえ」

仙五朗が息を吐き出した。

「じゃあ、その若さまが次の当主となりゃあ、政《まつりごと》の席で本田家老とやらの力が弥《いや》増すのは明らかでやすねえ」

「まさに」

「それを快《こころよ》く思わない者もたくさんいたんでやしょうね」

「それは……そうだ」

「側用人さまとやらも、でやすか」

「うむ……」

「杉野さま、もしかして、滝代さんを殿さまに差し出した奉行ってのは、側用人派なんでやすか」

「……そうだ」

「なるほど。女二人の後ろには、重臣たちの引っ張り合いがあったってわけでやすね。それなら、家老派が黙っているわけがねえな。お家を二分する大騒動だ」

「大騒動になるとまずいのだ。ご公儀《こうぎ》に目を付けられればお取り潰しの憂き目《うめ》に遭《あ》うかもしれぬ。なんとしても穏便《おんびん》に事を収《おさ》めねばならなかったが、側用人さまもご家老も一歩も引かぬままだった」

「ちょっ、ちょっと待ってください」

おいちは腰を浮かし、手を振った。

「そのときはまだ、滝代さんのお腹の子が男子と決まったわけじゃないでしょ。お世継ぎ云々《うんぬん》は生まれてからでもよかったんじゃないですか。お姫さまってこともあるんですもの」

「いや、それは違う」

小十郎が息を吐き出した。眼差しが暗くなる。

「子などどうにでもなる」

「は？」

「むろん、お滝の方さまが若さまを産めば、何よりではあるが、万が一姫であっても……若さまにすればいいのだ。男子が生まれるかどうかではなく、生まれたことにすればよい」

「予《あらかじ》め、男の赤ん坊を用意しておくと」

おいちの問いに、小十郎ははっきりと答えなかった。

「肝心なのは、殿のご寵愛を受けたお部屋さまが懐妊したこと。それは側用人さまにとって何よりの手札《てふだ》になる。ご家老も立場が違えば同じことを企《くわだ》てたであろう。だからこそ、何があっても若ぎみに次期当主になっていただかねばならなかったのだ」

「まあ、なんてことを……」

開いた口が塞《ふさ》がらない。

武士の忠義が聞いて呆《あき》れる。ただの権力争いではないか。

その道具に使われた女が、赤子が哀れだ。

女は命懸けで子を産む。

赤子は必死で母を求め、この世を生き抜こうとする。

それを政争の具にする男たちの身勝手さは、どうだろうか。虫唾《むしず》が走る。嫌悪《けんお》に心身が冷えていく。吐き気さえ覚える。

「けど、滝代さんは江戸まで逃げてきた。自分もお腹の子の命も危ないからでやすね。それはつまり、側用人派が敗れたんで」

「うむ」

重い口を無理やり開けるからなのか、小十郎の唇が震《ふる》えた。

「側用人さまは馬を駆《か》るのを愉《たの》しみとしていたのだが、ある日、騎乗《きじょう》していた馬が暴《あば》れ出し、側用人さまを振り落としたのだ。しかも、蹄《ひづめ》で踏《ふ》みしだいて。側用人さまは生きてはおられるが、眠ったままで、いつ心《しん》の臓《ぞう》が止まってもおかしくないそうだ」

「まあ、それはもしかして……暗殺……」

「わからぬ。ただ単に馬が暴れただけなのか、誰かがそのように細工《さいく》したのか、真《しん》相《そう》はわからぬままだ。わかっているのは、これでご家老の天下になったということだけだ。ご家老は、政《まつりごと》から側用人さまの一派の一掃《いっそう》を始めた。目障《めざわ》りなのは、お滝の方さまとお腹の子だ。男子であれば、また、厄介《やっかい》の種になりかねない。そこにお佐江の方さまの意向が働いたかどうかは定かでないが、お滝の方さまを赤子ともども始末せよとの密命が下ったのは間違いあるまい」

「滝代さんはそれを察して逃げ出したわけでやすね」

「うむ。密《ひそ》かに危急《ききゅう》を告げた者がいたようだ」

「滝代さん、身重《みおも》の身体で逃げ延びねばならなかったのですね。でも、追手がすぐに放たれて……」

おいちは唇を噛《か》み締める。

滝代は生きたかったのだ。

子を産みたかった。なんとしても産みたかった。

産んだ子と共に静かに暮らしたかった。兄のところにも報《しら》せが届いた。兄はお滝の方さまを守るため、家を飛び出していったのだ。それがしに『後は頼む』と言い遺して。そして、国境《くにざかい》の峠《とうげ》近くで追手と渡り合い、お滝の方さまが逃げる刻《とき》をかせいだ。しかし、兄もまた深傷《ふかで》を負って……その場で……」

「側用人さまの一派の者から、兄のところにも報せが届いた」という部分は別として——

小十郎が俯《うつむ》く。その拍子《ひょうし》に涙が一粒滴《したた》り落ち、手の甲を濡《ぬ》らした。

おいちはまだ、唇を嚙み締めていた。仙五朗は眉間《みけん》に皺《しわ》を寄せ、黙り込んでいる。

滝代さん。

おいちは目を閉じた。

あなたはそんな壮絶《そうぜつ》な、そんな悲しい来《こ》し方《かた》を抱《かか》えていたのですか。十助ちゃんは、殿さまのお子なのですね。杉野さまの兄上はそれでも、あなたと十助ちゃんを守ろうとしたのですね。

——違います。

耳の底で掠《かす》れた声が響いた。

——違うのです、おいちさん。まるで、違うの。

違う？

――わたしは、貫いたんです。悲しくも哀れでもありません。おいちさん、違うの。わたしは想いを遂げたのです。

微かな笑い声。

「違うって、何が違うの。滝代さん」

声が遠ざかる。

おいちは瞼を上げた。仙五朗の視線が絡《から》む。

「おいちさん、違うって言いやしたか」

「え……あ、いえ……」

「おいちどの、仙五朗どの。頼む」

小十郎が平伏《へいふく》する。

「赤ん坊の居場所を教えてくれ。それがしは兄に代わって、守らねばならぬのだ。兄の遺志《いし》を継がねばならんのだ」

双眸《そうぼう》がぎらついた。

涙のせいなのか、内にこもる情動のせいなのか。

仙五朗が気息《きそく》を整え、立ち上がった。

やがて、朝が

眠れない一夜が明けた。

夜中に何度も目が覚《さ》めた。ほんの束《つか》の間《ま》、浅い眠りに落ちても、すぐに目覚めてしまう。夢を見る暇《ひま》さえなかった。

もしかしたらと思っていた。

もしかしたら滝代《たきよ》の夢を見るかも、夢の中で滝代が何かを語ってくれるかもと思っていた。

しかし、滝代どころか夢の片鱗《へんりん》も現れなかった。

うとうとし、ふっと目が覚める。そうすると、目も耳も妙《みょう》にさえざえとしてしまうのだ。

自分を包む闇《やみ》の深さが、父の寝息が気になってしかたなくなる。

おいちは寝返りをうち、目を閉じる。そして目を開け、また寝返りをうった。

――違います。違うのです、おいちさん。まるで、違うの。

滝代のあの一言《ひとこと》、あの言葉は何を伝えようとしていたのだろうか。滝代を哀《あわ》れとも悲しいとも感じた、おいちの心が間違っているのか、小十郎《こじゅうろう》の話が違っているのか、滝代の貫《つらぬ》いた想《おも》いとはどんなものだったのか。考えても考えても摑《つか》めない。

障子《しょうじ》の外が白々《しらじら》と明らんでくる前に、おいちは起き上がった。

眠れないのならしかたない。起きてしまおう。

手早く身支度《みじたく》を整え、外に出る。

夜気《やき》が肌《はだ》を刺《さ》すようだ。

ただ寒く、冷たく、静かだった。江戸の夜は凍《い》てついている。

おいちは空を見上げた。

もう、漆黒《しっこく》ではない。微《かす》かだが黒が薄れ、濃い紫《むらさき》に変わり始めている。星の瞬《また》きが、寝不足の目に沁《し》みた。寒さは厳しくても、光は確かに春に近づいている。

視界の隅《すみ》を星が流れた。

流れ星は吉兆《きっちょう》だっただろうか、凶兆《きょうちょう》だっただろうか。人の逝《い》った証《あかし》とも人が生まれた標《しるし》とも聞いた覚えがある。

親分さん、大丈夫かな。

流れ星が尾を引いたあたりを見詰《みつ》めていると、ため息が零《こぼ》れた。

仙五朗《せんごろう》は、結局、小十郎に何も明かさないままだった。

「まことに申し訳ございやせん」

仙五朗は両手をつき、深く頭を下げた。

「杉野《すぎの》さまのお話はよくわかりやした。聞かせていただいて、ありがたいと思っておりやす。けど、聞かせていただいたからこそ、赤ん坊の預け先をお教えするわけにはいきやせん」

「なんと」

小十郎の顔色が変わった。

「何故《なにゆえ》に教えてくれぬのだ」

暫《しばら》くの間、若い武士の顔を凝視《ぎょうし》し、仙五朗は告げた。

「杉野さまたちに引き取られて、あの赤ん坊が幸せになれるとはどうしても思えねえからでやす」

「馬鹿《ばか》を申せ。上手《うま》く事が進めば、当主となれるやもしれぬのだぞ」

「上手くいかなかったら、どうしやす」

「うっ……」

小十郎が低く唸《うな》った。

「せっかく滝代さんが、おいちさんが守り通した命がみすみす奪われちまう。その見込みだって、ずい分とありやすよね」

「武門、ましてや殿の血を引く男子《おのこ》だ。命を惜《お》しむことは許されまい」

「それがお武家の道理でやすか。けどね、杉野さま。子どもは生まれどころを選べやせんからね。己《おのれ》で己の身を守れない赤子《あかご》にまで大人《おとな》の道理を押し付けるのは、ちっと筋違《すじちが》いじゃござんせんか」

そこで、仙五朗はゆっくりと頭を下げた。

「あっしのような半端者《はんぱもの》が、出過ぎた物言《ものい》いをしやした。ご容赦《ようしや》くだせえ」

顔を上げた仙五朗と小十郎の視線が、ぶつかった。

「あっしら町方《まちかた》がお武家の道理を解《かい》するのは、端《はな》から無理な相談ってやつかもしれやせん。ですから、あっしらはあっしらの道理で動こうと思いやす。で、その道理からすると、お大名の子としてお世継《よつ》ぎ争いに巻き込まれ、命を危《あや》うくするより、商人《あきんど》の倅《せがれ》として生きる方が、おもしろみも幸せもあるように思えるんでやすよ」

おいちは身を乗り出した。

「あたしも、親分さんと同じです。杉野さまのお話はよくわかりました。だからこそ、兄上さまが命を賭《と》してお守りになったものをみすみす、争い事の只中《ただなか》に戻すわけにはいきません。ね、杉野さま、杉野さまはほんとうはどうお考えなのですか」

おいちの眼差《まなざ》しに、小十郎が顎《あご》を引いた。

「ほんとうとは？」

「ですから、ほんとうのお気持ちです。滝代さんの赤ん坊をどうしたいのですか。争い事の果てにご当主となるのが幸せなのか、商人として一生を全《まっと》うするのが幸せなのか、本気で考えてみてください」

「それは……」

小十郎が絶句する。気息《きそく》が僅《わず》かだが乱れた。

「杉野さまが、赤ん坊を家老派に対抗する手札《てふだ》とみなしているのなら、それは兄上さまのお心に背《そむ》くことにはなりませんか。兄上さまは、滝代さんもお腹《なか》の赤ん坊も共に生き延びることを望まれたのでしょう」

人は人として生まれてきたからには、生きねばならない。散ってかまわない命など一つもないのだ。どんな大義であっても理《ことわり》であっても、人に死《し》を強いるなら、それは間違っている。絶対に間違っている。

小十郎の兄は死んだ。滝代も亡《な》くなった。だからこそ、十助《とすけ》だけは生きねばならない。生きて、育って、子どもになり少年になり一人前の大人になる。生きる喜びもおもしろさも、苦しみも辛《つら》さも惨《みじ》めさも、存分に知って、なお生きるのだ。生ききるのだ。

二人が必死に守り通した命を政争の具になどさせるものか。

己《おのれ》がどれほどの力も持たない者だと、十分に承知している。刃《やいば》の前には、ほとんど無力だろう。

それでも抗《あらが》う。

決して負けはしない。

「杉野さま、どうかこのまま、滝代さんの赤ん坊をどうかこのままにしておいてやってください。静かで、穏《おだ》やかな暮らしを奪《うば》わないでください」

小十郎は唇《くちびる》を噛《か》み、黙《だま》り込んだ。若い横顔が強張《こわば》り、頬《ほお》は血《ち》の気《け》を失って青い。痛みに必死で耐《た》えているようにも、波立つ心を懸命《けんめい》に抑《おさ》えているようにも見える。

その後、ほとんど黙《もく》したまま菖蒲《しようぶ》長屋《ながや》を去っていった。

「わかってもらえたかしら」

肩を落とした後ろ姿を見送りながら、おいちは呟《つぶや》いてしまった。誰に尋《たず》ねたわけでもない。心の内の憂《うれ》いが唇の間から零れたのだ。

「どうでやすかね」

これも呟きで、仙五朗が答えた。

「お武家とあっしら町方とは、考えることも感じることもまるで違うのかもしれやせん。ただ、まあ、あの若え侍《わけさむらい》は悩んじゃあくれてやす。悩んでどっちに転《ころ》がるかはわかりやせんが」

「親分さん」

おいちは身を硬《かた》くした。

「悪い方に転がったらどうするんです。杉野さまがやはり力ずくでも、十助ちゃんの居場所を聞き出そうとしたら、厄介じゃすみませんよ。いえ、杉野さまより、家老派とやらの動きが心配です。ずっと厄介で恐ろしいじゃありませんか」

「あっしなら、心配いりやせん」

仙五朗は言い切った。

「修羅場《しゅらば》には慣れてやすからね。他の所ならいざしらず、お江戸の町中は庭みてえなもんです。本所深川界隈《ほんじょふかがわかいわい》となりゃあ鼠《ねずみ》の通り道でもわかってやすよ」

「でも、お侍に囲まれたりしたら……」

無数の白刃《はくじん》を突き付けられれば、いかな仙五朗でも危うい。それこそ命に関《かか》わってくる。

ははは、と仙五朗が笑った。

「おいちさん、そんな顔、しねえでくだせえ。あっしはほんとうに大丈夫《でえじょうぶ》でやすよ。ちゃんと手は打ってありやす」

「手を？」

「へえ。手下《てか》に、必ず少し離れて後ろからついてくるように言ってやす。なあに襲《おそ》う方だって平常心じゃねえ。どこかびくついているもんでさ。呼子《よぶこ》の一つも吹いてやりゃあ、腰が引けるんじゃねえんですかい」

そうだろうか。そんなに柔《やわ》な連中だろうか。

女の腹に刃《やいば》を突き立てるような、人より鬼《おに》に近い者たちが呼子の音ぐらいで怯《ひる》むだろうか。

「おいちさん、あっしは待ってるんでやすよ」

仙五朗の表情が引き締まる。

「前にも言いやしたが、囮《おとり》になってでも外道《げどう》連中を藪《やぶ》から引っ張り出したいんでやす。下手人《げしゅにん》としてお縄《なわ》にする……のは、町方のあっしじゃ無理かもしれやせんが、その面《つら》にこぶしをぶち込むぐれえはできる。それぐれえしかできやせんがね」

見えない敵に向かって、仙五朗がこぶしを握《にぎ》る。

「親分さん、杉野さまは、滝代さん殺しには関わっていないですよね。あれは、家老派がやったこと。そこは信じていいですよね」

信じたいと思う。あの若い武士の誠《まこと》を信じたい。けれど、仙五朗は首を捻《ひね》った。

「どうですかね。さっきの話をどこまで真《ま》に受けていいか、わかりやせん。話がほんとうだったとしても、滝代さんと好き合った男の弟かどうかを確かめる術《すべ》はありやせんから」

おいちも指を握り込んだ。

どこまでが真実なのか。

どこからが嘘《うそ》なのか。

全部、真実？　全部、嘘？

真実の中に混ざった嘘と、嘘の中に紛《まぎ》れている真実。

わけがわからない。

ため息が零れた。

夜気が胸の奥まで入り込んで、身体《からだ》を冷やす。

寒気《さむけ》がした。

十助ちゃん。

腕の中で穏やかに眠り続けていた赤ん坊の、温《ぬく》もりと重さを思い出す。不意に、泣きそうになった。

欲や見栄《みえ》や意地《いじ》に塗《まみ》れた大人たちに比べ、赤子のあの無心はどうだろうか。あの澄《す》み切った眸《ひとみ》、あの満ち足りた寝息はどうだろうか。今花弁《かべん》を開いたばかりの蓮《はす》の花のようだ。

ただ、ひたすらに美しい。

そういうものが、一時《いっとき》でも手の中にあった。抱《だ》き締《し》めていた。

母親になりたいな。

空を見ながら、思った。

夫婦《めおと》にならなくても、所帯《しょたい》をもたなくてもいい。

母親になりたい。

ずっと、本物の医者になりたかった。今も、それは変わらない。父松庵《しょうあん》の跡を継げるような医者になりたい。お金とも出世とも無縁でいいから、命を救う仕事を全うしたい。

そして……母親になりたい。

命を産み出し、育ててみたい。

おいちは頰に手をやった。

少しばかり熱い。

――おや、そうかい。母親になりたいのかい。そういうことならあたしにお任《まか》せ。まずは所帯をもつことが先決だからね。あたしが、いいお相手をすぐに見繕《みつくろ》ってあげるさ。

おうたの声がなぜだか聞こえてくる。星空の真ん中に、丸い笑顔が浮かぶ。

空耳《そらみみ》だとも幻《まぼろし》だともわかっているけれど、おいちは肩を窄《すぼ》めた。

ひっく。しゃっくりが出る。

やだ、伯母《おば》さん、めったやたらに浮かんでこないで。

はたはたと手を振る。

まだ明けきらない空の下、一人で何をしているのかと自分で自分が恥《は》ずかしくなった。

誰かに見られたら、どうするの。

胸の上で手を重ね、息を吐《は》き出す。

ちりっ。視線を感じた。

え、誰？

木戸《きど》のあたりに目を凝らしてみたけれど、闇が溜《た》まっているだけだった。明かりをつけている家などどこにもない。ただ、暗いだけだ。

気のせいだろうか。眠れなくて、あれこれ考え過ぎて疲れて、それでありもしない気配《けはい》を感じてしまったのか。

おいちはもう一度、視線を巡《めぐ》らせた。

どこかでかたんと音がした。障子戸《しょうじど》の開くがたがたという音が続く。そろそろ、早出の職人や商売人が起き始める刻《とき》なのだ。

夜が明けるのを待って、患者が駆《か》け込んでくるかもしれない。おいちの現《うつつ》は忙しく、物思いに耽《ふけ》る暇《ひま》も、感傷に浸《ひた》る間もない。患者が来る前に、朝餉《あさげ》の準備をして、松庵を起こし、診察場の掃除《そうじ》を済ませておかねばならない。

よしっ、働くぞ。仕事、仕事。

懐《ふところ》から細紐《ほそひも》を取り出すと袖《そで》を括《くく》った。それだけで、気分がしゃんとする。白い上《うわ》っ張《ぱ》りを身に着ければ、さらにしゃんとする。

おいちは足早に家の中に戻った。だから、木戸の陰で人影が動いたことを知らない。

その日は覚悟していたほど患者は多くなかった。冬の凍《い》てつきがまだ少し足踏《あしぶ》みしているせいだろう。体調を崩《くず》す人が少ないのだ。それでも頭痛を訴《うった》える老人が一人、熱の高い子どもが続けて三人診療に来た後、火傷《やけど》をした男や癪《しゃく》で苦しむ女が運び込まれてきた。

火傷は外科の治療を施《ほどこ》さねばならず、おいちの手に余った。こういうときが悔《くや》しい。本道（内科）でも外科でも、一人前になりたい。阿蘭陀《オランダ》の医学を学び、どんな怪我《けが》や病気にも対応できる腕を持ちたい。

助手をしながら松庵の手元を食い入るように見詰める。十助のことも、滝代のことも、杉野のことも、母親になる願望も、このときだけはどこかに飛んでしまう。

思ったより早く、患者が途切《とぎ》れたので、おいちは住居《すまい》の掃除を始めた。診療用に借りている一間《ひとま》は、毎日、ぴかぴかに磨《みが》き上げるのだが、住居の方はどうしてもなおざりになってしまう。

「いいじゃないか。病人や年寄りには埃《ほこり》は大敵だが、おれたちはまだ大丈夫だ。埃で死にはせん」

「おれたちって、父さんと一緒にしないでよ。あたしの方がずっと若いんだから」

「当たり前だ。父親より歳《とし》をとっている娘なんかいるもんか。そんなにばたばた働かなくても、ちょっと一服しろと言ってるんだ。どうした？　いつにもまして働き者になってるじゃないか」

松庵が首を傾《かし》げる。

おいちは横を向いた。

診療が一段落すると、どこかに飛んでいた憂《うれ》いが戻ってきた。不安に心配に、胸が痛い。

十助ちゃんは元気だろうか。親分さんは無事だろうか。杉野さまは今、何を考えているだろうか。

あれこれ、浮かんでは消え、消えては浮かぶ。それが嫌《いや》で、ともかく身体を動かすことにした。洗濯でも掃除でもいい。身体を動かして、周《まわ》りが綺麗《きれい》になる。それが心地《ここち》よい。

まずは埃を掃《は》き出す。畳《たたみ》を拭《ふ》く。上《あ》がり框《かまち》も拭く。それだけで、ずい分とこざっぱりする。

「やだな。かなり汚《よご》れてたんだ」

早くに亡くなった母、お里《さと》は綺麗好きで、掃除上手《じょうず》だったと聞いている。血の繫《つな》がりはないけれど、おいちにとってたった一人の母だ。見習いたい。母のように掃除上手で、優《やさ》しくて、慈悲《じひ》深い者になりたい。なれるように努める。父のような医者に、母のような人になるのだ。いつの日にか。

あ……。

家具を拭くためのぼろ布を握り締めていた。

母は血の繫がらないおいちを娘として育ててくれた。あまりにも早く逝ってしまったけれど、幼い娘の心にしっかりと母の姿を残してくれた。

あたしには無理だろうか。

母のようになれないだろうか。いや、母だけじゃない。『吾妻屋《あづまや》』のお稲《いね》だって、十助を我が子としてくれた。

そんな風に、あたしも……。

想いが募《つの》る。十助の温もりと重さがまた、よみがえってくる。

そのとき、外が俄《にわか》に騒《さわ》がしくなった。

「先生、おいちさん」

え、新吉《しんきち》さん？

新吉の声だ。そうとう慌《あわ》てている。

おいちはぼろ布を握り締めたまま、路地に飛び出した。隣りの診察所に駆け込む。

「どうしたの」

やはり、新吉だった。弁慶縞《べんけいじま》の小袖《こそで》を着ている。

振り返った新吉の胸元に目をやり、おいちは小さく叫《さけ》んでいた。

「新吉さん、それって血じゃない」

多くはないが血の染《し》みが散っている。素人目《しろうとめ》には黒い汚れとしか見えないだろうが、おいちは仕事柄、人の血は見慣れている。

誰かが怪我を負ったのだ。

新吉ではない。新吉の傍《そば》にいた誰かが血を流した。

「先生、おいちさん。親分さんが……すぐに来てもらえ……ますか」

走り通してきたのか、新吉が喘《あえ》ぎながら、告げる。

おいちは、今度ははっきりと悲鳴をあげた。

親分さんが！

まさか、まさか。

「よし、行くぞ」

薬籠《やくろう》を提《さ》げ、松庵が土間《どま》に下りる。

「場所はどこだ」

「深川元町《もとまち》の……『白浜《しらはま》』って料理屋で」

気息を整え、新吉は松庵から薬籠を受け取った。

「案内します。先生、お願いします」

「待って、あたしも行く」

「おまえは残れ。午後からも患者が来る」

「そんな、父さん」

「おまえにはまだ、外科は無理だ」

ぴしりと言われた。前に出そうとした足が止まる。

「おれが行く。おまえは、患者を頼む」

「……はい」

頷《うなず》くしかなかった。

涙が滲《にじ》む。

遠ざかる二つの足音を聞きながら、おいちは板の間に座り込んだ。

親分さん……。

涙が頰を転がる。持っていた布で拭き取る。掃除用の雑巾《ぞうきん》だがかまうものか。泣くことしかできない自分が情けない。

「あの……すみません」

開け放したままの障子戸から、小さな丸顔が覗《のぞ》いた。
十二、三歳の少女だ。馴染《なじ》みの顔だった。
「あら、お美乃《みの》ちゃん」

「あの、おとっつぁんのお薬を……」

「あ、はい。猪次《いのじ》さんのお薬ね。用意してあるよ」

立ち上がり、昨夜調合した薬を渡す。六間堀町《ろっけんぼりちょう》の吉蔵店《よしぞうだな》に住む猪次は胃弱で、冷えが強くなるこの時季、必ず腹をこわして寝込むのだ。薬を続けると、たいてい三日ほどで治《なお》るのだが、今回は長引いている。一度、じっくり診察した方がいいだろうか。

「ありがとう。あの……おいち先生」

お美乃が見上げてくる。

「薬礼《やくれい》のことなら気にしなくていいよ。おとっつぁんが働けるようになったら、ちょっとずつ返してくれればいいからって、おっかさんに伝えて」

「はい」

お美乃の顔が明るくなる。深く一礼をして出ていきかけたが、戸口で振り向き、おいちを見やった。

「おいち先生、泣いてた？」

「あっ……う、うん。ちょっとね……」

「泣かないで」

「え？」

「おいち先生はいつも笑ってくれるから、安心できるの。おいち先生の笑ってる顔を見たら、あたし、元気になれる。大丈夫だと思えるんだ。おとっつぁんの病《やまい》もすぐに治るって思える」

「だから笑ってて」の一言を残して、お美乃は去っていった。

笑ってて、おいち先生。

「先生、先生」

お美乃と入れ違いに、老婆を背負った男がやってきた。

「おっかあが急に倒れたんで。診《み》てやってくだせえ」

「わかりました。そこに寝かせて。何か吐《は》いた？」

「へえ。昼食ったものを全部」

「顔を横にして」

呼吸を確かめる。喉《のど》を詰まらせている様子はない。

「お名前は」

「銀次《ぎんじ》でやす」

「あなたじゃないわ。おっかさんの方よ」

「おたいと言いやす」

「おたいさんね。おたいさん、聞こえますか。あたしの声が聞こえますか。聞こえたら、頷いてください」

おたいが微かに首を振る。

よし、大丈夫だ。

脈もしっかりしている。

おいちは上っ張りに手を通した。

涙はもう、すっかり乾いている。

食べたものを全《すべ》て吐いたのがよかったのか、おたいは間《ま》もなく目を開け、自分の足でなんとか歩けるまでに回復した。痺《しび》れも痛みも訴えない。

「あたしは昔から食い意地が張ってましてねえ。母親からは、畳《たたみ》の縁《へり》まで食っちまうんじゃないかって、よくからかわれてたもんです。先生、やっぱり食べ過ぎでしょうかねえ」

「お腹は痛まないですね」

「ええ、ええ、ちっとも」

「そう……、おたいさん、少し胃の腑《ふ》が荒れているのかもしれませんよ。お薬を三日分出しておきますから、それがなくなったら、もう一度診察に来てくださいな」

「でも、先生、お薬代も馬鹿にならないし」

「そんなこたぁ、気に病《や》まなくていいさ」

銀次が口を挟《はさ》む。

「おれだって、一人前に働いてんだ。おっかあの薬礼ぐらい、どうにでもなるさ。ぐだぐだつまんねえこと考えないで、先生の言うことをききな」

おたいが口元を緩《ゆる》め、おいちを見上げる。

「うちの倅は口は悪いけど、優しいんですよ。死んだ亭主にそっくりの気性《きしょう》でしてねえ」

「ええ。それに頼りになるわ。いい息子さんで幸せですね。おたいさん」

おたいが歯の欠けた口を開けて、笑う。

「じゃあ、銀次さん。薬の飲み方をお教えしますから、こちらへ」

おいちは銀次に目配《めくば》せすると、隣の部屋の障子《しょうじ》を開けた。


三畳一間の部屋は、かつてはおいちと松庵の寝所《しんじょ》であり、治療の後、動かせない患者を寝かせておく場所でもあった。寝所を譲りわたしたら、おいちと松庵は板の間の隅《すみ》で寝《やす》むしかない。見るに見かねて、おうたが、「おいちだけは、『香西屋《こうさいや》』で寝ませますよ。かわいそうに、娘がろくな夜具《やぐ》もないところで眠るなんて。ええ、おいちだけは連れて帰ります」と、「おいちだけ」のところをやけに強調しながらも、申し出てくれたことがある。

「あら、伯母さん、ありがたいけど、いいわよ」

「なんでだよ。おとっつぁんに遠慮《とま》してるんだったら、そんなもの無用だよ。松庵さんは筵《むしろ》一枚あれば厩《うまや》だろうが土間だろうが、どこでだって寝られるんだからさ」

「義姉《ねえ》さんといるのは、針の筵に座っているみたいなもんですからねえ。それに比べれば厩も土間も極楽《ごくらく》ですな。ははは」

義弟《おとうと》の冗談《じょうだん》をおうたは鼻の先で受け流す。

「遠慮なんかしてないよ。患者さんがいるのに、ここを空《あ》けるわけにはいかないって、それだけ」

「けどねえ、人間ってのは、ぐっすり寝なきゃ身体《からだ》がもたないようにできてんだよ。おまえが病になっちまったら元も子もないじゃないか」

おうたは本気で案じ、顔を曇《くも》らせた。

「そういやあ、このところ疲れが抜けきらない気がするなあ。やはり、寝不足が因《もと》ですかね、義姉さん」

「知りませんよ。松庵さんなら天井《てんじょう》からぶら下がったままでも、ぐっすり寝られるんじゃないのかしらね」

「まったく、よくそこまで悪《あ》しざまに言えますね」

「言われたくなかったら、娘の寝所ぐらい、ちゃんとしなさいよ。それが親の甲斐《かい》性《しょう》ってもんですよ」

義姉《あね》とのやりとりが応《こた》えたわけではないだろうが、松庵は数日後、隣の一間を借り受けた。長屋の一番端《はし》、日当たりの悪い四畳半の一間だったが、おいちは心底から嬉《うれ》しかった。ここを暮らしに使えれば、患者に気兼《きが》ねなく横になれる。松庵と交代で、患者の様子を見守りながらも、寝めるのだ。

松庵の腕が評判になり、薬礼をきちんと支払ってくれる患者が増え、暮らしはちょっぴりだが楽になった。新たに部屋を借りられたのは、その証《あかし》のようでもあり、やはり嬉しい。

――この程度で、父親の甲斐性を見せたなんて威張《いば》るんじゃありませんよ。ほんとなら、こんな裏店《うらだな》じゃなくて表にどーんと看板の一枚でもあげてもらいたいんですからね。おいち、おまえもでれでれ喜ぶんじゃないの。

と、おうたから、しっかり釘《くぎ》を刺されはしたが。

患者用の一間に銀次を請《しょう》じ入れ、おいちは薬を手渡した。

「吐き気止めと胃の腑の痛みを抑えるお薬です。これを、朝と夕、食事の後に、湯に溶いて飲ませてあげてください。別々にですよ。一緒に混ぜたりしちゃあ駄目ですからね」

「ありがとうございやす」

「どちらも、少し苦味《にがみ》があります。でも、飲み残さないように、一包《いっぽう》分、きっちり飲むようにお願いしますね」

「へえ。わかりやした」

「それと薬礼は今度でいいです。銀次さんのお給金が入ったときに、支払いに来てください。それがうちのやり方ですから」

「ありがてえ。助かりやす」

「あら、でも、お給金を貰《もら》ったらちゃんと支払ってくださいよ。あたし、こう見えても取り立ては厳しいですからね」

「も、もちろんです。月末には必ず」

「気になるんですよ」

銀次がひょいと顔を上げる。眉間《みけん》に皺《しわ》が寄っていた。

「支払いなら、ご心配はおかけしやせん。あっしも屋根葺《ふ》き職人として一人前に働いておりやす」

「お金じゃなくて、おたいさんの身体です」

「おっかあの？　薬を飲んで寝てたら治るんじゃねえんですか」

「……触《さわ》ってみた感じだけれど、ここが」

おいちは自分の腹をそっと押さえた。

「硬《かた》くなっているところ……小さなしこりがあるみたいで、指先に触れるんです。一度、父の診察を受けに来てくださいな。できるだけ早くね」

銀次が唾《つば》を呑《の》み込む。頬から血《ち》の気《け》が引いている。

「先生、それって……おっかあの病が、ただの食い過ぎじゃねえってこってすか」

「わかりません」

首を横に振る。

情けないけれど、わからない。こうだと言い切ることが、できなかった。

「あたしには診立《みた》てができません。だからこそ、父の、藍野《あいの》松庵の診察を受けてください な」

銀次は暫《しばら》く黙り込み、ふうっと息を吐いた。

「わかりやした。明日にでも、出直してまいりやす」

「お願いします」

頭を下げる。銀次がもう一度、息を吐いた。

「強《つえ》え女なんですよ、おっかあは。おれが五つのとき、父親《てておや》が死んじまって……。それから、ずっと女手《おんなで》一つで、おれを育ててくれたんです。でも、おっかあが愚痴《ぐち》や泣き言《ごと》を言うのを聞いたことは一度もなかった。強えでしょ」

「ええ」

「おれ、年明けには祝言《しゅうげん》あげて、所帯《しょてえ》をもつんでやす。祝言たって、縁のある人を呼んで祝ってもらうって程度のもんでやすがね。その女の腹には赤ん坊が、おれの子がいるんで」

「まあ、それは二重のおめでたなんですね」

「へえ。おっかあ、そりゃあ喜んで。孫の顔が早く見たい、見たいって喜んで」

銀次が洟《はな》をすすりあげる。

「ですから、先生、お願《ねげ》えします。おっかあを守ってやってくだせえ。おれ、おっかあに孫を抱いてもらいてえんで」

「銀次さん、まだ何もはっきりしていません。そういう話は、松庵の診立てを聞いてからにしましょう」

あえて突き放すような言い方をする。

指先にしこりが触《ふ》れた。

今はそれだけしか言えない。おいちの誤診かもしれないし、さほど気にしなくていいものかもしれない。あるいは、命取りの病の兆《きざ》しであるかもしれない。どちらにしても、今ここで泣いたり騒いだり、落ち込んだりする場合ではない。

「いいですね、まだ何もわからないんです。無用に狼狽《うろた》えないでください。ね、銀次さん」

「へえ」

「あたしたちが付いていますからね。それを忘れないで」

「……へい。ありがとうございやす」

銀次は深々と頭を下げて部屋を出ていった。おいちも、後に続く。

うん？

物音が聞こえた……気がする。

薄い壁《かべ》一枚隔《へだ》てた向こう側、おいちたちの寝所だ。むろん、誰もいないはずだ。

耳を澄《す》ませてみる。

何も聞こえない。

気のせい？

気になるなら確かめに行けばいい。けれど、できなかった。銀次たちと入れ違いに、ひきつけを起こした男の子が運び込まれ、その後も患者が次々と訪れたのだ。松庵の不在もあって、昼前の暇《ひま》な一時《ひととき》が幻だったかのようだ。忙しい。やっと患者が途切れ、一息吐《つ》けた。とたん、仙五朗《せんごろう》のことが重く心に圧《の》し掛かってくる。おたいと銀次の顔も、過《よぎ》る。思い煩《わずら》うあれこれが、一時《いちじ》に被《かぶ》さってきた。昨夜《ゆうべ》、ろくに眠っていないことも重なって、軽い目眩《めまい》を覚えた。

目を閉じて、しゃがみ込む。

──違います。違うのです。

耳の奥で滝代の声がこだました。

何が違っているのだろう。あたしは、どこかで思い違いをした？

目を開け、かぶりを振る。

外はもう薄闇《うすやみ》に包まれ始めていた。

灯《ひ》を入れなくちゃ……。

行灯《あんどん》に明かりを点《とも》したとたん、泣きそうになった。心細くて、怖《こわ》くて、疲れ果てて、涙ぐむ。自分をちっぽけで、なんの役にもたたない者のように感じてしまう。

「親分さん……」

お願い、無事でいて。無事でいてください。

カタン。カタカタ。

腰高《こしだか》障子が音をたてて開く。

「まったく、どうしてこんなに立て付けが悪いんだよ。障子まで主《あるじ》に似て、性根《しょうね》が曲がってんのかねえ」

おうたが文句を言いながら、入ってくる。おいちは我知らず、息を吐いていた。

「なんだ、伯母さんか」

「なんだ、とはご挨拶《あいさつ》だね。せっかく、上等の落雁《らくがん》を持ってきてやったのにさ。下《くだ》り物《もの》でさ、長屋暮らしじゃめったに口に入らない……。あれ？　おまえ一人かい？　松庵さんはどうしたのさ」

「往診だけど……」

おうたがすっと目を細める。

「なんだか、わけありの顔だね。ただの往診じゃないってことかい」

　返答に詰まる。こういうときのおうたは、やたら勘《かん》が鋭《するど》くなる。もともと、頭も舌《した》もよく回る性質《たち》だが、さらに速さを増すのだ。

「まあ、そう言えば言えるかもしれないけど、往診は往診だから、ただの往診ってことも言えなくはないかもしれないし」

「なに、ぐちゃぐちゃ言ってんのさ。え？　どうしたんだい。何事か起こったのかい？　松庵さん、どこに行ってんだよ」

「うーん、むにゃむにゃ」

「は？　もう、じれったいね。はっきりお言い」

「……あんまり言いたくないんだけど」

「はーん」

おうたがもう一度、目を細めた。見ようによっては、ひどく意地悪な顔つきだ。

「なるほどね。言いたくないか。じゃあ、ちょいと尋常《じんじょう》じゃないところに行ってるわけだ。とすると、仙五朗親分あたりの筋かね」

「ええっ、どうしてわかるの！」

　つい叫んでしまった。慌てて口を押さえたけれど、むろん、遅過ぎる。おうたが肩を窄めた。

「おまえも、おまえのおとっつぁんも、わかり易《やす》いからねえ」

「……あたしも父さんも、正直なのよ。嘘がつけないだけ」

「へっ、ものは言いようだね。じゃあ、その嘘のつけない正直者さんにお尋ねしますよ。松庵さんはどちらにお行きです？」

「それは、その……」

「親分さんも一緒なんだろ。何か、また厄介《やっかい》なことが起こったのかい。ね、そうなんだろ」

おうたが草履《ぞうり》を脱《ぬ》いだ。板の間に上がり込み、にじり寄ってくる。

「さ、白状おし。隠し事はご法度《はっと》だよ」

「もう、そんなに寄ってこないでよ。それにね、あたしは咎人《とがにん》じゃないんだから、白状することなんか一つもありません」

「ごまかすんじゃないよ。さっ、松庵さんと親分さん、いったいどこで何をしてんだよ。え？　松庵さんが引っ張り出されたんなら、怪我人が出たのかい。それとも、誰かが毒を盛られたとか」

「まっ、当たらずといえども遠からずってやつでやすね」

おうたが文字通り飛び上がった。身体が三寸ばかり跳《は》ねたのだ。

「内儀《おかみ》さん、いろいろご心配をかけやして、畏《おそ》れ入りやす」

戸口に立った仙五朗が頭を下げる。

「あ、いいえ、そんな心配だなんて、おほほほほ」

「親分さん」

おうたを押しのけ、戸口まで走る。

「ご無事だったんですね」

「へえ。たいしたこたぁござんせん。ほんの掠《かす》り傷《きず》でして。お騒がせしちまって」

「掠り傷？　ほんとに？」

「この通り、ぴんぴんしてやす」

「わぁ、よかった。よかったです」

肩が急に軽くなった気がする。

「おいおい、おれたちも中に入らせてくれよ、おいち」

仙五朗の後ろで、松庵が苦笑《にがわら》いをしていた。さらに後ろには、新吉が身を竦《すく》めて立っている。

「ほほほ、親分さん、どうぞこちらへ。むさいところで申し訳ありませんが、どうぞお上がりくださいな。ほほほ」

おうたが愛想《あいそ》笑いを浮かべ、手招きする。

「義姉さん、ここはわたしの家です。むさいところってのは無礼《ぶれい》じゃありません

「無礼もお礼もあるもんですか。ここよりうちの納戸《なんど》の方がよっぽどましなぐらい
なんだから。さ、親分さん、今、お茶を淹《い》れますからね。ちょうどよかった。下り
物の上等な菓子があるんですよ。さあさ、どうぞどうぞ。ほんとお粗末なところで
お恥ずかしいですよ。おほほほ」
か」

松庵がおいちの耳元で囁《ささや》いた。

「義姉さん、やけに愛想がいいな。むしろ、よ過ぎるぐらいだろう」

「親分さんから、何かおもしろい話が聞けるかもって、わくわくしてるのよ」

「まったく、義姉さんの噂《うわさ》好き、知りたがり癖《ぐせ》はどうにもならんよなあ。しか
し、まあ、茶は欲しいな。喉がからからなんだ」

「はい、すぐに用意します。新吉さんもご一緒にどうぞ」

新吉を促《うなが》す。促された相手は、口を結んだまま目を伏せた。

「へえ……」

「あら、元気がないのね。どうかした?」

「いえ、どうもそれが……」

いつにもまして、新吉の歯切れが悪い。そういえば、仙五朗の手下《てか》でもない新吉
がなぜ、知らせに来たのだろう。

「そのあたりも含めて、お話ししやす。そのために、お邪魔《じゃま》したんでやすからね」

「はい」

ほんの少しばかり、胸が高鳴った。

やだ、伯母さんのことあれこれ言えないわ。あたしも、かなりの知りたがり屋なのかも……。

そっと肩を窄《すぼ》める。


「順を追って、話しやす」

と、仙五朗は切り出した。

おうたが頷く。湯呑みを握り締め、やや前屈《まえかが》みになっている。自分も同じ姿勢だと気が付いて、おいちは慌てて背筋を伸ばした。

「深川元町の料理屋『白浜』で、今日、ちょっとしたいざこざがありやした。店の女将《おかみ》が板前に刺されたんで」

「まあ、どういう経緯《いきさつ》でそんなことに」

おうたがさらに前のめりになる。

「義姉さん、あまり身体を傾けると、そのまま転がってしまいますよ。達磨《だるま》なみに丸いんだから」

「誰が達磨だって。風邪《かぜ》を引いた鬼瓦《おにがわら》みたいな顔をして、よくも他人《ひと》の身体つきをあれこれ言えること」

「風邪を引いた鬼瓦なんて見たことも聞いたこともないですな。いったい、どんな面なんですか」

「だから、松庵さんみたいな面なんです」

「二人ともいいかげんにして」

おいちはこぶしで、床《ゆか》を叩《たた》いた。

「親分さんの話が前に進まないでしょ。静かにしなさい。父さんも伯母さんも、口に蓋《ふた》をして、黙ってるの。わかった」

松庵とおうたは、同時に首を縦《たて》に振った。ぴったり息が合っている。いつもなら吹き出すところだが、今は笑えない。

「経緯ってのは……、言っちまえば、よくある男と女の痴話喧嘩《ちわげんか》の類《たぐい》でやす。ええ、女将と板前ができてやしてね。まあ、どっちも独《ひと》り身だったんで、ゆくゆくは所帯《しょてえ》をもって店を切り盛りしようかって話になってたようでやす。女将ってのが、ちょいといい女でやしてね、さる分限者《ぶげんしゃ》の囲い者だったんで。で、その分限者と縁が切れるとき、手切れ金代わりに『白浜』を譲り受けたとか。まあ、譲り受けたのか、強請《ゆす》り取ったのかは怪《あや》しいとこですがね。ともかく、二人はできてたんで。ところが、女将ってのが他の男に心移りしちまって、このところよくいざこざが起きてたそうでやすよ。今日もそのいざこざが発端《ほったん》になりやした。女将のところに男からの届け物があって、それをたまたま見つけた板前が詰《なじ》ったんでやす。どういうつもりだってね。言い争いになって、女将が別れると言い出した。この店はわたしの店なんだから、出ていけとね」

「それで、板前が包丁《ほうちょう》を持ち出して、ぶすりとやった？　女将を殺しちまったんですね」

おうたはそう言ってから、慌てて口元を押さえた。

「まさにその通りで……と言いてえとこですが、女将は死んじゃあいやせん。顔と腕を斬《き》りつけられて、てえへんな怪我を負いやしたが生きてやす。板前の方は多少てこずりやしたが、お縄《なわ》にしやした。まあ、人を殺《あや》めてねえんで、下手人の咎《とが》は免《まぬか》れるでしょうよ。それに、女将も言っちゃあならねえことを口走ったりしやしたからね。板前が土壇場《どたんば》で首を落とされるこたぁねえでしょう。島には流されるでしょうがね」

「えっ、女将ってのは何を言ったんです？」

おうたが唾を呑み込む。

「それが……話がどんどん腥《なまぐさ》くなっちまうんですが、そのとき、女将は子どもを孕《はら》んでたみてえで。板前としちゃあ、自分の子だと信じて、親子三人の暮らしをあれこれ考えてたわけでやすね」

おやまっ、とおうたが顎を引いた。

「そこんとこが違ったんですか」

「へえ、女将がはっきりと『お生憎様《あいにくさま》だね。腹にいるのは、あんたの子なんかじゃないよ』と言い捨てるのを、あっしは確かに聞きやした。悲鳴があがったのは、そのすぐ後でやした。必死で逃げる女将が出刃《でば》で斬られたんで。後はもう、てえへんな騒ぎになりやした。女将が出刃を振りかざした板前が追っかけてんですから、そりゃあ騒ぐに決まってまさぁね」

え？　親分さんは騒動の前から『白浜』にいたんですか？

おいちは問いかけを呑み込んだ。話の腰を折りたくなかったからだ。そして、もう一つ、仙五朗の言葉のどこかが、胸に引っ掛かった。それがどこか、すぐにはわからない。

おいちは唇を噛んだ。

「あっしと新吉とで、なんとか板前を取り押さえはしやしたが、そのとき、出刃《ひ ど》の先でちょいと傷を負いやしてね。けど、あっしなんかより女将の方が、よほど酷くて……、まあ当たり前でやすね。大の男が本気で殺そうとしたんでやすから。命が助かったのが不思議なぐれえでやすよ」

「おお、怖い。ほんとにね、よくも助かったこと。よほど、運の強い女だったんだねえ」

おうたが身震《みぶる》いする。

「松庵先生の手当てのおかげでやす」

「お腹の赤ちゃんは無事だったの」

おいちは松庵の顔を覗き込んだ。

「ああ、無事だった。女将の方も深傷《ふかで》ではあるが、命取りになるほどじゃなかった。ただ、ここを」

松庵は自分の頬から顎にかけて、指を滑《すべ》らせた。

「ざっくりやられたからな。傷痕《きずあと》はひきつれになって残るだろうな」

顔に刻《きざ》まれた傷痕が、女と女の赤ん坊の行く末にどんな影を落とすのか。おいちも身体が震えるようだった。その震えを無理やり抑え込む。

どうして人の心はこんなにも移ろいやすいのだろう。愛しさはいと《いと》も容易《たやす》く憎《にく》しみに変じ、来世までもと誓《ちか》った言葉はいつの間にか、相手を罵《ののし》るものに変わる。

人はどこで愛と憎しみの一線を越えてしまうのか。

「でも、どうして新吉さんが一緒にいたんだい？　おまえさん、親分の手下にでもなったのかい」

おうたが仙五朗の後ろに畏《かしこ》まっている新吉に問う。

「いえ、とんでもねえ。おれには親分の手下なんて務まりやせん。おれはその……なんというか、この騒動の因《もと》を作っちまったっていうか……まあ、そんなようなもので……」

おいちは新吉の半《なか》ば伏せた横顔に目をやった。

「え、因って？」

「まっ、ちょっとお待ちよ。まさか、女将の相手ってのは」

おいちとおうたの視線を受け止め、新吉は激しくかぶりを振った。

「ち、違います。違います。そりゃあ誤解です。おれは、その、た、頼まれて簪《かんざし》を渡しに行っただけなんで。えっと、ですから、頼まれたんですよ、簪を。だから、頼まれて品納めに『白浜』に行ったら、女将が出てきて、その……」

「はあ？　何と何を頼まれたって？　もうちょい、要領よく話せないのかい」

おうたが新吉を睨《にら》み付ける。

「新吉が『白浜』にいたのはたまたまなんでやすよ。要するに、女将の相手の男に簪を一本頼まれた。むろん、女将への音物《いんもつ》でさあ。新吉は飾《かざ》り職人でやす。簪を頼まれれば作りもしやす」

「……手間賃《てまちん》がやたらよかったんで」

新吉は悪さを叱られた童《わらべ》のように、萎《しお》れた声で付け加える。仙五朗がさりげなく助け舟を出した。

「そう、けっこうな手間賃を貰っちまったもんだから、届け役を断れなかったんでやすよ。それで深川元町まで出かけて、女将を呼び出し『誰々から託《ことづ》かってきた簪だ』と……まあ、かなりの大声で告げたってわけでやす。呼び出したのが板場の裏口ってんだから、板前の耳に入らねえ方がおかしいぐれえのもんで」

「おやまあ、とんだ無粋《ぶすい》なお使者だねえ」

おうたがちくりと皮肉る。

「だって、新吉さんは女将さんと板前さんが……その、そういう間柄だったなんて知らなかったわけだし、しかたないじゃないの」

「そうかねえ。男と女が一緒に店を切り盛りしてるんだろ。ちょっと頭の回る者なら、いや、よほど鈍《どん》じゃない限り気が付くんじゃないのかい。まあ、松庵さんみたいに鈍《にぶ》い男なら別だけどさ」

「義姉さん、いつもいつも、なんでそういうところでわたしを引き合いに出すんですかね」

「だって、松庵さん、鈍いじゃないか。おまけに頑固《がんこ》で石頭とくる。そのうえ、いい加減だしねえ。ほんと困ったもんさ」

「義姉さんに困られても困りますな。いい迷惑です」

「まあまあ、お二人とも、その辺で収《おさ》めておいてくだせえ。けど、上手じゃなく、新吉がいてくれたから板前を捕《と》らえることができたんでやすよ。なにしろ、頭に血が上っちまって、闇雲《やみくも》に出刃を振り回している男だ。女将を殺して自分も死ぬつもりだったと後で言ってましたがね、命が惜《お》しくないやつほど厄介な相手はいやせん。新吉が助手《すけて》になってくれなかったら、お縄にするのは相当、難儀《なんぎ》だったはずなんで。おまけに、松庵先生を呼びにひとっ走《ぱし》りしてくれて、ほんとうに助かりやした。手下になってくれるなら、是非《ぜひ》ともと頭を下げてえぐれえでやすよ」

新吉は耳朶《みみたぶ》まで赤く染《そ》めた。

「いや、そんな……おれは、挽回《ばんかい》っていうか……やっちまったしくじりをちょっとでも取り戻したくて、それだけで……」

「一度、やっちまったしくじりってのはね、そう容易《たやす》く挽回できやしませんよ。まあ、でも、親分さんが褒《ほ》めるなら、なかなかの活躍だったんでしょうよ。で、親分さん」

おうたが膝《ひざ》を進めた。進めながら、はたと仙五朗を見据《みす》える。

「親分さんは、どういうわけで『白浜』にいたんです。たまたまじゃないですよね。たまたま居合《いあ》わせただけなんて話、あたしは信じませんよ」

おいちと松庵は顔を見合わせていた。松庵が先に目を逸《そ》らして、空咳《からぜき》をする。

「まったくなあ。こういういざこざ絡《がら》みだと、やたら勘がよくなるんだから」

「松庵さん、何か言いましたか」

「いいえ、別に。ただ、残念ながら今回はたまたまの方のようですよ、義姉さん。な、親分」

「へえ……」

仙五朗は膝の上に手を置き、息を一つ吐いた。

「隠さずお話ししやすがね、実は『白浜』に、町人の形《なり》をしていながら武家言葉を使う男たちが集まっていたと耳にしやして、ちょいと探りを入れていた矢先に、たまたま痴話騒ぎとぶつかった。それが、実際のところなんで」

「まあ」

おいちは息を呑んだ。

「親分さん、その男たちって……」

「へえ。おいちさんと新吉が出くわした、滝代さんを追いかけていた男たちじゃねえかと思ったんでさ」

「その通りだったんですか」

「わかりやせん」

仙五朗の返答は、あっさりしたものだった。一瞬、高鳴った胸の鼓動《こどう》がしゅるしゅると萎《しぼ》んでしまう。

「男たちは三度ばかり『白浜』で飲み食いしたようです。金払いは綺麗で、酔って騒ぐってこともなかったみてえでやすね。町方の形をしているのに、訛《なま》りのある武家言葉を使っているのを変に感じたと、酒を運んだ仲居《なかい》から聞き出しはしましたが、そこから先、男たちの正体《しょうたい》はわからずじまいでやす」

「そうですか……。そうですよね」

主君の側室を暗殺した者たちだ。正体を晒《さら》すことは、まずないだろう。

「ただね、その仲居にこれを見せたんでやす」

仙五朗は懐から取り出した紙を、おいちの前に広げた。

「これは……杉野さまですね」

太い眉、若々しい張りのある頬。角《かど》ばった顎。

杉野小十郎の似顔絵《にがおえ》だった。

「へえ。あっしの覚えを元に、件《くだん》の手下に描かせやした。よく似ていると思いやせんか」

「ええ、そっくりですね」

絵心のある手下とやらは、かなりの腕前なのだろう。そして、細《こま》かなところまで余さず捉《とら》えている仙五朗の覚えも相当なものだ。

「いたそうです」

「は？」

「男たちの中にいたと、仲居が確言しやした」

おいちは口をつぐみ、仙五朗を見詰めた。

頭の隅が微かに火照《ほて》るようだった。

仙五朗が続ける。

「つまり、杉野って若侍《わかざむらい》は、滝代さんを襲ったかもしれねえ連中とつるんでいたと、そういうことになりやす」

いつもと変わらぬ淡々《たんたん》とした口調《くちょう》だった。おいちは、そうはいかない。動悸《どうき》がする。苦しいほど烈《はげ》しくなる。

「……つまり、杉野さまは赤ん坊の居場所を探るために立場を偽《いつわ》り、あたしたちに近づいてきたと、そういうことでしょうか」

「いや、そこまでは言い切れやせん。ただ、あの若侍があっしやおいちさんに告げなかったこと、隠していることが存外多くある。それだけは確かでやしょうね」

小十郎の、いかにも生真面目《きまじめ》そうな顔を思い出す。兄と滝代、二人の行立《ゆくたて》を語ったときのあの涙は、あの声の震《ふる》えは芝居《しばい》だったのだろうか。だとしたら、希代《きたい》の役者だ。仙五朗はともかく、おいちは話のあらかたを信じた。政《まつりごと》を司《つかさど》る者たちの身勝手に憤慨《ふんがい》し、小十郎の兄と滝代の運命《さだめ》に心を震わせた。

あれが偽り……。

「信じられない」

小さく呟いていた。

いや、現《うつつ》とは、信じられない出来事の集まりではないか。どんでん返し、裏切り、からくり、心変わり、そして、急な病と死。

人の世は信じられないことだらけだ。だからこそ、人は必死に何かを信じようとする。人を、神を、仏《ほとけ》を信じようとする。信じられる何かを摑もうとする。

『白浜』の板前は女将の真心を信じたかったのだろう。女将と生きる行く末を信じたかった。それを全て壊《こわ》されて、出刃を振り回した。信じられない現《うつつ》を切り裂こうとした。推《お》し量《はか》りに過ぎないけれど、そう考えてしまう。

小十郎の信じていたのは、信じたいと望んだのはどんなものだったのか。

ふっと、気配を感じた。

人ではない。現の肉体を持たぬ者の気配だ。

おいちは目を閉じた。

滝代さん？　滝代さんなの？

滝代が真実を語ってくれるのではと、おいちは身を硬くした。死者はときに人の世の底に淀《よど》むもの、陰に隠れたもの、奥に潜《ひそ》むものを語る。生者には決して知り得ない真実を伝えてくれる。

滝代さん、教えてください、ほんとうのことを……。

――おいちさん！

悲鳴に近い声が聞こえた。気配が揺《ゆ》れる。しかし、一瞬だった。一瞬で全てが消えた。

もう、聞こえない。感じない。

ゆっくりと目を開ける。仙五朗の視線がぶつかってきた。「どうしやした？」と問うてくる視線だ。おいちは、胸に手を当てた。

手のひらに乳房《ちぶさ》の柔《やわ》らかさと鼓動が伝わってくる。

――おいちさん！

あれは滝代さんの叫びだった。あたしの力では、捉えきれなかったけれど、滝代さんは何かを、切羽《せっぱ》詰まった何かを訴えようとして……、あっ。

おいちは立ち上がる。

あまりに唐突《とうとつ》な動きに、おうたがのけぞった。

「ど、どうしたのさ、急に。年ごろの娘がそんな勢いで立ったりしちゃ駄目《だめ》だろ。みっともない。娘の行儀ってのは」

「父さん、行灯《あんどん》、持ってきて」

「へ？　ど、どこへだ」

「隣《となり》よ。急いで」

言い捨てて、飛び出す。その勢いのまま、住居用の一間に駆け込んだ。

薄暗い。人の気配はむろん、なかった。

薄暗い。でも、少し前なら、銀次とおたいの病について話していたときは、ここはまだ十分に明るかった。

あのとき、微かに聞こえた物音。

気のせいだと思った。

気のせいかもしれない。

でも、気のせいではないかもしれないのだ。

おいちは部屋の行灯を点《とも》した。高価なのでめったに使わない蠟燭《ろうそく》を点し、手燭《てしょく》に入れる。

橙《だいだい》色《いろ》の明かりが闇《やみ》に咲き、蠟の匂《にお》いが微かに漂《ただよ》う。

「おい、いったいどうしたんだ」

松庵が行灯を抱《かか》えて入ってきた。後ろには灯芯《とうしん》と油皿《あぶらざら》を持った新吉が、さらに後ろには仙五朗とおうたが続いている。

「灯《ひ》を点《つ》けやしょう」

新吉が竈《かまど》から火種《ひだね》を拾い、灯芯の先に近づけた。二台の行灯と手燭で部屋は、ずい分と明るい。

「おいち、いったい、どうしたってのさ。ここもむさいだけの部屋じゃないか。まあ、掃除はちゃんとしてるみたいだけど」

「義姉《ねえ》さん、むさいむさいってうるさいですよ」

「おやおや、そりゃあどうも。悪うござんしたね。はん、よくよく考えたら、この部屋より松庵さんの方がずーっとむさいよねえ」

「義姉さん、他に考えることがないんですかね。そのうち、頭の中がすかすかになりますよ。そうなりゃ、本物の張り子の達磨《だるま》じゃないですか。ははは」

「まっ、松庵さんこそ達磨達磨って」

「うるさい！」

「そうだよね、おいち。ほんと、うるさいよね、おまえの父親《てておや》は」

「伯母さんもうるさい。少し黙ってて」

「まっ、なんだい。その物言いは」

「内儀《おかみ》さん、内儀さん」

仙五朗がおうたの袖を引っ張る。

「ここはおいちさんの言う通り、静かにしてやしょう。おいちさんの邪魔しちゃあいけねえや」

「邪魔って、おいちは何をしてるんです。自分の家の中で何を調べてんですよ」

「わかりやせんよ。わからないから、おいちさんに任せるしかねえんです」

仙五朗とおうたのやりとりに背を向け、おいちは手燭をあちこちにかざした。

何をしているのか、自分でもよくわからない。

滝代は何かを伝えようとした。危地《きち》が差し迫っているのか、危難が近づいているのか。滝代の叫びとあの気配が繋がっているかどうかもわからない。勘に過ぎないのだ。

あれ？

何かが気持ちに引っ掛かった。

なんだろう？

おいちの前には小振《こぶ》りの茶簞笥《ちゃだんす》があった。母・お里の嫁入り道具だったという茶簞笥は、数少ない調度の一つだ。

明かりを近づける。

「あっ」

　小さく叫んでいた。

「どうかしやしたか」

　仙五朗が横に並ぶ。

「綺麗なんです」

「綺麗？」

「ええ、このところ掃除が行き届かなくて、この茶箪笥もうっすら埃を被ってました。それが、今は綺麗なんです」

「なるほど。誰かが埃を拭き取ったってわけですか」

「そうです。あたし、部屋を掃除して、最後にこれを拭こうって思ってたんです。でも、新吉さんの声が聞こえて……。ええ、『白浜』の一件で、父さんを呼びに来たときです。それで、そのままになってしまったんです。だから、茶箪笥はまだ拭いてなかった、埃がついていたはずなんです」

「それが、今は綺麗になってる。誰かが埃を拭き取ったってわけでやすね」

「そうだと思います。埃が残っていると指の跡がつきます。あたしでも父さんでもない者の指の跡が……。だから拭き取ったんです」

「おいちさん、引き出しの中を調べてみてくだせえ。なくなった物、入れ場所の変わった物はありやせんか」

「はい」

仙五朗に手燭を渡し、おいちは引き出しを開けた。仙五朗が手元を照らしてくれる。診察用の書付や薬種《やくしゅ》、晒《さら》しや器具は全て隣の部屋だ。ここには、日々の暮らしに関わる道具しかない。布巾《ふきん》、手拭《てぬぐ》い、手絡《てがら》と櫛《くし》、いつか新吉から贈られた簪《かんざし》も入っている。

「とりたてて何も盗《と》られてはないようですけど……」

「下の段はどうです」

「下は……あぁっ」

悲鳴がほとばしる。

「もしや、もしや、でもそんな」

おいちは下の引き出しを力任せに引いた。引き出しは外《はず》れ、中身が散らばる。書付、神社のお札《ふだ》、懐紙《かいし》、紙縒《こよ》りの束《たば》……。

「……あった」

「おいちさん、それは?」

「『吾妻屋』のお稲さんからの文《ふみ》です」

膝をついた仙五朗に文を手渡す。新吉が素早く手燭を受け取った。その明かりを

頼りに、仙五朗の眼がお稲の文字を追う。そして、

「うーむ」

読み終え、低く唸った。

「この便《たよ》りから、十助の居場所を嗅《か》ぎ出しますかね。どこぞの赤ん坊が元気に育っているという知らせに過ぎねえと思やしませんか」

「首が据《す》わったと書いてあります。所書《ところが》きこそありませんが、吾妻屋稲という名前も日付もはっきり記されています。赤ん坊の首が据わるのは生まれて三カ月から四カ月あたりです。それを知っていたなら、この子の生まれたころと滝代さんが殺されたときが重なると気付いたかもしれません。そして、十助ちゃんの引き取り先が大坂の商家ではなく、江戸の『吾妻屋』だったとも……」

考え過ぎだろうか。うがち過ぎだろうか。この文が読まれたかどうかも定かではないのに、騒ぎ過ぎだろうか。

いいえ。

おいちはかぶりを振った。

「親分さん、滝代さんがあたしを呼んでました。たった一声だけだったけど、必死でした。十助ちゃんが危ないんです。危ないってことを滝代さんは知らせようとしたんです」

「わかりやした」

　仙五朗が腰を上げる。

「まだ宵《よい》の口だ。間に合うはずです。『吾妻屋』に行ってきやしょう」

「あたしも行きます」

「おいちさんは駄目でやす。この先どうなるかわかりやせんが、剣呑《けんのん》な方に転ぶ見込みは十分に」

「行きます」

　仙五朗の言葉を遮《さえぎ》る。

「連れていってください。親分さんの邪魔はしません。だから、お願いします。あたしを連れていってください。お願いいたします」

　おいちは炎《ほのお》の色に染まった岡《おか》っ引《ぴき》を見据えた。それから、頭を下げる。十助から遠く離れた場所で待ってるなんて、できない。できっこない。できるわけがない。

　松庵が短く息を吐《は》く。

「親分、駄目だ。こいつはこうなると誰の説得も聞きゃあしない。とんでもない頑固者なんだよ」

　仙五朗もため息を吐《つ》いた。

「そうでやすね。おいちさんの気性はあっしも存じておりやす。わかりやした、一緒に行きやしょう。ただし、何があってもあっしに従ってもらいやす。勝手に動くのはご法度ですぜ」

「わかっています。親分さんに逆《さか》らうような真似《まね》は、一切《いっさい》しません。動くなと言われたら石みたいにじっとしてます」

「ちょっと、お待ち。とんでもないこと言うんじゃないよ。事情はよく呑み込めないけどさ、ともかく、危なっかしいところについていくなんて、許さないよ」

おうたが眉《まゆ》を吊《つ》り上げる。

「伯母さんの許しがなくても行きます」

「まっ、この娘《こ》ったら」

「あたしは行かなくちゃならないの」

「おまえみたいな小娘に何ができるんだい。足手まといになるのが落ちだよ」

「いや、それがそうでもねえんで」

仙五朗が取りなすように口を挟んだ。

「今までの覚えからいきやすと、おいちさんに助けてもらったことが多々ござんしてね。ええ、足手まといどころかずい分と助けられたってのが、ほんとうのところなんで」

「まあ、親分さんまで」

おうたが絶句する。

松庵が小さく吹き出した。

「いや、義姉さんが言葉に詰まるところ、初めて見ました。ははは」

「松庵さん、あんた父親のくせに暢気《のんき》に笑ってていいんですか」

おうたには答えず、松庵は仙五朗に視線を向けた。

「親分、おれも行くぜ。薬籠《やくろう》を提《さ》げてな。医者が控えているのも、万が一の用心になるだろう。もちろん、親分の言うことに逆らったりはしない。石みたいにじっとしてるさ」

「へい」

仙五朗が真顔《まがお》で頷く。

「ようがす。お二人ともあっしについてきてくだせえ。新吉」

「へい。もちろん、おれも行きます」

「その前にすまねえが、相生町《あいおいちょう》までひとっ走りしてくれ」

「へい、『ゆな床《どこ》』ですね」

相生町の髪結《かみゆ》い『ゆな床』は仙五朗の店だった。もっとも、仙五朗が店にいることはめったにない。女房《にょうぼう》のおまきが一人で、切り回している。おいちも一、二度、顔を合わせたことがあるが、細身で楚々《そそ》とした風情《ふぜい》の佳人《かじん》だった。仙五朗より

十、いや十五は若いだろう。少なくとも、おいちの目には三十そこそこに見えた。この大人し気《げ》な女房だけが、〝剃刀《かみそり》の仙〟の敵《かな》わない唯一《ゆいいつ》の相手だと噂されている。

「そうだ。うちの嬶《かかあ》に、手下を集めて『吾妻屋』に寄越《よこ》すよう伝えてくれ。それだけ言やあ、段取りは呑み込んでいるからよ」

「わかりました。内儀さんに伝えたら、すぐ深川元町に回ります」

駆け出そうとする新吉を松庵が呼び止める。

「あっ、新吉。すまねえがおれの託《こと》けも頼む」

「へ？」

「こういうとき、頼りになる助《すけ》っ人《と》を二人ばかり知ってるんだ。二人とも松井町《まついちよう》に住んでいる。今、行き先と託けを書くから待っていてくれ」

松庵の書付を手に、新吉は夜の町へと走り出した。

仙五朗の耳に、松庵が何かを囁く。

仙五朗が一つ、首肯《しゆこう》する。

「そりゃあ、ありがてえ助っ人でやす。じゃあ、こちらも動きやしょうか。先生、おいちさん、行きますぜ」

「はい」

おいちは両手を握り締め、新吉が出ていった夜の闇を見詰めた。

亥《い》の刻《こく》（午後十時）を過ぎたあたりだろうか、風が強くなった。

雨戸が揺れて、かたかたと音をたてる。

通りは静まり返り、響いているのは風音《かざおと》と犬の遠吠《とおぼ》えだけだ。

深川元町の薪炭屋《しんたんや》『吾妻屋』も静寂《せいじゃく》に包まれていた。

「来るでしょうか」

新吉が囁いた。囁いた後、唾を呑み込む。その音が隣にしゃがんでいるおいちの耳にも届いてきた。

「来るさ。今まで、おいちさんの勘が外れたこたぁねえんだ。勘……じゃあねえかもしれねえが」

おいちは耳朶をそっと押さえてみる。

滝代の声は僅かも聞こえてこない。気配さえ感じ取れなかった。

「けど、親分。今更《いまさら》なんですが、例の『白浜』はここから目と鼻の先じゃねえですか。やつらが『白浜』を溜まり場にしたのは、『吾妻屋』を見張るためだったんですかい」

「いや、それはねえだろう」

仙五朗が首を横に振った。

「文が盗み読みされたのは今日の昼間だ。それで、やつらは『吾妻屋』と十助坊を結び付けた。それまでは何も知らなかったはずだ。知っていたら、もっと早く動いていただろうよ」

「なるほど、じゃあ、二つの店が同じ町内にあったってのは、たまたまってわけですか」

「たまたまだろうな。『白浜』は奥まった場所にあるし、店構《みせがま》えも目立たねえ。肚《はら》に一物《いちもつ》抱えたやつらが集まるにはもってこいの店だ。そう、『白浜』からそう遠くないところに『吾妻屋』があったのはたまたまだ。ただ、やつらの中には『吾妻屋』って名を知っていたやつがいたってことも十分、考《かんげ》えられる。『白浜』に来るとき、帰るときに店の前を通ったかもしれねえしな。実際、『白浜』は『吾妻屋』から炭《すみ》や薪《まき》を仕入れてもいたんだ。江戸は広《ひれ》え。『吾妻屋』って店の名だけじゃ探し出すのはなかなかに骨折りだ。けど……」

なるほどと、新吉が頷いた。

「前から知っていりゃあ、探す手間は省《はぶ》けるってわけか」

「そうさ。これは、おれの推し量りだが、やつらの中の誰かが、『吾妻屋』の店前《たなさき》にいる十助坊を見たのかもしれねえ。抱っこされている男の赤ん坊を、な。新吉、おいちさん、実はね」

仙五朗は声を低くした。

「ここに着いてから、ちょいと突《つつ》いてみたら小女《こおんな》の一人が白状しやした。今日の夕方あたり、お店者《たなもの》風の男に小銭《こぜに》を摑まされて、十助坊のことをあれこれ、根掘り葉掘り尋ねられ、知ってることを全部しゃべっちまったそうです」

「まあ」

思わず新吉と顔を見合わせる。風が雲をはらい、外は煌々《こうこう》とした月夜になっている。けれど、雨戸を閉めた室内は底無しに暗い。すぐ傍にいるのに新吉の顔は定かではなかった。その分、息遣《いきづか》いは確かに感じ取れる。

「知ってることって、どこまでですか」

「それが、その小女、おきく付きでしてね。十助坊が貰われてきたことも、おいちさんが掛かり付けの医者として出入りしていたことも、みんな知ってたんで」

「それを洗いざらいしゃべってしまった……」

「へえ。さっき小銭と言いやしたが、男はしゃべるたびに二朱《しゅ》とか三朱とか弾《はず》んでくれて、気が付いたら知ってることをほとんど吐き出していたそうでやすよ。この奥の部屋で十助坊が眠ることも、ね」

おいちは知らぬ間に指を握り込んでいた。手のひらに汗が滲む。

「親分さん」

「へえ。やつらは必ず来やす」

三人は『吾妻屋』の奥まった一室、いつもはお稲と藤吉《とうきち》の夫婦、娘のおていと十助、四人の寝所にいる。屏風《びょうぶ》の陰に身を潜めているのだ。今も夜具は敷いてあるが、むろん中は空《から》だ。おきくや奉公人《ほうこうにん》も含め、全て他所《よそ》に移ってもらった。

隣室には松庵と助っ人の二人が控えている。

助っ人二人、石上喜之助《いしがみきのすけ》と三原徳次郎《みはらとくじろう》だ。二人が押《お》っ取《と》り刀《がたな》で吾妻屋に駆け付けてきたとき、おいちは些《いささ》か驚いた。

「石上さんは一刀流の遣い手、三原さんは柔術《じゅうじゅつ》の達人なんだ。義姉さんよりもずっと腕は立つぞ」

松庵がにやりと笑う。悪童のような笑みだ。

「藍野先生にはさんざんお世話になっておるのだ。恩を返せる千載一遇《せんざいいちぐう》の機会なれば、精一杯ご助力いたすぞ。のう、三原うじ」

「まさに、まさに。いやあ、久々《ひさびさ》に腕が鳴りもうす」

石上も三原も、細紐で袖を括り、股立《ももだ》ちを取った勇《いさ》ましい姿だ。台詞《せりふ》もなかなかに頼《たの》もしい。でも、やはり、二人とも診察に訪れるときと同様に、瘦《や》せて貧相だ。遣い手とも達人とも程遠い気がする。

大丈夫かしら。

不安ではあったが、その不安を口にするのは憚《はばか》られた。二人とも、ともかく二つ返事で助っ人を引き受けてくれたのだ。「ほんとうに頼りにしていいんですか？」とは尋ねられない。

新吉が身動《みじろ》ぎした。

「親分」

「……ああ、来たようだな。おいちさん」

「はい」

「事が済むまで、静かにしていてくだせえよ」

「はい」

かたん。雨戸の外れる音がした。暫く音は途切れ、また、かたんと続く。部屋が明るくなった。障子を通して月の光が差し込んできたのだ。光と一緒に夜の冷気も入ってきた。

密《ひそ》やかな気配が伝わる。

「赤ん坊を渡せ。大人しくしていれば、命まではとらん」

くぐもった男の声がする。覆面《ふくめん》をしているのだろう。暫くの間の後、「ややっ」と叫び声が起こった。

「誰もおらんぞ。もぬけの殻《から》だ」

「な、なんだと。そんな馬鹿な」

仙五朗が屏風の後ろから滑り出る。新吉が背後を守るように、ぴたりとついていた。

「お武家のくせに押し込みたあ、どういう料簡《りようけん》でやすかね」

「な、何者だ」

「あっしは、このあたりを縄張《シマ》りにしている岡っ引でござんすよ。そちらは、女を一人殺した下手人でやすかね」

「く……、おのれ、我らをはめたな」

「そっちが勝手に穴に落ちたんだよ」

おいちは屏風の端《はし》から室内を窺《うかが》った。

静かにしている。大人しくしている。不用意に動いたりしない。ほんのちょっと、覗くだけだ。

覗いたとたん、蒼《あお》い光が目を射《い》た。

侍たちが抜刀《ばつとう》したのだ。

「おのれ、岡っ引風情が」

「死ね」

白刃《はくじん》が月の光を受け、鈍く輝く。

襖《ふすま》が開き、二つの影が飛び出してきた。

「とおっ」

三原の気合《きあい》と共に侍の一人がもんどりうって倒れた。怯んで後退《あとずさ》りする男たちめがけて、石上が斬《き》り込む。そこに仙五朗の手下たちもなだれ込んできた。

「つぇーっ」

「とりゃあ」

「逃げろ、逃げろ」

「やろう、逃がすか」

「死ね」

「てめえこそ、観念しな」

悲鳴、怒号《どごう》、気合、刃が空《くう》を切る音、身体がぶつかる音。それらが交《ま》ざり合い、渦巻《うずま》き、獣《けもの》の咆哮《ほうこう》にも似て響き渡る。

石上も三原も強かった。思いも寄らないほど強い。

素早く動き、石上は刀背《みね》で、三原は素手《すで》で敵を倒していく。五人の侍たちは次々に床にうずくまり、倒れ伏し、仙五朗の手下に縄を打たれていった。

屏風が倒れた。下から這《は》い出たおいちの前に男が一人転がる。

「杉野さま」

思わず声をあげていた。

覆面の半《なか》ばとれかかった男は、杉野小十郎に違いなかった。

「くっ」

小十郎は起き上がると、おいちを抱え込んだ。あっという間の出来事だった。

「動くな。動けば、この娘の命はないぞ」

小十郎は肩で息をしながらも、声を張り上げる。

石上の、三原の、仙五朗の動きが止まった。

「おいちさん」

新吉の頬が震えた。さっきまでの騒ぎが嘘のように、室内は静まる。小十郎の息遣いだけが大きくなった。

「仲間の縄を解《と》け。さもないと、この娘の喉を掻《か》き切るぞ」

「やってみなさいよ」

おいちは力一杯小十郎を睨《にら》み据えた。

「何？」

「町人の家とはいえ、徒党《ととう》を組んで押し入り、女を殺した。いくらお侍だろうが、ただじゃ済みませんからね。獄門磔《ごくもんはりつけ》、間違いないわ」

「う……」

「それだけの覚悟があって、白刃を振り回してるんでしょうね」

この馬鹿野郎。

覚悟もなく刀を抜くんじゃないわよ。

小十郎の横顔をさらに睨みつける。

若さをまだ残した顎の線が、なぜかせつない。おいちは、ゆっくりと息を吸い、吐いた。

「杉野さま、あたしたちに打ち明けた滝代さんと兄上さまの話、あれは全て偽りなのですか。あなたは弟などではなく、赤ん坊の命を狙《ねら》うただの卑劣漢《ひれつかん》なんですか」

「違う」

小十郎が呻《うめ》いた。

「兄上と滝代どのはほんとうに想い合っていた。兄上が命を懸《か》けて、滝代どのを逃がしたのも真《まこと》だ。嘘、偽りではない」

「では、あなたは兄上さまのお心に背いてこんなことを」

「しかたなかろう」

小十郎が叫んだ。身の内から絞《しぼ》り出すような声だった。

「兄上は想いを貫いたかもしれんが、それで、杉野の家は側用人《そばようにん》に与《くみ》するとみなされたのだ。ご家老に睨まれ、あわや取り潰《つぶ》しになるところまで追い詰められた。しかし、おれが……おれが、滝代どのと赤子を始末《しまつ》しさえすれば、家は安泰《あんたい》、削《けず》られた禄《ろく》も元通り、いや、加禄してやると約束された」

おいちの首に回った若い腕が震えている。

「兄上は死んだ。おれは杉野の家を守らねばならん。ご家老に背くことなどできるものか」

「杉野さま」

「兄上はいいさ。想いに殉《じゅん》じて、心置きなく逝《い》っただろうよ。けれど、残された者はどうなる。家を守るためにはなんだってやらねばならないところまで、追い込まれただけだ。ここにいる者たちは、みんな、似たり寄ったりの境遇《きょうぐう》だ。誰が……武士と生まれて誰が、女、子どもを殺したいと思うか。おれたちだって……嫌《いや》で、苦しくてたまらなくて……」

伏していた男の一人が嗚咽《おえつ》を漏《も》らした。

小十郎の頰にも涙が伝《つた》っている。

「なるほどな」

松庵がため息を零した。

「家老にしろ側用人にしろ殿さまにしろ、身分の高い方々は上座《かみざ》にふんぞりかえり、汚《きたな》い仕事は全ておまえさんたちに押し付けて、のうのうとしているわけだ」

「……滝代どのに止《とど》めを刺したのはおれだ。おれは……あの人に憧《あこが》れていた。あの女人に……。でも……どうしようもなかったんだ。腹を刺して気が付いた。晒しが押し込んであったとな。滝代どのが既《すで》に子を産んだとわかってしまった……。だから、その子を……」

おいちは顎を上げた。目の前の腕に思いっきり嚙みつく。一瞬だが、狼《おおかみ》になった気分を味わった。

「うわあっ」

小十郎が後ろによろめく。そこに三原が飛び込み、足払いをかけた。鈍い音と共に、小十郎の身体が夜具の上に叩きつけられる。

新吉が抜き身を拾い上げ、庭に向かって放った。

「この大馬鹿野郎が」

仙五朗は小十郎を引きずり起こすと、こぶしを振り上げた。頰を打つ音が響く。二度、三度、四度。

「家のためだと？　ふざけんじゃねえ。家のためなら何をやっても許されると思ってんのか。人の命を秤《はかり》にかけやがって。てめえら、女を一人殺しただけじゃねえ。赤ん坊から母親を奪ったんだ。わかってんのか」

小十郎の顔面が血に染まる。おいちは、目を逸らしてしまった。

「親分、それくらいにしときな。こいつらをいくらぶん殴《なぐ》っても、滝代さんはかえっちゃこない。それに、真《しん》の悪党は、こいつらに滝代さんを殺せと命じたやつだ」

松庵がやんわりと止めに入った。

「わかってやす」

奥歯を噛み締めたのか、仙五朗の頬が強張《こわば》った。

「けど、どう足掻《あが》いたって、そいつには手が届かねえ。それが、どうにもやりきれねえんですよ、先生」

「おれたちには手が届かない。けど、天は知ってるさ。天が許しちゃおかない。どのお偉方《えらがた》か知らないけれど、ろくな死に方はしないはずだ」

「……そう、願うしかありやせんね」

「杉野さま」

おいちは顔を押さえてうずくまる小十郎の傍《かたわ》らに、膝をついた。

「一つだけ、お話しさせてください。おそらく、もう二度とお会いすることはないでしょうから」

鼻血に汚れた顔がおいちに向けられる。

「これから、あたしがお話しすることにはなんの証《あかし》もありません。ですから、ただの戯言《ざれごと》と聞き流してくださって結構です。でも、あたしは、杉野さまにだけは話しておきたいのです」

「おいちどの……」

「杉野さま、十助ちゃんの、あなたたちが必死に探している赤ん坊の父親は……あなたの兄上さまではないでしょうか」

「な……」

小十郎が腰を浮かせる。

松庵たちが息を呑む気配が背中に伝わってきた。

「な、なにを馬鹿な」

「馬鹿な？　そうでしょうか。滝代さんは懐妊《かいにん》する前、体調を崩して宿下《やどさ》がりをしていたと、小十郎さまはおっしゃいましたよね。それは事実でしょう」

「……そうだが」

「そのとき、兄上さまと滝代さんは結ばれたのではありませんか。そして、十助ちゃんを身籠《みご》もった」

おいちは懐から一振りの短刀を取り出した。滝代が残した荷物に入っていたものだ。

小十郎が目を見張り、小さく唸った。

「兄上さまのお刀ですよね」

「滝代さんはこれを赤ん坊の産着《うぶぎ》や襁褓《むつき》と一緒に仕舞っていました。十助ちゃんに父親の形見《かたみ》として置いていったのではないでしょうか」

「まさか、そんな……赤ん坊が殿のお子でなかったなどと……戯言だ。ただの世迷《よま》い言《ごと》だ」

「ええ、そうかもしれません。真実は滝代さんにしかわからないことです。あたしたちには知りようもないこと。もしかしたら、兄上さまさえ、ご存じなかったかもしれない。でも、これだけは言えます。父親が誰であろうと、滝代さんは自分の子を守りたかったんです。そして、守り通した。そういう生き方をしたんです」

そうだ。滝代は我が子を守ることだけに全てを懸けた。そのためなら、周《まわ》りを欺《あざむ》くことも辞さなかった。自分の産んだ子を当主にしたいとか、当主の生母になりたいとか、そんな欲望は僅かもいだいていなかっただろう。

ただ、生き延びさせたい。健《すこ》やかに育ってほしい。幸せにしてやりたい。それだけを望んだ。

運命《さだめ》は二転三転し、当主の子であるがゆえに命を狙われる窮地《きゅうち》に陥《おちい》った。でも、滝代は諦《あきら》めなかったではないか。どんな運命の下《もと》でも赤子を守り切った。十助という名まで遺《のこ》した。

「そうだ……」

不忠だ不義だと、滝代を責めることは容易《たやす》い。男ならそうするだろう。けれど、女のおいちには滝代の選んだ道が、為《な》したことが見事だと感じられる。

「何度も言いました。もう一度だけ、言います。杉野さま、あなたたちに赤ん坊は渡しません」

小十郎の視線が空を泳いだ。

「滝代どの……」

掠《かす》れた呟きが唇から漏れる。吐息《といき》と大差ないその呟きを聞いたのは、おいちだけだった。

「まあ、それだけの大捕《と》り物をしといて、結局、どこにも突き出さなかったってわけかい」

おうたがいやいやするように、首を振った。

「大名家の継嗣《けいし》絡みの一件でやすからね。事と次第によっちゃあ、こっちの首が飛ぶ恐れもありやす」

仙五朗がぴしゃりと、自分の首筋を叩いた。

二日が経《た》っていた。

焦《じ》れに焦れたおうたが、事の真相を話せと菖蒲長屋に乗り込んできたところに、折《おり》よくというか運悪くというか、仙五朗が顔を覗かせたのだ。

「いや、あっしも、お伝えすることがあって来たんでやすから。まあ、残らず話をさせてもらいやしょう」

目の前にどしりと座るおうたに苦笑しながら、仙五朗は「もっともお話しすることぁ、そう多くはありやせんが」と続けた。それでも、いつも通り要領よく、ぼかす点は巧《たく》みにぼかしながら、顚末《てんまつ》をおうたに語って聞かせたのだ。語った後、ぼそりと、

「吾妻屋さんが店を閉《し》めやした」

と、告げた。

「えっ」

おいちは茶を淹《い》れていた手を止めた。

「親分さん、今、なんて」

「吾妻屋さんが店を閉めた。いや、閉めたってのはちっと違いやすね。吾妻屋さんの遣いって男があっしのところに来やしてね、『吾妻屋』は暖簾《のれん》ごと店を売り渡して、一家でどこぞの田舎《いなか》に引っ込む。行き先は誰にも告げるつもりはないが、おいちさんにだけはくれぐれもよろしく伝えてほしいと、そういう託けを残していったんでやすよ」

「親分さん、それは十助ちゃんのために……」

「でしょうね。この先、一切の厄介事から十助坊を守り通すために、江戸から離れたんじゃねえですか」

「……そこまで考えてくれたのですか」

「江戸で商《あきな》いを続けることに少し疲れてもいたのでよい機会だったと、これは『吾妻屋』の旦那《だんな》からの託けでやす。それが本心なのか、おいちさんの気持ちを慮《おもんぱか》っての言葉なのかわかりやせんが、十助坊が『吾妻屋』のみなさんにとってなくてはならない大切な家族になっているのは、間違《まちげ》えねえでしょう」

おいちは湯気《ゆげ》の立つ湯呑《ゆの》みを、仙五朗の前に置いた。この前、結局食べずじまいだった、おうたの手土産《てみやげ》の落雁《らくがん》を添える。

「親分さん、あたし、短刀を渡さぬままになりました」

「いいんじゃねえですか。武家との関わりは一切《いっさい》断った方が十助坊のためでやす」

「十助ちゃん、幸せになれますよね」

「それも間違えねえこってすよ」

湯呑みを持ち上げ、仙五朗が微笑《ほほえ》む。

その笑顔が、涙でぼやけた。

滝代さん、安心してください。

あなたの赤ん坊は、江戸ともあなたの生国《しょうごく》とも遠く離れた地で、ゆっくりと伸びやかに育っていくでしょう。周りを幸せにして、周りから幸せを貰って生きていくんです。

「よかった、ほんとうに……よかった」

頬を涙が伝った。

おうたも袂《たもと》で目頭《めがしら》を押さえる。

「うわっ、義姉さん、どうしたんですか。泣いたりして」

「あたしが泣いちゃ具合が悪いのかい。あたしだって、あの赤ん坊の行く末はずっと気にしてたんですよ。こうなって、よかったじゃないか。ほんとにねえ」

「あんまり泣くと、目が腫《は》れてえらい顔になりますよ」

「松庵さん、あんたは他人《ひと》の顔をどうのこうの言えるご面相《めんそう》じゃないんだからね。今度、磨《みが》きたての鏡を持ってきてやるよ」

父と伯母のやりとりの傍《かたわ》らで、おいちは固く唇を結んだ。

考えていることがある。

ずっと考えていることがある。

「おいちさん」

仙五朗が湯呑みを手の中でゆっくりと回した。

「一つ、お尋ねしてもようがすか」

「はい」

「滝代さんが身籠もった経緯《いきさつ》のあたりでやすが、あれ、『白浜』の女将の一件から閃《ひらめ》きなさったんで」

「はい。お腹の子の父親が誰かなんて、身籠もった女だけしかわからないんだって思ったんです」

「確かに、そうでやすねえ。どれほど威張っても、男なんてのは情けねえもんでやすからね」

「それは、料理屋の板前も大名諸侯も一緒ってわけか」

　松庵が腕を組む。

「ええ、公方《くぼう》さままでも天子《てんし》さままでも一緒よ」

「まっ、おいち、畏《おそ》れ多いことを口走るんじゃないよ。それより、おまえはちゃんと嫁にいって、子を産むことをお考えな。そうそう、縁談だけどね、二つ三つ、いいのがあるんだよ」

「父さん、あたし、女のための医者になりたい」

　言葉が飛び出した。

「どんな境遇の女でも、安心して子を産める場所をいつか作りたい。そのための医者になりたい」

松庵の表情が引き締まった。

「滝代さんのような、『白浜』の女将さんのような女が、子を孕《はら》んだ女が、どんな事情があるにせよ、ともかく無事に子を産み、母親になれる。そんな場所を作りたいの」

女は命を懸けて子を産む。毒婦《どくふ》と呼ばれようが貴人と称《たた》えられようが、お産はいつも死と隣り合わせにある。

救いたい。

医の力で母を、子を、少しでも救いたい。

それができる医者になりたい。

ずっと、考えていた。

滝代と出会い、十助と出会い、おぼろだった想いが決意として固まった。

「止《や》めておけ」

松庵が一口、茶をすすった。

「止めておけ、無理だ」

「父さん」

「とてつもなく難しい。そして、険《けわ》しい道だ。おまえはその道を切り拓《ひら》いて進まなくちゃならん。たった一人でな。おいち、止めておけ。あまりにも難儀過ぎる。駄目だ。とうてい、おまえには無理だ」

「ちょっと、松庵さん。なんだよ、そのにべもない言い方は。娘が本気の想いを吐《と》露《ろ》してるなら、力になってやるのが親ってもんだろう」

松庵が鼻から息を吐き出した。

「義姉さんこそ、何を言ってるんですか。嫁にいけだの子を産めだのさんざん煽《あお》っておいて。おいちは一生をかけても叶《かな》わないような話をしてるんですよ。嫁入りどころじゃなくなりますよ」

「それはそれ、これはこれだろ」

「はあ？　いいかげんなのは顔だけにしてください」

「まっ、しくじった福笑いみたいな面《つら》をして、よくも言えること」

「先生、おいち先生」

障子戸が乱暴に開くと、男が転がり込んできた。

銀次だ。

「おふくろが、おふくろが血を吐いて苦しんでるんで」

「まっ」

おいちは立ち上がった。おたいは昨日、診察に来なかったのだ。気にはなりながら、さまざまな想いに囚《とら》われて忘れていた。

忘れていたのだ。

忘れてはならない患者を忘れていた。

「すいません。仕事が忙しくて連れてこられなかったんです。元気で、胃の腑の痛みも吐き気《け》もないって言うもんで、つい……」

「おたいさんは、今、どうしてます」

「寝かせてます。動かしちゃならねえと思って。長屋のみんなが傍についててくれてるんで」

「父さん」

「おう。おいち、薬籠を。それと、晒しも忘れるな」

「はい」

「先生、先生」

銀次が縋《すが》ってくる。

「おふくろは死にゃあしませんよね。助かりますよね」

「しっかりしなさい」

おいちは縋ってくる若い男に言葉を投げつけた。

「あなたがおたおたして、どうするの。しゃんとして」

血の気のない顔のまま、銀次がこくりと首を倒した。

「よし、行くぞ。おい、若いの。案内してくれ」

「へえ。お願《ねげ》えします」

「よし。おいち、走るぞ」

「はい。伯母さん、親分さん、後を頼みます」

銀次と松庵の背中を追い掛け、おいちは路地《ろじ》へと駆け出た。


「後なんか頼まれても困るけどねえ」

おうたはため息を吐き、茶を淹れ直す。

おいちの湯呑みは転がり、中身が零れていた。それを拭き取ると、また、ため息が出る。

「ほんとに、騒々《そうぞう》しくて。親分さん、すみませんねえ」

「いや。あれでこそ、おいちさんですよ」

「そんな……。でも、あの娘《こ》、本気なんでしょうかねえ」

「さっきの話でやすか」

「ええ。女のための療養所みたいなのを作るとかどうとか」

「本気のお顔でしたよ」

「夢みたいな話ですけど」

仙五朗が茶を飲み干し、落雁を口に運ぶ。

「夢みてえな話です。けど、おいちさんならやるでしょうよ。あっしはそう思いやすがね」

そうだ、あの娘ならやるだろう。

女のための医者になり、大勢の女たちを、赤ん坊たちを救うだろう。いつか、そういう者になるだろう。

「そして、いい母親にもなるんじゃねえですか」

仙五朗の一言に顔を上げる。

「父親が誰になるのか見当もつきやせんが、おいちさんなら、母親にもなれる気がしますがねえ」

仙五朗が僅かに顎を突き出し、笑った。

「内儀さんの出番はこれからですぜ。おいちさんを支えておあげなせえ。内儀さんがいれば百人力だ。おっと、あっしが言うまでもねえこってしたね」

「親分さん……」

おうたも笑みを返す。

わかったよ、おいち。とことんやればいいさ。やってみなよ。

あたしがついてる。あたしが、ここにいるんだからさ。

おうたはそっと目を閉じた。

おいちの足音はとっくに遠ざかり、聞こえるはずもない。

けれど、耳の奥でこだまする。

松庵の言う険しい道を一歩一歩、歩いていく足音が聞こえてくる。

あたしの姪《めい》っ子は、この国に新しい道を拓こうとしているんだ。まだ誰も歩んでない道を行こうとしている。

あたしのたった一人の姪っ子が……。

胸が高鳴るようにも、不安で動悸がするようにも感じる。

「内儀さん、石にかじりついてでも生きて、おいちさんの夢が現《うつつ》になるときを見届けやしょうぜ」

目を開ける。

仙五朗を見詰め、おうたは深く頷いた。

落雁の甘さが、緩やかに口の中に広がっていった。


〈了〉

この作品は、二〇一八年六月にＰＨＰ研究所より刊行された。

著者紹介
あさの あつこ
1954年、岡山県生まれ。青山学院大学文学部卒業。小学校の臨時教師を経て、作家デビュー。『バッテリー』で野間児童文芸賞、『バッテリーⅡ』で日本児童文学者協会賞、『バッテリーⅠ〜Ⅵ』で小学館児童出版文化賞、『たまゆら』で島清恋愛文学賞を受賞。著書は、現代ものに、「ガールズ・ブルー」のシリーズ、『The MANZAI』『NO.6』、時代ものに、「おいち不思議がたり」「弥勒の月」「闇医者おゑん秘録帖」「燦」のシリーズ、『待ってる』『花宴』『かわうそ』『えにし屋春秋』などがある。

ＰＨＰ文芸文庫　火花散る
おいち不思議がたり

2021年5月25日　第1版第1刷
2024年10月22日　第1版第7刷

著者　あさの あつこ
発行者　永田貴之
発行所　株式会社ＰＨＰ研究所
東京本部　〒135-8137 江東区豊洲5-6-52
文化事業部　☎03-3520-9620(編集)
普及部　☎03-3520-9630(販売)
京都本部　〒601-8411 京都市南区西九条北ノ内町11
PHP INTERFACE　https://www.php.co.jp/
組版　朝日メディアインターナショナル株式会社
印刷所　TOPPANクロレ株式会社
製本所　東京美術紙工協業組合

ISBN978-4-569-90123-7